LA TRAVERSÉE DU CONTINENT

$~~2~~
$1~~

Noël 2007

MICHEL TREMBLAY

LA TRAVERSÉE
DU CONTINENT

roman

LEMÉAC / ACTES SUD

Leméac Éditeur remercie le ministère du Patrimoine canadien, le Conseil des arts du Canada, la Société de développement des entreprises culturelles du Québec (SODEC) et le Programme de crédit d'impôt pour l'édition de livres du Québec (Gestion SODEC) du soutien accordé à son programme de publication.

© LEMÉAC ÉDITEUR, 2007
ISBN 978-2-7609-2684-4

© ACTES SUD, 2007
pour la France, la Belgique et la Suisse
ISBN 978-2-7427-7310-7

Ceci est une œuvre de fiction.
Les noms de certains personnages sont vrais,
mais tout le reste est inventé.

M. T.

*Pour Lise Bergevin,
qui me réclame depuis longtemps
un roman sur l'enfance de Nana.*

Celui-là m'est en horreur
à l'égal des portes d'Hadès
qui dans son cœur cache une chose
et sur les lèvres en a une autre.

Homère, *L'Iliade*

Écrire, c'est faire se lever les morts de leur tombeau
et les traîner avec soi dans la lumière.

Robert Lalonde, *Espèces en voie de disparition*

Imagining something
is better than remembering something.

John Irving, *The World According to Garp*

Première partie

LA MAISON
AU MILIEU DE NULLE PART

Elles se sont réfugiées dans la véranda qui ceinture la maison sur trois côtés. C'est grand-papa Méo qui l'a construite, il y a quelques années, pour les empêcher, Rhéauna, l'aînée, Béa, la cadette, et Alice, la benjamine, d'aller se perdre dans ces champs sans fin qui filent jusqu'à l'horizon et où il est si facile de s'égarer, vers la fin de l'été, quand le maïs est trop haut. Et pour se promener, le soir, sa femme à son bras, sans s'inquiéter de la boue ou de la poussière du chemin de terre qui mène à la route principale. Ils parcourent ainsi dix fois, vingt fois la galerie de bois d'un bout à l'autre et s'arrêtent quand Joséphine se déclare trop fatiguée pour continuer, alors qu'ils savent tous les deux que c'est lui, Méo, qui n'a plus les jambes qu'il avait. Les voisins trouvent cet ajout à la maison bien inutile et surtout prétentieux, mais s'ils étaient témoins du plaisir que prennent Joséphine et Méo chaque soir pendant leur longue promenade, ils changeraient peut-être d'avis.

Les deux fillettes se sont assises sur la marche du haut du large escalier peint en blanc, genoux bien serrés, et ont déposé leurs précieux sacs de papier entre elles. Alice fait la sieste dans leur chambre et découvrira son sac de surprises posé sur son oreiller à son réveil. Elles se doutent que la surprise ne sera pas grande, aujourd'hui, parce que l'argent manque depuis quelque temps et que les fruits exotiques – les oranges, par exemple, ou ce légendaire ananas qu'elles avaient dégusté en hurlant de joie, quelques années plus tôt – ont disparu du menu des dimanches après-midi sans espoir de retour. Grand-mère Joséphine s'est d'ailleurs presque excusée en sortant les trois minuscules sacs de l'armoire où elle les avait cachés. Mais les deux filles ont quelque peu exagéré leur enthousiasme et grand-mère a semblé satisfaite. Personne n'a été dupe mais le dimanche après-midi a été sauvé de la monotonie.

Avant de les ouvrir, elles essaient de deviner ce que peuvent contenir les deux sachets de papier brun.

Béa se gratte un genou où une piqûre de maringouin fleurit en une belle tache rouge qui la fait souffrir depuis le matin parce que, justement, elle se gratte trop. Un cercle vicieux qui les rend tous fous depuis le début de l'été. Grand-mère a beau leur dire de ne pas se gratter, que ça va partir au bout d'une demi-heure s'ils se montrent endurants, c'est plus fort qu'eux, surtout grand-père qui a arboré toute sa vie les plaies les plus spectaculaires et les plus vilaines. Alors ils se râpent les démangeaisons avec leurs ongles en émettant de longs soupirs de soulagement, quitte à se plaindre au bout de quelques minutes que ça recommence, que c'est pire qu'avant. Même grand-mère ne suit pas ses propres conseils : elle prétend un peu trop souvent que son arthrite la fait souffrir, qu'elle est obligée de se masser les os, pour que ça ne cache pas une excuse pour se gratter... Ils rient un peu d'elle, ses trois petites-filles et son mari, et elle hausse les épaules en leur disant, un sourire de mauvaise foi au coin des lèvres, qu'ils ne comprennent pas la souffrance de l'arthrite. En attendant, le genou de Béa fait déjà pitié à voir ; Rhéauna prévoit donc une crise de larmes avant la fin de la journée. Béa est plus lymphatique qu'elle, mais, allez savoir pourquoi, moins patiente.

« En tout cas, ça peut pas être des bonbons, le sac est pas assez pesant. »

Rhéauna hausse les épaules.

« Tant qu'à moi, ça peut ben être n'importe quoi, d'abord que ça se mange... »

Béa part de ce grand rire qui fait si souvent se lever des vols de corneilles dans les champs. Cette fois, c'est un lapin qui détale, oreilles collées au crâne et museau frémissant.

« Aie pas peur, ça va se manger. Grand-mère nous connaît... »

Sa sœur soupèse encore une fois le sac.

« Ça va peut-être se manger, mais j'ai ben peur que ça soit pas ben ben nourrissant... Ça pèse rien ! »

Ce en quoi elle se trompe. Béa est la première à ouvrir son sac, comme d'habitude, et s'extasie aussitôt :

« Des pinottes en écales ! Ça fait longtemps qu'on en a pas eu ! »

Grand-mère a trouvé un énorme sac d'arachides en écales déposé bien en vue sur la galerie du magasin général, la veille, et a pensé faire plaisir aux enfants en en achetant une petite quantité, malgré le prix exorbitant, pour leur collation du dimanche après-midi. Les arachides sont une denrée rare à Maria, Saskatchewan, en cette année 1913, et elle s'est demandé comment ce sac avait fini par aboutir là, sur le perron de monsieur Connells. Elle savait que les arachides provenaient du sud des États-Unis, de la Géorgie ou bien des Caroline, mais c'était un bien long voyage en train et, de sa vie, elle n'en avait vu qu'à de très rares occasions.

Béa plonge la main dans son sac, en sort une pinotte dont elle fait éclater le bout entre son pouce et son index.

« Quand on pense que grand-maman a fait semblant d'être désolée quand a' nous a donné ça ! A' nous a ben eues ! C'est toute une surprise ! »

Rhéauna a déjà la bouche pleine.

« Que c'est bon, que c'est bon, que c'est bon ! »

Béa lui donne une légère tape sur l'avant-bras.

« On parle pas la bouche pleine !

— R'garde donc ça qui c'est qui parle ! T'aurais pu attendre d'avaler ce que t'as dans la bouche avant de me dire ça, non ? »

Les minutes qui suivent sont un pur bonheur. Elles rient, heureuses, le corps offert au soleil, la bouche emplie de la saveur doucereuse des arachides qu'elles mâchent le plus longtemps possible avant de les avaler. Pour la faire durer.

La dernière pinotte disparue, Rhéauna regarde sa sœur qui n'a pas fini de mastiquer.

« Tu t'es encore arrangée pour finir après moi ! »

Béa lui fait un grand sourire.

« Grand-maman te le dit souvent, tu manges trop vite, Nana ! »

C'est vrai. Elle aime manger, et lorsque son assiette arrive, elle a de la difficulté à se contenir : toutes ces belles choses, souvent grasses parce qu'on ne lésine pas sur le beurre, dans la maison, l'attirent et elle n'est satisfaite que lorsqu'elle s'en emplit la bouche, soulignant la jouissance que lui procure le mélange des goûts de petits cris de plaisir qui amusent les autres membres de sa famille. Surtout Alice, huit ans, qui la juge du plus haut comique avec ses gloussements de dinde excitée et ses soupirs d'aise.

« Pis toi, grand-maman te le dit souvent, tu fais attendre tout le monde parce que tu manges pas assez vite. »

Ce qui est aussi vrai. On dirait parfois que Béa fait exprès de mastiquer trop longtemps, comme pour mettre la patience de sa famille à l'épreuve. Mais elle prétend que c'est parce qu'elle aime avaler ses aliments quand elle en a extrait tout le jus, et on a choisi de la croire.

Mais Rhéauna ne se considère pas comme battue pour autant. Elle sort une écale de son sac, la frotte un peu avec l'index pour en enlever les petits poils raides qui y sont attachés et se la met dans la bouche. Elle sait Béa trop dédaigneuse pour relever ce défi et s'assure ainsi une victoire facile mais quand même assez plaisante. Elle se met donc à mâcher avec des petits murmures d'appréciation comme si elle venait de se mettre un succulent bonbon dans la bouche, un de ceux qu'elles préfèrent, Béa et elle, une lune de miel ou bien une paparmane d'amour.

« En tout cas, tu pourras pas te vanter d'avoir encore gagné après-midi ! C'est mon tour, aujourd'hui, j'vas finir de manger longtemps après toi ! »

Béa la regarde avec de grands yeux ronds pendant de longues secondes avant de lui répondre.

« Tu me donnerais une piastre neuve avec le portrait du roi d'Angleterre dessus pour que je mange ça, pis je le mangerais pas ! Ça compte pas, tu sauras, quand on mange des affaires qui se mangent pas ! Tu triches, Nana, c'est même pas du vrai manger que t'as dans la bouche ! »

Rhéauna continue sa pénible mastication. C'est très mauvais. On dirait un morceau de bois rugueux sans jus ; ça casse sous la dent avec un bruit désagréable au lieu de s'imbiber de salive, ça râpe la langue, ça colle au palais et il faudra qu'elle mâche pendant des heures avant que ce soit avalable. Et elle n'est pas certaine de pouvoir le faire… En plus, ça ne goûte même pas les pinottes, ça goûte l'écorce d'arbre ! La seule idée qu'elle est en train de mâcher une vulgaire écorce d'arbre lui donne la nausée. Seul l'orgueil la retient de tout recracher au pied de l'escalier, là où les fourmis seraient bien heureuses d'hériter de ce festin inattendu. Elles en ont retrouvé combien de ces bonbons recrachés tout couverts de fourmis affairées qui les décortiquaient avant de les transporter dans leur nid ? C'est d'ailleurs l'un des jeux préférés de leur sœur Alice, qui appelle ça ses bonbons vivants. Elle peut rester en contemplation pendant des heures, et sans se lasser, devant ces petites bestioles énervées.

En attendant, Béa se détourne en se pinçant le nez.

« Si t'es pour renvoyer parce que t'as voulu faire la smatte, va faire ça dans' maison ! J'ai pas envie que grand-maman m'oblige à t'aider à ramasser tes dégâts ! »

Mais il n'est pas question que Rhéauna perde la face. Béa n'aura pas la satisfaction de la voir recracher la pulpe d'écale mouillée en faisant la grimace. Elle persiste donc, mâche, avale le peu de jus qui goûte le diable sans broncher d'un poil, bien raide sur la plus haute marche de l'escalier, les yeux peut-être un peu fixes, mais le front haut et le cœur battant : elle vient de se demander ce qui arriverait si par malheur les écales de pinottes se révélaient toxiques...

Parce que ça arrive souvent, qu'elles sont comme des vases communicants, toutes les deux, et qu'elles n'arrêtent pas de penser les mêmes choses au même moment sans être pourtant jumelles, Rhéauna n'est pas étonnée quand sa sœur lui dit, quelques secondes à peine après que cette idée lui a traversé l'esprit :

« Y me semble que j'ai lu quequ'part, y a pas longtemps, que les écales de pinottes c'est poison. »

Rhéauna sourit malgré le goût de plus en plus répugnant qui lui remplit la bouche.

« Si tu me dis ça pour me faire peur, tu perds ton temps.

— J'te dis ça juste pour te mettre au courant...

— Y me semble, oui...

— Y paraît même que c'est mortel dans certains cas.

— Si c'était mortel, tu m'aurais arrêtée avant que je mette ça dans ma bouche, Béa, t'es ma sœur. »

Béa s'approche très près d'elle. Rhéauna peut sentir l'arachide sur son haleine, une odeur si merveilleuse qu'elle a envie de recracher l'horreur qu'elle est en train de mastiquer.

« Qui te dit que je t'aurais empêchée de manger ton écale même si j'avais su que c'était mortel ?

— Tu m'aurais jamais laissée mourir, voyons donc, Béa…

— Ah non ? Tu me connais mal. »

Les larmes, grosses, généreuses, nombreuses, arrivent avant que Rhéauna ne puisse les retenir, lui mouillent la face et le cou en quelques secondes. Béa possède aussi ce pouvoir détestable de toujours trouver la parole blessante, en visant où ça fait le plus mal, et elle s'en sert volontiers avec tout le monde dans la famille, ses grands-parents autant que ses deux sœurs. Ce n'est pas de la méchanceté, c'est sa façon à elle de se défendre, on le sait, grand-maman Joséphine l'a souvent expliqué. Mais ça fait mal, et on a parfois de la difficuté à lui pardonner ce qu'elle a dit. Ensuite, bien sûr, elle prétend que ce n'était pas sincère…

Rhéauna sait très bien que Béa ne la laisserait jamais mourir, ni empoisonnée par une écale de pinottes ni autrement, mais la seule idée qu'elle peut aller jusqu'à déclarer le contraire pour se donner l'illusion de ne pas avoir perdu ce pari ridicule la bouleverse sans qu'elle sache trop pourquoi et elle se trouve incapable de retenir ces maudites larmes qui doivent faire la joie de Béa, malgré le visage impassible qu'elle lui montre.

Elle s'essuie les yeux, les joues, le cou avec la manche de sa robe rose cerise écrasée qu'elle aime tant. Même ça va être fichu !

« Nana, ta robe va être pleine de morve… »

Rhéauna est debout en moins d'une seconde et pointe du doigt sa sœur après avoir recraché ce qu'elle avait dans la bouche pour pouvoir mieux articuler.

« Tu te venges, hein, tu te venges parce que pour une fois j'ai gagné ! T'as toujours été comme ça ! Tu peux pas accepter de pas gagner, y faut toujours que t'ajoutes ton fion ou ben que tu nous fasses payer de pas s'être laissé faire ! Le sais-tu à quel point c'était mauvais c'que j'viens de me mettre dans la bouche, hein, le sais-tu ? T'aurais pu me laisser gagner, pour une fois ! Ça coûte pas cher faire plaisir au monde de temps en temps ! »

Sans perdre une seconde, et de toute évidence pour défier sa sœur, Béa se jette sur son propre sac d'écales de pinottes, en prend une poignée qu'elle se fourre dans la bouche et qu'elle se met à mâcher. Cette fois, c'est elle qui parle la bouche pleine.

« Même si tu pleures jusqu'à demain matin, Nana, tu gagneras pas ! »

Rhéauna la regarde mâchonner un bon moment avant de lui répondre.

« Les écales de pinottes sont peut-être pas empoisonnées, mais j'te souhaite de t'étouffer avec ! »

Elle se penche sur sa sœur. Leurs nez se touchent presque.

« Essaye d'imaginer ce que ça doit être de s'étouffer avec une poignée de petits morceaux de bois secs qui veulent pas passer quand on essaye de les avaler ! Hein ? Ça reste collé dans la gorge, on peut pus respirer, on vient rouge rouge rouge, les yeux nous sortent de la tête, la langue nous épaissit pis on meurt au bout de notre souffle en râlant comme un rat empoisonné ! »

Béa a déjà commencé à cracher les écales de pinottes, puis relève la tête, un méchant sourire aux lèvres.

« J'ai gagné pareil ! »

Le souper a été teinté d'une morosité qui a quelque peu étonné Joséphine. D'habitude, ce n'est pas les sujets de conversation qui manquent autour de la table – trois petites filles de huit, neuf et dix ans, ça en a des choses à dire –, mais ce soir-là elle sent entre les deux plus vieilles une animosité qu'elle ne s'explique pas. Quelque chose dont elle n'a pas été témoin a dû se passer au courant de l'après-midi, et toutes ses tentatives pour essayer de percer le mystère des mines sérieuses et des regards furibonds sont restées vaines. Sans doute une autre anodine histoire d'enfants désœuvrés qui se cherchent des poux, une chicane autour de rien du tout. Elle est habituée d'en régler quelques-unes chaque semaine. Cette fois, cependant, ça dure, les fronts restent plissés et les bouches amères, alors que Nana et Béa se réconcilient toujours volontiers devant une généreuse portion de pâté chinois ou de bœuf aux légumes. Elles sont toutes les deux gourmandes – même si Rhéauna passe son temps à nier l'évidence – et, d'ordinaire, un bon repas chaud suffit à estomper leurs démêlés de fillettes turbulentes. Elles oublient que, quelques heures plus tôt, elles se tiraient les cheveux et se traitaient de tous les noms et la conversation, faite d'anecdotes insignifiantes d'école de rang ou de rumeurs invérifiables de petite ville, reprend où elles l'avaient laissée à la fin du repas précédent.

Même Alice s'est rendu compte que quelque chose ne tourne pas rond. Elle avale ses choux farcis en regardant ses sœurs chacune son tour, essayant elle aussi de deviner ce qui a bien pu se passer entre elles pour qu'un tel silence tombe sur le repas de coutume le plus animé de la journée. C'est elles qui font la conversation, d'habitude, et elle boit leurs paroles en se disant qu'elle a hâte d'avoir leur âge et tant de choses intéressantes à dire.

Mais elle est moins timorée que sa grand-mère et va droit au but :

« Vous parlez pas gros. »

Rhéauna lève le nez de son assiette.

« On parle pas pantoute, c'est pas pareil.

— Pourquoi vous parlez pas pantoute ? »

Cette fois, c'est Béa qui répond. La bouche pleine.

« Parce qu'on a rien à dire ! On est pas comme d'autres que je connais, nous autres, on parle pas quand on a rien à dire… »

Joséphine se permet alors d'intervenir parce que Béa est trop injuste : Alice est la plus silencieuse de la famille et personne ne peut l'accuser d'être bavarde.

« Béa, reproche pas à ta sœur c'que tu pourrais te reprocher à toi-même ! Pis je t'ai dit mille fois qu'on parle pas la bouche pleine ! »

Et pour la première fois depuis longtemps, depuis qu'elle était toute petite, en fait, et que c'était là la seule réponse qu'elle avait lorsqu'elle ne trouvait rien à dire, Béa fait la grimace à sa grand-mère. Elle sort une langue encore couverte de chou trop cuit et de viande de porc graisseuse. C'est laid, c'est impoli, tout le monde en convient, elle la première, et une espèce d'étonnement indigné tombe sur la table de la salle à manger. Les fourchettes restent figées entre les assiettes et les bouches, les épaules de grand-maman sont secouées d'un grand frisson et grand-papa, qui, d'habitude, ne voit rien et n'entend rien à table parce que les conversations de femmes l'ennuient, lance à sa petite-fille un regard rempli d'une telle colère que Béa en avale tout croche sa bouchée et s'étouffe.

Rhéauna se penche sur elle.

« J'te l'avais dit que tu t'étoufferais… »

Méo frappe la table du plat de la main, une seule fois. Les quatre femmes rentrent la tête dans les épaules, redoutant l'un de ses rares mais terrifiants emportements d'homme trop patient qui a du mal à se contrôler quand il se laisse aller à la colère. Mais il ne dit rien. Il se contente de fustiger Béa du regard. Celle-ci replonge son nez dans son assiette.

« Excuse-moi, grand-maman. J'le r'ferai pus… »

Joséphine s'essuie le visage avec son tablier qu'elle a oublié d'enlever avant de se mettre à table.

« Je sais pas ce que vous avez, vous deux, à soir, mais vous me faites peur… »

Méo se lève, fait le tour de la table, se penche au-dessus de Béa et s'empare de son assiette dans un grand geste exagéré.

« Si le manger de ta grand-mère te fait faire la grimace, t'es capable de t'en passer… »

Et il va porter l'assiette dans l'évier après en avoir versé le contenu dans la poubelle.

Fin du repas. Les estomacs sont noués, personne n'a envie de dessert, la table se vide en quelques secondes. Méo vient se placer à côté de sa femme qui a commencé à desservir.

« Qu'est-ce qui leu' prend, à soir ? »

Elle le regarde avec un visage désespéré.

« Je sais pas. Peut-être qu'y sentent ce qui s'en vient… »

Il la prend par la taille, comme autrefois, l'attire à lui.

« Voyons donc. Y peuvent pas savoir.

— Non, y peuvent pas savoir, Méo, mais les enfants, ça sent les choses… Y doivent sentir que quequ'chose se prépare ! Je serai pas capable, Méo, je serai pas capable… »

Il l'embrasse derrière l'oreille. C'est ainsi qu'il l'avait séduite, quelque quarante ans plus tôt, alors que leur pays n'existait pas encore et qu'ils n'étaient que des nomades, lui en tout cas, qui se cherchaient un endroit où s'installer. Avant qu'ils ne soient conquis par la vastitude des plaines de la Saskatchewan, les couchers de soleil fous et les possibilités de moissons démesurées à cause du riche et fertile terreau. Avant cette petite parcelle de terre au milieu de nulle part, dans un paysage sans horizon qui avait de tout temps appartenu à une peuplade dont ils étaient les fiers descendants et qui leur revenait enfin. Avant cette maison que Méo avait bâtie de ses mains pour les fils que sa femme ne lui avait pas donnés parce qu'elle avait eu quatre filles – Ernestine, Titite, Maria et Rose –, qu'ils ne voyaient d'ailleurs jamais parce qu'elles étaient dispersées un peu partout à travers le continent. La diaspora des Desrosiers. C'est le seul grand mot qu'il connaisse – il l'a trouvé dans un article de journal qui parlait des Juifs et des Cajuns – et il s'en sert volontiers pour parler de sa famille.

« J'vas aller dire à Nana que tu veux y parler... »

Elle porte la main à son cœur.

« Comment j'vas faire, Méo ? Comment j'vas faire ? Vas-y pas. J'vas m'en occuper... C'est mon rôle de m'occuper de ça. »

Il l'embrasse à pleine bouche, cette fois, en ratoureux qui n'a pas d'autre argument.

« T'as passé à travers tellement d'affaires, Joséphine... »

Elle ne retient pas son sanglot. Et il n'essaie pas de la soulager.

« Pas comme celle-là, Méo ! D'habitude, c'est les autres qui choisissaient de s'en aller ! »

« Ouvrez votre châssis, pauvres vous autres, vous allez mourir étouffées ! »

Il fait trop chaud dans la chambre des filles. C'est la mi-août, les nuits sont fraîches et elles ont peur d'attraper froid parce qu'elles sont frileuses, elle peut comprendre ça, mais il y a des limites à craindre le froid ! Elles font semblant de dormir, Béa va jusqu'à contrefaire – mal – un petit ronflement, alors leur grand-mère ouvre elle-même la fenêtre en maugréant. Le vent s'engouffre aussitôt dans la pièce en soulevant le rideau de dentelle de coton blanc que les trois fillettes s'amusent souvent à prendre pour un fantôme venu du fin fond des prairies pour les découper en petits morceaux et les manger toutes crues. C'est froid, c'est humide, ça sent déjà l'automne qui s'en vient, mais c'est aussi la santé si l'on se couvre bien. Elle le leur a pourtant répété des centaines de fois...

« J'veux ben croire que le cru tombe vite à ce temps-ci de l'année, mais c'est de la bonne air fraîche, pis c'est bon pour vous autres ! Béa, je sais que tu dors pas, rentre en dessous des couvertes avant d'attraper ton coup de mort ! »

Béa lui obéit sans ouvrir les yeux, comme si elle bougeait en dormant.

« Essaye pas, je le sais que t'es pas somnam-bule ! »

Joséphine va s'asseoir sur le bord du lit de Rhéauna.

« Fais pas semblant de dormir, Nana, j'te crois pas, toi non plus... »

Rhéauna ouvre les yeux, regarde sa grand-mère qui, c'est étrange, évite son regard. C'est bien la première fois. D'habitude, elle les embrasse l'une après l'autre, remonte leurs couvertures et leur souhaite une bonne nuit en les regardant avec cette concentration remplie de bonté et d'amour qui leur chavire le cœur. Cette fois-ci, rien de tout ça.

« Y faut que je te parle, Nana. »

Le ton est sérieux, la voix hésitante. Rhéauna comprend aussitôt que c'est une conversation qui ne sera pas agréable et qu'elle devrait l'éviter. Pour ne pas souffrir. Elle est étonnée d'avoir une telle pensée et fronce les sourcils comme lorsqu'elle ne trouve pas la solution à un problème d'arithmétique. Souffrir ? Pourquoi a-t-elle pensé à ça, tout à coup ? Juste parce que sa grand-mère veut lui parler ?

« Pourquoi tu veux me parler, grand-maman, j'ai rien fait ! C'est Béa qui a commencé... »

Sa grand-mère la coupe avec une brusquerie qui ne lui est pas coutumière, ce qui l'inquiète encore plus.

« Ça a rien à voir avec ce qui s'est passé pendant le souper, chère tite-fille. Viens avec grand-moman, a' va te faire une belle tasse de cocoa... »

Du cocoa ? À cette heure-ci ? Béa et Alice ouvrent les yeux, lèvent la tête de leur oreiller. Leur grand-mère vient chaque soir les border, parfois accompagnée de leur grand-père, et c'est souvent l'un des moments les plus plaisants de la journée, mais c'est bien la première fois qu'elle tire l'une d'elles du lit, comme ça, à une heure où elles devraient dormir. Elles devinent que quelque chose de grave se prépare, tout en enviant Rhéauna, la chanceuse, qui a la permission de se relever, de descendre l'escalier et d'aller s'installer derrière une belle grosse tasse de cocoa chaud !

« Tu peux pas me parler ici ? »

Joséphine penche un peu la tête, lisse la couverture de laine beige et bleu, se racle la gorge.

« Non. Faut que j'te parle à toi tu-seule…

— Tu penses que j'ai fait quequ'chose de pas correct ?

— Ben non. Mais j'ai quequ'chose de ben important à te dire. »

Décidément, ça augure mal et les deux plus jeunes cessent d'un seul coup d'envier leur aînée. L'expérience leur a appris que « quelque chose d'important » veut toujours dire « quelque chose de désagréable ». Elles regardent leur grand-mère et leur grande sœur quitter la pièce, toutes les deux soucieuses pour des raisons qu'elle ne peuvent pas deviner, et se comptent heureuses de pouvoir rester au chaud en respirant le bon air pur, même froid, pendant qu'une drôle de conversation va avoir lieu dans la cuisine. Si elles étaient plus braves et s'il faisait moins froid, elles se glisseraient sur le palier de l'étage pour essayer d'entendre des bribes de ce qui va se dire en bas. Elles sentent cependant qu'elles font mieux de rester à l'abri dans leur lit. Mais à l'abri de quoi ? Elles savent qu'elles ne pourront pas se rendormir et se regardent, inquiètes. La lune vient d'apparaître entre les nuages, la lumière qui baigne la chambre est d'un bleu malsain, le fantôme de quelque chose de menaçant se glisse dans la pièce et se met à rôder autour de leurs lits. Elles ont peur.

Joséphine a fait chauffer le lait sans dire un mot. Et Rhéauna, qui aurait pourtant eu besoin d'une parole de réconfort, l'a regardée faire, elle aussi en silence. Elle se doute que sa vie va changer dans les minutes qui viennent. Dans sa tête d'enfant de dix ans, intelligente et vive, tout est ordonné, réglementé, compartimenté, les gestes quotidiens comme les sentiments, c'est ce qui la rassure le plus au monde, alors cette étonnante entorse à l'ordre des choses est un signe, elle en est convaincue, qu'un événement dramatique est sur le point de se produire. Pour elle. Pour elle qui, à peine cinq minutes plus tôt, essayait de concocter un moyen de se venger de sa sœur Béa afin de lui remettre la monnaie de sa pièce. Est-ce que c'est pour cette raison qu'elle va être punie ? Parce que la vengeance, la seule idée de la vengeance, est un péché mortel digne de la visite de sa grand-mère dans sa chambre presque en pleine nuit pour lui apprendre une mauvaise nouvelle ? C'est ça, elle le sait, c'est une mauvaise nouvelle qu'elle va apprendre quand elle aura terminé son maudit cacao. Si elle le refusait, si elle repoussait la tasse, est-ce que ça changerait quelque chose ? Est-ce qu'en retournant tout de suite se coucher elle pourrait faire dévier le cours des événements pour éviter le malheur qui risque de se produire d'un moment à l'autre ? Un malheur ! C'est ça ! C'est un malheur que sa grand-mère va lui apprendre !

« J'en veux pas de cocoa, grand-maman... »

Sa grand-mère ne se retourne pas pour lui répondre.

« J'vas m'en faire un pour moi tu-seule, d'abord. »

Rhéauna prend son courage à deux mains et se lance dans le vide en fermant les yeux.

« C'est pas beau, ce que t'as à me dire, hein, grand-maman ? »

Joséphine s'est appuyée contre le poêle tout en continuant de tourner le cacao dans la casserole.

« Oui, Rhéauna, c'est beau. Dans un sens, c'est même ben beau.

— Pourquoi t'as l'air triste, d'abord ?

— Parce que c'est pour moi que ça sera pas beau... »

Elle vient s'asseoir tout près de sa petite-fille, lui passe la main dans les cheveux qu'elle a si beaux, tout noirs, tout brillants, comme ceux de ses ancêtres. Des cheveux de Cri à l'ébène riche et lustrée.

« La bonne nouvelle, Nana, c'est que ta mère veut te voir. »

Une immense bouffée de bonheur bouscule Rhéauna qui se retrouve aussitôt sur ses pieds, oubliant toutes les pensées négatives qui l'aiguillonnent depuis quelques minutes.

« Maman s'en vient nous voir ! »

Sa grand-mère prend une gorgée qu'elle trouve trop chaude, souffle sur le liquide pour éviter de se brûler avec la prochaine.

« Non, chère tite-fille, c'est toi qui vas aller la rejoindre. »

Rhéauna ne comprend pas tout de suite. Ou s'arrange pour ne pas comprendre. Elle n'a pas vu sa mère depuis des années. Dans les rares souvenirs qu'elle garde d'elle, et qui sont plutôt flous, elle voit une femme agitée aux humeurs changeantes, très comique lorsqu'elle est en forme, mais qui peut se montrer colérique et injuste à la moindre occasion – à cause de la fatigue, dit-elle –, un tourbillon d'énergie que rien ne peut abattre et difficile à suivre au quotidien. Tout ça est si loin ! Dans le temps et dans l'espace. Sa petite enfance s'est passée à l'autre bout du continent, dans un pays qui s'appelle les États-Unis, dans un État qui s'appelle le Rhode Island, dans une ville au bord de la mer qui s'appelle Providence. Mais ses souvenirs sont comme une grande mare d'eau trouble où flottent à peine quelques vagues images. La mer, quand elle y pense, c'est surtout une odeur. De sel et d'humidité. Ici, en Saskatchewan, l'humidité est différente de celle du bord de la mer et ça ne sent jamais l'eau salée. De l'eau salée, il n'y en a nulle part, juste des prairies, plates et monotones, dont les mouvements ressemblent cependant parfois à ceux du grand océan Atlantique qui a bercé ses premières années. La même houle calme ou enragée, mais faite d'épis de blé d'Inde ou de foin au lieu de vraies vagues qui viennent se briser sur la plage. Et de plage, ici, il n'y a que le chemin devant le champ de maïs, et aucune vague ne vient jamais y mourir. Au lieu du varech rejeté par la mer, on y trouve seulement des épis de blé d'Inde renversés et piétinés par des enfants malveillants et des nids d'oiseaux abandonnés. L'horizon est aussi loin, aussi plat ici, sans toutefois être liquide. Et les dangers qui s'y cachent sont différents mais, selon ses grands-parents, tout aussi dévastateurs. On ne peut se noyer dans les champs de céréales, on peut toutefois s'y perdre.

Et voilà que quatre ou cinq ans après s'être débarrassée d'elle et de ses deux sœurs, sa mère la rappelle à l'autre bout du monde ? Pour quoi faire ? Pourquoi elle ne se dérange pas, elle ? Pourquoi elle ne se donne pas la peine de traverser le continent elle-même pour venir les visiter, si elle s'ennuie tant de ses filles ?

Sa grand-mère leur a souvent expliqué, surtout quand arrivaient de Providence, à l'époque des fêtes ou pour leurs anniversaires, d'énormes paquets remplis de trucs inutiles mais qui faisaient le bonheur des trois filles, que si leur mère les a envoyées en Saskatchewan, chez sa mère à elle, c'est parce que la vie était trop dure dans le Rhode Island, que son travail dans une manufacture de coton sapait toutes ses énergies et qu'elle n'aurait pas pu élever ses trois enfants comme elle l'aurait voulu, surtout depuis la disparition de son mari en mer pendant une grosse tempête. Leur père, qui leur avait laissé comme seul héritage ce bien drôle de nom, Rathier, était mort en mer. C'est du moins ainsi que leur mère leur expliquait son absence. Les filles étaient trop petites pour se souvenir de lui, cependant, et Rhéauna a souvent rêvé d'un marin géant qui veillait sur elle quand elle avait des problèmes ou qu'elle craignait les monstres tapis dans le placard de leur chambre et qui, lui aussi, sentait l'eau salée. Et le poisson, parce qu'il avait, semble-t-il, été un excellent pêcheur au long cours qui partait souvent pendant des mois pêcher de gros poissons dans des bateaux énormes dont personne ne comprenait comment ils faisaient pour flotter : ils étaient construits en métal, et tout le monde sait que le métal ne flotte pas ! Elle essayait aussi parfois d'imaginer cet accent qu'il devait avoir parce que c'était un Français de France et qu'il parlait d'une façon très différente de tous les Canadiens français qui s'étaient réfugiés aux États-Unis, à la fin du dix-neuvième siècle, pour essayer de combattre la pauvreté en travaillant dans des facteries de coton américaines. Le Français de France s'était épris d'une Crie de la Saskatchewan, et ça avait donné ce que ça avait donné… Et voilà que le tourbillon de souvenirs vagues, d'odeurs exotiques, d'images imprécises et d'accent étranger revenait tout d'un coup la hanter au beau milieu de la nuit, en plein mois d'août, juste au moment où elle allait se préparer pour la nouvelle année scolaire ! On allait changer sa routine, perturber sa vie, pour la simple raison que sa mère voulait la revoir ?

« À Providence ? J'm'en vas à Providence dans le Rhode Island aux États-Unis ?

— Non, ta mère est revenue en Canada. A' s'est installée à Montréal. C'est juste un peu moins loin que Providence... C'est dans la province de Québec, tu sais, la province de Québec, j't'en ai souvent parlé... »

Rhéauna ne s'intéresse pas du tout à la province de Québec, même si sa grand-mère la lui a toujours décrite comme une espèce de paradis sur terre pour ceux qui, comme eux, ici, à Maria, ont choisi de parler français dans un pays anglophone qui ne veut pas d'eux et qui les méprise. En Saskatchewan, c'est difficile, c'est une lutte de tous les jours ; au Québec, c'est du moins ce qu'on dit, c'est plus facile parce qu'il y a plus de gens qui parlent français...

« Pis mes sœurs ?

— Tes sœurs vont aller te rejoindre plus tard.

— Comment ça, me rejoindre ? J'm'en vas pas juste visiter ma mère ? »

Et c'est là, elle le sent, que se cache le nœud du mystère, le cœur du malheur qui va lui tomber dessus d'une seconde à l'autre. Oh, elle sait ce que c'est, elle l'a deviné, et elle voudrait pouvoir plaquer ses deux mains sur la bouche de sa grand-mère pour l'empêcher de prononcer la phrase suivante. Mais ça ne changerait rien. Même non dits, les faits resteraient les mêmes. Elle est condamnée. À traverser le continent. Une seule fois. Dans un seul sens. Sa mère les avait confiées à leur grand-mère en leur promettant de revenir les chercher un jour, de ça elle se souvient très bien – les larmes, les caresses, les serments –, ce jour-là est arrivé, même si elle et ses sœurs ont fini par douter des intentions de leur mère, et il faut bien l'accepter.

Non.

Elle n'est pas obligée d'accepter ça.

Sa grand-mère a dû lire sa détermination dans ses yeux parce qu'elle lui prend soudain la main et la flatte, comme pour la consoler.

« T'as pas le goût de revoir ta mère ?

« — J'ai le goût de revoir ma mère, mais pas à Montréal, ici, à Maria, avec vous autres. C'est elle qui devait venir nous chercher, non ? Pourquoi a' veut me voir juste moi ? Pourquoi j'pars pas avec mes sœurs ?

— J'te l'ai dit, tes sœurs vont aller te rejoindre plus tard…

— J'te crois pas…

— Nana, j'te défends de me parler sur ce ton-là !

— C'est pas toi que je crois pas, c'est elle… Si a' dit qu'a' veut nous avoir toutes les trois, pourquoi c'est juste moi qui s'en vas ?

— Parce que t'es la plus vieille… Parce qu'a' veut… je sais pas… a' veut peut-être tester pour voir si est capable d'élever des enfants…

— A' nous a déjà montré qu'est-tait pas capable, non ?

— Nana, parle pas comme ça de ta mère ! C'est une femme ben courageuse… Pis arrête de discuter comme si t'étais une adulte ! T'es encore un enfant, pis tu vas faire comme on te dit de faire. »

Elle regrette aussitôt ses paroles et se lève pour serrer Rhéauna contre son ventre si accueillant, témoin de nombreux aveux, mouillé d'innombrables larmes et barbouillé de morve d'enfants trop sensibles.

« Ça veut dire que je reviendrai pus jamais ici, hein ?

— Je le sais pas, chère tite-fille.

— Comment je vas faire ? Comment je vas faire pour vivre sans vous autres, grand-papa pis toi ?

— Peut-être qu'on va pouvoir venir vous visiter de temps en temps…

— Tu le promets ?

— Ben oui, je te le promets. »

Rhéauna relève la tête. Ses yeux sont secs et ça inquiète un peu sa grand-mère.

« J'te crois pas.

— Tout ce que je peux te promettre, tu le sais ben, c'est de tout faire pour qu'on se revoie…

« — Mais ça veut rien dire.

— Ça veut au moins dire que j'vas essayer, Rhéauna. J'peux pas faire plus qu'essayer… »

Rhéauna secoue la tête, une frange de cheveux vient lui barrer le front.

« Quand est-ce que je pars ?

— Dans pas longtemps… Quequ'part la semaine prochaine…

— En train ?

— Oui.

— C'est loin…

— Tout est déjà arrangé. Tu vas faire trois stations, pis à chaque place y a une des sœurs de ton grand-père qui va t'attendre ou ben une de tes petites-cousines. Ta grand-tante Régina à Regina, ta grand-tante Bebette à Winnipeg, pis ta petite-cousine Ti-Lou à Ottawa.

— J'les connais pas toutes…

— Non, mais sont toutes fines. Même si on sait pas grand-chose de Ti-Lou.

— Ma tante Régina est pas fine…

— Ta tante Régina a eu une vie difficile…

— C'est pas une raison pour être bête comme est bête.

— Tu vas passer juste une nuit chez elle. Comme chez les deux autres. Entre deux trains.

— Ça va me prendre combien de temps pour me rendre jusqu'à Montréal ?

— Trois-quatre jours, je suppose.

— J'vas passer trois-quatre jours tu-seule en train ?

— Aie pas peur, tout va être arrangé. Y a du monde qui vont s'occuper de toi dans chaque train, c'est leur job, sont payés pour ça. Pis j'vas te donner une feuille avec ton nom, ton adresse pis le numéro de téléphone du magasin général écrits dessus. Y peut rien t'arriver. Y va rien t'arriver. J's'rais ben allée te reconduire, j'aurais aimé ça revoir Maria, mais y faut que je reste ici pour prendre soin des autres… »

Rhéauna saisit la tasse de sa grand-mère, en prend une longue gorgée. C'est tiède, c'est sucré, ça fait du bien.

« Laisse-moi pas partir, grand-maman...

— Si j'te laisse pas partir, ça va être à recommencer plus tard. C'est ta mère, Rhéauna, c'est elle qui décide...

— Non, c'est toi, ma mère. »

La fillette lève les yeux sur le visage bouleversé de Joséphine qui ne trouve rien à répondre, surtout pas une protestation.

« Garde-moi avec toi. Garde-nous avec toi. J'en veux pas, de Montréal. J'en veux pas, de la province de Québec. J'en veux pas, de ma mère.

— Dis pas ça. T'as pas le droit de dire ça.

— J'en veux pas, de ma mère, un point c'est tout. »

Elle quitte la cuisine en courant et Joséphine l'entend grimper l'escalier en faisant du bruit comme lorsqu'elle est en colère ou qu'on vient de la punir.

Joséphine attend ce moment depuis si longtemps, elle en a déjà tant souffert, qu'elle n'arrive pas à faire monter sa peine, à l'exprimer comme elle le voudrait. Elle la ressent, oui, mais de très loin, enfouie dans un coin si reculé d'elle-même qu'elle est incapable d'aller la chercher pour la transformer en mots, en larmes, en malédictions. Elle reste là un long moment, au beau milieu de la cuisine, étouffée, sans mots, sans larmes, sans malédictions. Et elle se dit que c'est ça, la mort. La fin de l'espoir. Toutes ces années, elle avait caressé l'espoir de garder ses trois petits-enfants pour toujours parce que leur mère n'arriverait jamais à joindre les deux bouts là-bas, à Providence, ou parce qu'elle se rendrait compte qu'elle n'avait pas la fibre maternelle. Tout ce temps-là, elle avait joué à être leur vraie mère, elle l'était sans doute devenue, et venait maintenant le moment de la séparation. De la punition ? D'avoir eu la prétention de les considérer comme étant à elle, sans trop leur parler de leur vraie mère ou leur faire miroiter l'espoir de la retrouver un jour ? Une usurpatrice punie, voilà ce qu'elle va devenir ?

Elle dépose sa tasse au fond de l'évier tout neuf que Méo vient d'installer sous la pompe, fait couler l'eau. Longtemps. C'est froid. Ça vient directement du fond de la terre. Ça lui fait mal. Ça fait du bien.

« Tu dors pas, toi ? Retourne donc dans ton lit ! »

On dirait qu'il fait encore plus froid dans la chambre. L'humidité de la nuit s'est insinuée partout, l'air est comme mouillé. Rhéauna va fermer la fenêtre et revient en courant vers son lit.

Béa n'a pas bougé. Elle se contente de regarder sa sœur en fronçant les sourcils. Deux billes bien noires dans l'obscurité. Et intimidantes. Béa est impressionnante quand elle est sérieuse. Rhéauna soulève la couverture, se couche à côté de sa sœur. Elle tremble, mais ce n'est plus de froid.

« T'es certainement pas venue te coucher dans mon lit juste pour réchauffer ma place, Béa… »

Béa se colle contre elle, passe son bras autour de sa taille.

« Qu'est-ce qui s'est passé ? Qu'est-ce qu'a' t'a dit, grand-maman ? »

Le soupir de Rhéauna n'est pas un soupir ordinaire. Béa les connaît, pourtant, les soupirs de sa sœur, souvent d'exaspération. À cause d'elle. De ce qu'elle fait, de ce qu'elle dit. Mais celui-là, plus profond, plus prolongé, s'achève en une sorte de tremblement proche du sanglot qui est nouveau, comme s'il s'étirait parce qu'il voulait ne pas finir, en fait. Mais peut-être qu'il ne finira jamais, non plus. Parce que Béa se doute qu'elle l'entendra dans sa tête pendant tout le reste de sa vie : il y aura d'abord dans sa mémoire ce tremblement sans fin, l'expression de ce qui est impossible à dire et qu'on laisse échapper sans trop s'en rendre compte, puis ce qui aura suivi, la terrible nouvelle qui aura bouleversé leur vie. Elle ne veut plus l'entendre, cette nouvelle, tout à coup, mais c'est trop tard, elle l'a demandée et sa sœur, dans un moment, va la lui révéler. À la fin du soupir sans fin.

Rhéauna tourne la tête, la regarde droit dans les yeux.

« Laisse-moi pleurer, un peu, avant. Après, tout à l'heure, quand ça va être fini, j'vas toute te conter… »

Mais elle n'a pas le temps de pleurer : Alice vient les rejoindre dans le lit. Elle se faufile entre ses deux sœurs, se blottit contre Rhéauna.

« Tu dors pas, toi non plus, Alice ? »

La benjamine, la plus vulnérable de la famille, a une toute petite voix flûtée quand elle est inquiète. Sa grand-mère appelle ça sa voix de souris prise au piège.

« J'veux pas être la dernière à apprendre ce qui se passe, comme d'habitude. »

Elles se blottissent les unes contre les autres. Si c'était à cause d'un orage, elles riraient de leur peur tout en se plaignant de l'étroitesse du lit, des odeurs qui s'en dégagent, mais le moment est grave et elles ont besoin de cette promiscuité, de cet échange de chaleur pour passer au travers des minutes qui vont suivre.

Et lorsque le récit vient, par petits aveux murmurés, par touches délicates parce que Rhéauna veut quand même ménager ses deux sœurs, ne pas trop les brusquer, elles sont galvanisées par l'horreur de la séparation imminente, de la perte de leurs grands-parents qu'elles adorent, du voyage à faire, d'abord pour Rhéauna, ensuite pour les deux autres – tout un continent à traverser, c'est inimaginable –, et surtout de cette nouvelle vie dont elles ne veulent pas avec une femme qu'elles ne connaissent pas dans une ville étrangère et lointaine, alors qu'elles sont si bien, ici, à Maria, cachées et protégées au milieu de nulle part.

Pour une fois, monsieur Connells, le propriétaire du magasin général, les a reçues à bras ouverts. Il a été prévenu de leur visite et sait qu'aujourd'hui Joséphine aura de l'argent à dépenser. Beaucoup d'argent. Ce n'est pas tous les jours qu'on a à refaire la garde-robe complète d'un enfant, et il se frotte les mains à l'idée des dollars – dix ? vingt ? *trente ?* – qui vont tomber dans son tiroir-caisse.

La nouvelle a vite couru à Maria que la plus vieille des filles Rathier, les petits-enfants de Méo et Joséphine Desrosiers, s'en va rejoindre sa mère à Montréal. Les commentaires, bons et mauvais, n'ont donc pas tardé. D'aucuns, parmi les plus méchants, prétendent que Maria, la mère de la petite, serait prostituée à Providence et qu'elle fera la guidoune à Montréal parce que c'est tout ce qu'elle sait faire ; d'autres racontent qu'elle s'en va travailler comme servante dans une maison de riches, à Outremont, un quartier chic de la métropole, et qu'elle va entraîner sa fille dans le même métier pour faire plus d'argent ; d'autres enfin croient l'histoire que raconte depuis toujours Joséphine parce qu'ils ont vu, eux aussi, des parents s'expatrier dans l'est des États-Unis pour essayer de mieux gagner leur croûte. Ils prennent tous en pitié cette enfant qu'on lance sans lui demander son avis dans une dangereuse aventure dont on ne peut pas imaginer comment elle se terminera et qui va se dérouler dans un monde que personne, à Maria, ne connaît. Traverser tout le Canada en train, comme ça, toute seule, c'est dangereux, non ? Tous ces étrangers avec qui on voyage. Ces hommes seuls qui cherchent peut-être une proie...

Joséphine a fait la sourde oreille à toutes ces considérations négatives depuis la semaine dernière, mais tout ça commence à lui tomber sur les nerfs et c'est ici, au magasin général, qu'elle a décidé de mettre le point final à ces commérages absurdes et autres commentaires désobligeants. Après tout, c'est le meilleur endroit à Maria où partir une rumeur qu'on veut faire savoir à tout le monde. Encore plus que sur le palier de l'église Sainte-Maria-de-Saskatchewan, parce que ici il n'y a pas de retenue, on n'est pas en présence de Dieu et, surtout, de son représentant, le curé Bibeau, qui filtre tout, censure à coups de sabre et imprime aux nouvelles lancées sur le perron de son église, le dimanche matin, une version qu'il a lui-même expurgée et qu'il impose comme la seule vérité possible par de grands gestes et de retentissants coups de gueule. Malgré sa profonde piété, Joséphine s'est toujours méfiée de lui et craint, si jamais elle décidait tout de même de se confier à lui, qu'il ne se range du côté des plus mal intentionnés, des plus vicieux et qu'il encourage de sa fille et de sa petite-fille un portrait répugnant, soi-disant pour faire un exemple. Ou pour illustrer sa théorie que personne ne devrait quitter Maria, surtout pas pour aller dans l'est, où les chances de perdre son âme sont si nombreuses. L'occasion serait trop belle, il en profiterait sans doute pour décourager ses paroissiens de s'éloigner de son emprise.

Maria est une anomalie en Saskatchewan. Petite enclave francophone catholique au milieu d'un monde d'anglophones protestants, perdue au milieu de prairies si vastes qu'on croirait qu'elles n'ont pas de limites et oubliée de tous à cause même de sa différence, elle s'est renfermée sur elle-même et a fini par croire qu'elle est un monde complet, défini, régi par des lois immuables dispensées par un seul homme, le curé. Une mentalité bornée et bête, encouragée par ce prêtre quelque peu despote mais au demeurant sincère, a fini par en faire un endroit invivable sous ses faux airs de campagne bien peignée et de village pittoresque. Même en sachant qu'ils seront conspués par la majorité des habitants de Maria, ceux qui ont le courage de la quitter ont conscience qu'ils ont fait le bon choix et ne reviennent jamais. Quelques habitants dans la jeune vingtaine, parmi ceux qui commencent à regarder plus loin que les limites du village, envient même Rhéauna – à voix basse, bien sûr – et lui souhaitent d'être heureuse à l'autre bout du pays. Même fille d'une prostituée ou d'une servante dans une maison de riches. Et quand la nouvelle a commencé à courir qu'elle serait bientôt rejointe par ses deux sœurs cadettes, ils ont applaudi à l'idée qu'une famille complète de Maria se défasse enfin de ses liens trop serrés avec ce village du bout du monde engoncé dans sa solitude. Les grands-parents sont trop vieux, ils ne supporteraient ni le voyage ni la vie au loin, mais les trois filles ont là une chance inouïe de connaître le vaste monde, et les plus libéraux parmi les jeunes résidants du village les envient.

Monsieur Connells a sorti ce qu'il avait de plus joli pour une fillette de l'âge de Rhéauna et, sur les conseils de sa femme, a tout étalé sur le grand comptoir de bois verni, les bas de fil blanc, les culottes bouffantes et autres sous-vêtements, les robes, les manteaux, les gants, les souliers, les petits chapeaux de paille. La tablette « petites filles – 4 à 10 ans » a été vidée de son contenu, et le propriétaire du magasin général espère bien vendre à Joséphine Desrosiers tout ce qui sera de la taille de Rhéauna. Il a même sorti le catalogue Eaton's, au cas… Pour les souliers, par exemple, dont il n'a pas un choix très varié.

Rhéauna, qui est restée plutôt silencieuse et réservée depuis qu'elle a appris la nouvelle de son départ, regarde tout ça d'un air morne. En toute autre occasion, elle sauterait de joie et pousserait des cris d'excitation devant tant de beau linge, mais cette soudaine abondance de richesses – il faut être riche pour pouvoir se payer une garde-robe neuve d'un seul coup – la laisse froide malgré les paroles d'encouragement de sa grand-mère.

« Oui, grand-maman, c'est beau. C'est ben beau... »

Elle palpe la douceur du manteau d'hiver d'un beau rouge éclatant, la légèreté de la robe d'organdi vert pâle sans faire aucun commentaire. Joséphine détourne la tête pour cacher son dépit.

« Force-toi un peu, Nana. Monsieur Connells connaît le beau pis y a sorti ses plus belles affaires pour toi ! Le linge que tu portes ici ferait pas l'affaire à Montréal, t'aurais l'air d'une pauvre, pis ta mère m'a envoyé un beau chèque pour que je t'habille... Force-toi, un peu ! »

Rhéauna baisse la tête, passe le plat de la main sur un foulard qu'on dirait de soie tant il est doux au toucher.

« J'sais tout ça, grand-maman... Mais tu me verras jamais dans ce linge-là, toi, as-tu pensé à ça ? »

Joséphine penche la tête, porte la main à son cœur.

« Le linge que tu portes a pas d'importance pour moi, chère tite-fille, tu devrais savoir ça... Pis le matin de ton départ, tu vas t'être tout habillée en neuf, j'vas pouvoir te voir... »

Monsieur Connells tousse dans sa main et sort de derrière le comptoir ce qu'il considère comme sa pièce de résistance : une paire de bottes d'hiver si fines, si légères, si souples qu'elles sont impensables dans un endroit comme Maria, mais que Rhéauna pourra sans aucun doute porter à Montréal, où, tout le monde le sait, les trottoirs de bois sont grattés chaque jour et la neige moins abondante qu'ici. On prétend même sans trop y croire qu'il y a des hivers complets sans neige, là-bas !

« Je sais pas comment ça se fait que ces bottes-là ont abouti ici, sont pas portables, à Maria, mais quand j'ai su que tu partais pour Montréal, Nana, j'ai tu-suite pensé à toi... »

Joséphine palpe et soupèse les bottes.

« C'est des bottes de femme, monsieur Connells, c'est ben que trop grand pour elle...

— Ben, a' les donnera à sa mère ! Votre fille Maria, qu'on appelait Maria de Maria quand on était petits, vous vous souvenez, a' va sûrement être contente de recevoir un beau cadeau de sa fille...

— On connaît pas ses goûts, monsieur Connells, pis on connaît surtout pas sa grandeur de pieds ! »

Lorsqu'elle sort du magasin général, elle porte les mêmes vêtements que lorsqu'elle y est entrée. Elle a bien accepté d'essayer quelques articles – la robe vert pâle, par exemple, au prix prohibitif –, mais elle a refusé de mettre le chapeau de paille ou les jolis gants de fil blanc comme le lui avait suggéré monsieur Connells :

« Les enfants aiment ça, d'habitude, Nana, porter le linge qu'on vient de leur acheter... Tu vas être belle là-dedans, pourquoi tu les essayes pas ?

— C'est du linge pour porter en voyage...

— Tu le porteras pas juste en voyage, tu vas continuer à le porter quand tu vas arriver à Morial...

— C'est justement, j'veux pas avoir l'air ici de ce que j'vas avoir l'air à Montréal ! »

Sa grand-mère n'a rien dit. Elle s'est contentée de payer – de beaux dollars neufs, craquants, tout droit sortis de la banque – en pinçant les lèvres. Elle sent que Rhéauna s'éloigne d'elle peu à peu, de ses sœurs aussi. De tout le monde, en fait. Comme si elle se préparait à la séparation par petites touches au lieu d'attendre la coupure finale. Peut-être pour moins souffrir. Joséphine, qui aurait plutôt envie de la catiner avant qu'elle ne parte, de la gâter, de la bourrer de tous les plats qu'elle préfère – qui sait ce qu'elle va pouvoir manger, là-bas, avec une mère qui va travailler, dans une ville où la nourriture fraîche est peut-être rare –, ne sait pas comment réagir. Elle est habituée aux situations simples, aux problèmes qui demandent du gros bon sens, et le désarroi de sa petite-fille qu'on va séparer de tout ce qu'elle connaît pour l'envoyer au bout du monde la déconcerte. Quand Maria, sa fille, est partie, c'était tout le contraire : elle avait choisi de s'en aller, elle avait hâte de sauter dans le train, de quitter pour toujours ce qu'elle appelait un trou perdu au milieu du blé d'Inde, pour connaître enfin la liberté. Là, cependant, elle ne trouve ni les mots ni les gestes pour consoler Rhéauna. Elle a bien essayé de lui parler, mais la fillette, butée, lui a répondu que tout allait bien, qu'elle comprenait la situation, qu'elle avait hâte de revoir sa mère. Elle n'a toutefois pas dit qu'elle avait hâte de partir.

Joséphine aurait besoin de conseils pour gérer ce grave problème, elle le sait. Mais où aller ? Pas au presbytère, en tout cas, où elle ne trouverait qu'incompréhension et ignorance. Oui, ignorance. Ce gros homme tonitruant n'est qu'un ignorant de la pire espèce et jamais elle n'irait lui demander conseil. La maîtresse d'école, peut-être, qui semble apprécier l'intelligence et la vivacité de Rhéauna. En attendant, la tension monte dans la maison et tout le monde s'en trouve malheureux. Alice, déjà maigrichonne, ne mange plus et Béa regarde sa sœur avec de grands yeux ronds comme si elle ne la reconnaissait plus. Quant à Méo, son désespoir se lit dans les nouvelles rides qui se sont creusées sur son front.

L'autre soir, il lui a dit :

« On va les perdre une par une, Joséphine. Comme si y mouraient une après l'autre. On a pourtant pas mérité ça... »

Les achats réglés, elle a pris sur le comptoir la plupart des paquets – de nombreux sacs de papier brun, quelques boîtes – et a suivi sa petite-fille qui est déjà sortie de la boutique, tête basse, en faisant tinter la clochette accrochée à la porte.

C'est une journée fraîche de la fin août, ça sent le début des moissons et les enfants commencent déjà à parler de la rentrée des classes. Rhéauna, elle, pense à l'école qu'elle va fréquenter, à Montréal, une énorme boîte en brique rouge, comme toutes celles des grandes villes, a-t-elle entendu dire, où s'entassent des centaines d'élèves alors qu'elle est habituée à une minuscule école de rang fréquentée uniquement par des enfants qu'elle connaît. Elle a du mal à s'imaginer dans une classe de trente élèves – *trente* élèves, il y en a moins que ça dans toute son école, à Maria ! – avec comme compagnes des enfants de la ville qui vont lui trouver tous les défauts du monde parce qu'elle vient de loin et rire de son accent de la Saskatchewan. (Quelqu'un, un visiteur venu de la ville de Québec, il y a quelques années, a déjà déclaré aux habitants de Maria qu'ils avaient un léger accent anglais, et ça a insulté tout le monde.)

Une nouvelle vie, une nouvelle mère, une nouvelle école remplie d'inconnus... Une envie de pleurer la prend sur le perron du magasin général. Elle poserait sur le vieux plancher de bois les paquets qu'elle porte, elle s'assoirait en haut des marches de l'escalier et se laisserait aller aux sanglots et aux cris de rage qu'elle retient depuis qu'elle a appris la nouvelle de son départ. Mais non. Pas devant sa grand-mère. Il faut que sa grand-mère la croie forte. Elle n'est pas sûre que Joséphine soit dupe du rôle de petite fille raisonnable qu'elle a décidé de jouer jusqu'à son départ, à cause de certains regards qu'elle a surpris, de ses sourcils froncés quand elles ont à parler du voyage, de cet air de doute qu'elle lit dans les yeux de sa grand-mère quand elle prétend que tout va bien, mais jamais elle n'irait avouer à qui que ce soit à quel point elle est malheureuse.

Le boghei les attend devant la porte. Malin, le cheval de la famille qui porte si mal son nom, mâche placidement une pomme que Méo vient de lui glisser dans la bouche. Méo lui-même prend un peu de soleil en fumant sa pipe qui, aujourd'hui, fleure bon la vanille. Il a décidé de se payer la traite et s'est acheté le paquet de tabac *Vanilla* qu'il convoite depuis des semaines. C'est bon, ça goûte le dessert et ça engourdit un peu la souffrance qu'il ressent depuis qu'il a appris que sa petite-fille va partir. La vieillesse, oui, bon, il l'a acceptée depuis longtemps, c'est dans la logique des choses, ça arrive à tout le monde, mais le départ d'une source de joie et d'orgueil comme Rhéauna, d'un enfant qu'on n'attendait pas et qui est arrivé dans votre existence sans prévenir à un âge où on croyait avoir élevé tous les enfants que la vie avait à vous donner, cette cruelle séparation après cinq ans d'une vie de famille renouvelée grâce à la présence de trois fillettes turbulentes, drôles, exaspérantes, ce grand trou de solitude à deux qui l'attend en compagnie de Joséphine dans le silence imposé à une maison habituée aux cris, aux rires et aux voix flûtées vont venir à bout de lui, il le sait. Et c'est la mort, cachée tout près, ricaneuse, inexorable, qui l'attend. Il veut partir le premier. Ou alors en même temps que Joséphine. Parce qu'une journée sans elle est impensable. Encore plus qu'une journée sans Rhéauna, sans Béa, sans Alice.

Quand Alice est arrivée à Maria, elle n'avait que quatorze mois, elle ne connaît pas du tout sa mère, n'en garde aucun souvenir, pourquoi partirait-elle la rejoindre à l'autre bout du monde ? Les liens du sang ? Juste à cause des liens du sang ? Mais les liens d'attachement, alors ? Les nuits d'inquiétude parce que la fièvre frappe une fillette sans résistance, les premiers pas, les premiers mots, la première rentrée des classes, la première communion, le premier chagrin d'adulte chez une enfant trop jeune pour connaître un chagrin d'adulte ? Rhéauna qui saute à la corde devant la maison en chantant « Salade, salade, limonade sucrée, dites-moi le nom de votre cavalier », Béa qui engouffre sa portion de ragoût de pattes de cochons en félicitant sa grand-mère d'être la meilleure cuisinière de la planète, Alice et sa catin Geneviève de Brabant qu'elle traîne partout parce que c'est la plus belle chose qu'elle ait jamais vue ! Sa fille Maria n'a rien connu de tout ça, et elle ose réclamer ses enfants après les avoir abandonnées, oui, abandonnées, pour gagner quelques dollars dans une manufacture de coton où la vie n'est certainement pas plus drôle qu'au fin fond des prairies ! C'est bien beau de rapatrier trois enfants déjà élevées, mais saura-t-elle qu'en faire ? Après les baisers de retrouvailles et les tentatives de justifications, qu'est-ce qu'elle va bien pouvoir faire de ses trois filles qu'elle ne connaît pas ? Ses idées noires gâchent quelque peu la saveur sucrée du tabac et Méo voudrait tout à coup effacer les dernières semaines, revenir au début d'août quand la vie était si douce et si facile. Enfin, presque. Parce que la vie n'est jamais douce ni facile dans les prairies.

Il aide sa femme et sa petite-fille à monter leurs paquets dans le boghei, les installe confortablement sur la banquette de cuir.

Malin a fini sa pomme et tourne la tête dans l'espoir qu'on lui en tende une autre. Non. Ce sera pour une autre fois. Méo fait claquer sa langue deux fois, le cheval reconnaît le signal de départ. Le boghei s'éloigne du magasin général, traverse le village en caracolant.

Rhéauna a appuyé sa tête contre le dossier de son siège sans regarder défiler le paysage, comme elle le fait d'habitude. Inquiète, sa grand-mère se penche sur elle.

« T'as pas mal à' tête, toujours ? »

Rhéauna ouvre les yeux. Esquisse un petit sourire triste.

« Non, mais je me demandais une chose…

— Quoi donc ? »

La fillette regarde sa grand-mère en plissant le front.

« Pourquoi maman voulait absolument que tu m'achètes du linge ici ? Ç'aurait pas été plus facile d'attendre à Montréal ? Le linge doit être ben plus beau, ben plus à la mode à Montréal, non ? Pis j'aurais eu moins de bagages à transporter jusqu'à Montréal ! »

Joséphine s'est posé la même question à plusieurs reprises et n'est pas trop sûre d'avoir trouvé la bonne réponse.

« J'sais pas... Peut-être qu'a' savait que t'allais t'arrêter chez toutes sortes de monde pis qu'a' voulait que tu sois belle... Surtout pour ta tante Régina qui critique toujours toute...

— Mon linge d'ici était pas assez beau pour les sœurs de grand-papa ?

— C'est peut-être ce qu'a' pense, elle.

— A'l' avait-tu honte de son linge quand est-tait à Maria ? »

Joséphine lui enlève la frange qui lui est tombée sur un œil.

« Quand est-tait ici, à Maria, ta mère avait honte de toute, Rhéauna.

— A'l' avait-tu honte de vous autres ?

— J'ai dit de toute. Ça veut dire nous autres aussi. »

Le cœur serré, Joséphine se rappelle la scène terrible que lui a faite sa fille, la veille de son départ, treize ans plus tôt, en cette maudite année 1900 ; sa hargne, son besoin de liberté dans un village qui ne pouvait que l'étouffer parce qu'elle s'y sentait trop à l'étroit, son désir de vastes horizons d'où toute trace de céréales – le maudit maïs, les maudits épis de blé – aurait disparu ; la mer, la mer à perte de vue avec une vraie marée et un vrai ressac, le danger de l'eau au lieu de la placidité exaspérante des champs d'avoine ! D'un côté Joséphine, qui se demandait de qui, dans sa famille ou celle de Méo, Maria avait hérité ce besoin de s'éloigner de ce qui l'avait vue naître – le retour de l'errance après des années de sédentarité volontaire –, de l'autre Maria, toutes griffes dehors, pour qui partir était synonyme de survie. Aucun compromis possible entre elles, aucune compréhension non plus. La mère avait rêvé de tranquillité, de paix, d'immobilité, et les avait trouvées ; la fille ne jurait que par le vagabondage et l'aventure.

Mais Maria, comme le lui avait prédit sa mère, avait vite payé le prix de la liberté. Elle était devenue prisonnière de l'eau comme elle l'avait été de la terre. Parce qu'il fallait bien gagner sa vie pour survivre. Là-bas comme ici. Et que les manufactures de coton du Rhode Island – le but de son voyage, la promesse de l'argent vite gagné, de la vie facile des grandes villes avec des gens moins bornés et, surtout, plus amusants que les cadavres ambulants qu'on croisait à Maria – ne représentaient pas du tout, en fin de compte, la délivrance dont elle rêvait. Mais peut-être avait-elle tout de même réussi à se débarrasser de cet étouffement qu'elle ressentait en Saskatchewan et qui l'aurait tuée si elle était restée à Maria. C'est du moins ce que lui souhaitait sa mère, qui, pourtant, n'avait jamais aperçu quelque signe que ce soit de liberté ou de bonheur dans les lettres de sa fille. Même avec ce Simon Rathier, un étranger épousé sur un coup de tête et qui lui avait fait trois enfants avant de disparaître dans une tempête. Mais peut-être que Maria n'avait pas de talent pour le bonheur, en fin de compte.

Et lorsqu'elles étaient arrivées par le train de Regina, ces trois pauvres petites choses tremblantes et affamées dont Maria avait été obligée de se séparer parce qu'elle n'arrivait pas à subvenir à leurs besoins, leur grand-mère avait compris le désespoir de son enfant trop orgueilleuse pour revenir se réfugier dans le trou qui l'avait vue naître, mais qui ne voulait pas que ses enfants souffrent de ses propres privations et de ses évidentes déficiences.

Et voilà que la plus vieille va refaire une partie de ce même voyage, encore une fois sans l'avoir demandé.

Rhéauna a détourné les yeux pour regarder le vent jouer dans les cheveux du blé d'Inde.

« En tout cas, j'espère qu'a'l' aura pas honte de moi... »

Joséphine lui tapote la main, la porte à ses lèvres, l'embrasse.

« Personne aura jamais honte de toi, Rhéauna. Jamais. »

La veille de son départ, Rhéauna se rend coupable d'une chose de tout temps défendue à Maria – ses grands-parents sont intraitables à se sujet – et dont elle rêve presque chaque nuit lorsqu'il fait doux. Tous les enfants du village en parlent, mais aucun, depuis Maria Desrosiers, paraît-il, donc à la fin du siècle dernier, n'a encore osé le faire, même les garçons les plus crâneurs. Parce que c'est dangereux. C'est du moins ce que prétendent les vieux qui ont, pour étayer leurs dires, des histoires épouvantables à raconter d'enfants égorgés, étripés ou rendus méconnaissables parce qu'ils avaient trop essayé de se défendre. Contre quoi ? Fantômes ou bêtes sauvages, venus de l'au-delà ou du fond des prairies, issus de leur religion ou de celle de leurs ancêtres cris, qu'importe, ce qui compte c'est les membres atrophiés, les visages mâchouillés et les vies gâchées parce qu'on a osé désobéir à ses parents. Alors quand il fait beau, l'été, tous les enfants rêvent de devenir le premier être humain depuis Maria Desrosiers à enfreindre cette loi et à survivre.

Ce soir-là, toutefois, on ne peut pas dire qu'il fasse doux. Les belles nuits de juillet sont loin derrière, presque oubliées, le cru est tombé tôt, un petit vent frisquet s'amuse à plier les épis de maïs, et le hibou qui vit dans la grange hulule presque sans arrêt de façon sinistre. En tout autre temps, Rhéauna aurait cru qu'il les avertissait de la présence de créatures de la nuit – de délicieuses chauves-souris au vol imprévisible, par exemple, sa nourriture favorite, un prédateur à la recherche de poules grasses, ou bien des couleuvres hypocrites et sinueuses –, cette fois, cependant, elle est convaincue qu'il pleure son départ à elle. Enfin, convaincue, non, elle sait bien que c'est faux, que le hibou ignore sans doute qu'elle existe, mais l'idée que même la nature déplore la séparation définitive qui aura lieu demain matin lui fait du bien et, les coudes sur l'appui de la fenêtre, elle se laisse aller à imaginer que Maria, sa nature comme ses habitants, ne se remettra jamais de sa disparition.

Mais ce rêve éveillé, quoique assez satisfaisant, ne lui suffit pas. Il lui reste une chance de prouver à tout le monde qu'elle est la plus brave, ou alors que toutes ces histoires d'enfants éclopés, elle commence à s'en douter, ne sont là que pour effrayer les jeunes, les obliger à obéir, et elle décide de la prendre, cette chance, de jouer avec le feu, de risquer le tout pour le tout. Si elle sort de l'aventure infirme ou défigurée, sa mère en sera la seule coupable et devra se contenter de voir débarquer du train, à la gare Windsor, une fille monstrueuse. Tant pis pour elle.

Elle ne se donne pas la peine de réfléchir, elle ne veut pas retomber dans cette ridicule terreur qui a bercé toute son enfance, et se rhabille en prenant toutes les précautions possibles pour ne pas réveiller ses deux sœurs. Qui ne dorment peut-être pas, elles non plus, après tout. Que faire si elles décident de la suivre ? Les renvoyer au lit ? Les encourager à l'accompagner ? Mais elles restent toutes les deux immobiles et Rhéauna, soulagée, sort de la chambre sur la pointe des pieds.

Elle va se rendre coupable de l'indicible, du défendu, de l'impensable : elle va oser pénétrer dans le champ devant la maison pour aller écouter pousser le blé d'Inde !

La légende veut que lorsque le Grand Manitou a eu terminé de dessiner la Saskatchewan à l'aide d'un morceau de fusain – quelques coups de crayon en guise d'horizon plat, une élévation ou deux pour briser la monotonie, un groupe de nuages dans le ciel parce que c'est plus joli –, il se serait rendu compte que tout ça était bien vide et aurait décidé d'inventer les céréales. Pour ajouter de la couleur et du mouvement. Le blé, l'avoine, le seigle et les autres graminées seraient donc apparus et, en dernier, le majestueux blé d'Inde qui peut monter jusqu'à huit pieds de haut à la fin août et, avec l'aide du vent, imiter à s'y méprendre le bruit de la mer qu'il n'a pourtant jamais connue. Il aurait ensuite peuplé tout ça d'animaux des plaines, de volatiles gras et appétissants, d'affreuses choses rampantes aussi, vers de terre et serpents de toutes sortes – les vers afin d'aérer la terre, les serpents qui contrôlent la population de petits animaux –, avant de se résoudre à fabriquer le premier être humain. Un Cri, bien sûr. Pour régner et surveiller, organiser et sauvegarder. La légende ne dit pas si le premier Cri était un cultivateur, s'il a tout de suite compris l'importance des céréales ou découvert la saveur sucrée du maïs et ses vertus nutritives du premier coup, mais on prétend qu'il lui a dès le début voué une vénération sans bornes, qu'il l'a vite élevé au rang de mythe, son premier, peut-être le plus important, qu'il lui a même inventé une légende qui veut que lorsque le Grand Manitou a eu terminé de créer la Saskatchewan… C'est donc une légende qui se mord la queue et qui se trouve par le fait même invérifiable. Comme toute bonne légende qui se respecte.

Cette même légende prétend aussi que le Grand Manitou, allez savoir pourquoi, a défendu à l'homme d'écouter pousser le blé d'Inde qui fait pourtant un boucan terrible, la nuit, quand il est en pleine croissance. On a le droit d'écouter ses craquements et ses sifflements si on ne se trouve pas au milieu d'un champ – en se promenant le long d'un chemin, par exemple, ou en fumant sa pipe sur le perron de sa maison pour éloigner les moustiques, après le souper, en compagnie de sa famille –, il est défendu, toutefois, de descendre du perron, de traverser le chemin et de s'avancer dans le champ de blé d'Inde dans le but de l'écouter pousser. Surtout les enfants. Pourquoi ? D'aucuns prétendent, des révoltés, des têtes brûlées comme Maria Desrosiers, que c'est une histoire fabriquée de toutes pièces pour empêcher les jeunes gens d'aller faire dans les champs de maïs ce qui leur est défendu en dehors. S'ils ont tort, comme l'ont prétendu des générations de curés, on n'a jamais su la vraie raison. Et on ne la cherche plus. C'est comme ça, c'est tout. On n'a plus à y réfléchir, on obéit. D'autres histoires, plus noires encore, plus sinistres, se sont ajoutées au fil des ans : la bête Boulamite qui pue et qui ronge les pieds des enfants surpris à errer dans les champs de maïs le soir tombé, le bonhomme Sept-Heures qui transporte sur son dos une grande poche de jute dans laquelle il conserve les têtes des enfants désobéissants et – c'est la version un peu secrète qu'on ne révèle qu'à ceux qui entrent dans l'adolescence – la fée Péché Mortel elle-même en personne et ses promesses de concupiscences sans punition. Les sceptiques prétendent que c'est d'ailleurs là le point de rencontre de la religion importée d'Europe et de celle, plus naturelle, moins retorse, des peuplades d'origine de la Saskatchewan. Et ce serait à cette même jonction que le Dieu des chrétiens aurait remplacé le Grand Manitou. De façon définitive. Jamais, selon eux, le dieu des Cris n'aurait eu le mauvais goût d'inventer des histoires dans lesquelles ce qui est naturel ne l'est pas et ce qui ne l'est pas l'est. Pour les Cris, la nature et la religion ne faisaient qu'un ; pour les Européens, la nature était païenne, sans loi, et on devait la renier autant que possible et, surtout, la séparer de la religion. Pourquoi ? D'autres légendes. Innombrables. Inexplicables. Et sans fin.

La légende était donc devenue une bête à deux têtes, avec deux origines différentes, la deuxième l'emportant à la longue sur la première au fur et à mesure que les Européens, ou leurs descendants, venaient s'installer dans la prairie en chassant les Cris de leurs terres. Et c'est à celle-ci qu'on croit à Maria, Saskatchewan, en ce début de vingtième siècle. Et à laquelle va désobéir Rhéauna Rathier, fille de Maria Desrosiers. Vingt ans après sa mère.

Emmitouflée dans sa parka d'hiver qu'elle est allée déterrer dans le grand coffre en cèdre et qui sent fort la boule à mites – c'est d'ailleurs ça qui attire la bête Boulamite, à l'automne, paraît-il –, Rhéauna traverse à la hâte et sans se retourner le petit chemin qui la sépare du champ de blé d'Inde. Après tout, qu'est-ce qu'elle a à perdre, cette nuit ? En fin de compte, dans l'état où elle se trouve, la mort, aussi atroce soit-elle, serait la bienvenue. Elle se faufile entre des épis presque deux fois plus hauts qu'elle, s'avance à grands pas dans la nuit frisquette et mouillée. Elle serre sa parka contre elle pour que son corps ne perde pas de sa chaleur. Ce qui la frappe d'abord, c'est l'odeur forte de l'humus qu'ont arrosé les grandes pluies récentes et des céréales rendues à terme, prêtes à être coupées, battues, égrenées, engrangées. Ou mangées, dans le cas du blé d'Inde, telles quelles, sur l'épi, chaudes, avec du beurre et du sel. La salive lui monte à la bouche et elle sourit dans la pénombre. Si ses grands-parents la voyaient. Ou ses sœurs. Penser à manger du blé d'Inde dans un moment pareil !

Elle avance à grands pas en poussant les épis qui se trouvent sur son chemin. Elle essaie d'aller le plus en ligne droite possible pour ne pas se perdre. Le jour, c'est plutôt facile, si on s'égare parce qu'on a tourné en rond sans s'en rendre compte, on n'a qu'à appeler et grand-papa arrive en courant. Mais là, au milieu de la nuit, ce n'est pas le temps de tourner vers la gauche ni la droite si elle veut retrouver son chemin. Elle regarde le ciel. Dieu, que c'est beau ! Elle ne sait pas lire dans les étoiles comme certains au village prétendent pouvoir le faire, expliquer le passé et prédire l'avenir avec comme seule arme la position dans le ciel des planètes à votre naissance et leur emplacement dans le présent. Elle ne pourrait pas non plus se guider sur elles et retrouver son chemin comme son père, le marin au long cours, qui a pourtant fini lui aussi par se fourvoyer en pleine mer. Et périr, l'imbécile.

Mais pour entendre pousser le blé d'Inde il faudrait qu'elle arrête de marcher et qu'elle prête l'oreille, non ? Elle fait trop de bruit avec ses bottes d'automne et c'est elle qui fait craquer les épis en les repoussant pour avancer. Se coucher par terre comme l'hiver quand elles et ses sœurs dessinent des anges aux ailes déployées dans la neige ? Non, le sol est sans doute trop humide et elle ne veut pas attraper de rhume. Mourir, oui, sans problème si ça lui épargne l'exil, mais un gros rhume de cerveau, non, c'est trop désagréable... Elle s'immobilise donc sous la voûte étoilée, saisit deux ou trois épis de maïs à bras-le-corps et ferme les yeux. Qu'est-ce qu'elle va entendre en premier ? Le craquement tant attendu, sec comme un coup de fouet, alors qu'un blé d'Inde va sortir du sol d'un pouce ou deux tout d'un coup, comme le veut la légende, ou l'arrivée des êtres de la nuit qui l'ont sentie, qui viennent la dévorer et qui se coulent peut-être en ce moment même entre les hauts épis pour venir lui brûler les pieds ou lui couper la tête ? Elle sourit encore. Mais, cette fois, c'est un tout petit sourire. C'est drôle, au milieu du danger, comme ça, alors qu'elle devrait trembler de peur, c'est plutôt une espèce de paix qui lui est tombée dessus. Est-ce que ça veut dire que le danger, au cœur de lui-même, n'existe plus ? C'est donc quand on en est éloigné qu'il impressionne tandis qu'en sa présence, alors qu'on devrait trembler, pleurer et demander grâce, on le trouve ridicule ?

Elle attend. Deux minutes. Cinq. Rien. Oh, il y a le vent, c'est vrai, toujours présent dans les plaines, mais elle le connaît bien et arrive à en faire abstraction. Non, ce qu'elle attend, c'est un beau gros crac bien sonore, juste un, juste pour dire que ça existe, que le blé d'Inde pousse vraiment à grands coups de fouet retentissants, et toujours la nuit.

Alors lui vient à l'esprit l'idée que le maïs, en fin de compte, est peut-être rendu à pleine maturité, qu'il a fini de pousser, qu'il est trop tard pour l'entendre sortir de terre.

Mais soudain, bonheur suprême, un énorme craquement se fait entendre. Ce n'est pas un bruit de pas, ni un appel d'animal, ni le vent dans les épis, c'est un vrai craquement de quelque chose d'énorme qui surgit du sol en poussant de toutes ses forces, d'un être en pleine croissance qui veut vivre, qui veut s'affirmer, une manifestation de la nature qui explose de vie, et Rhéauna lance un cri de joie. Elle l'a entendu ! Elle a entendu le blé d'Inde pousser et aucune bête ni aucun être maléfique n'est venu la terrasser pour la dévorer vivante ou la transporter comme un trophée au fond d'une cachette !

Elle n'en attend pas un deuxième, elle a eu ce qu'elle voulait; elle fait demi-tour et revient vers la route sans se perdre. Elle voudrait se planter au milieu de la petite route de terre et hurler sa joie. Mais elle doit se contenir, ne rien révéler à personne et partir comme sa mère, jadis, convaincue que les légendes ne sont que des légendes et le vaste monde moins dangereux qu'elle ne l'avait cru. Elle n'a toujours pas envie de partir, mais, au moins, elle n'a plus peur.

Elle trouve ses deux sœurs couchées dans son propre lit. Les yeux grand ouverts. De toute évidence inquiètes, peut-être un peu terrorisées, aussi, par ce qu'elle vient de faire. Alice soulève la tête aussitôt que Rhéauna a refermé la porte derrière elle.

« T'es t'allée dans le blé d'Inde, hein ? »

Béa s'appuie sur son coude droit.

« As-tu vu la bête Boulamite ?

— As-tu vu le bonhomme Sept-Heures ?

— Des grenouilles ?

— Des serpents ?

— Des fantômes ?

— Es-tu morte ? »

Rhéauna ne peut pas s'empêcher d'éclater de rire et les pousse du coude pour qu'elles lui fassent une place dans le lit. Enfin de la chaleur ! Alice hurle parce que les pieds de sa grande sœur viennent de lui frôler un mollet. On entend la voix de grand-papa, dans la chambre d'à côté :

« Qu'est-ce qui se passe, là ? J'ai entendu l'escalier craquer, pis v'là que vous vous mettez à crier au beau milieu de la nuit ! Va-tu falloir que je me lève ? »

Les trois filles, qui savent ce que ça veut dire quand leur grand-père se donne la peine de se relever alors que tout le monde est couché et devrait dormir, se calment aussitôt.

« C'est moi qui a descendu en bas, grand-papa ! J'ai été boire un verre d'eau !

— Ben, arrange-toi pas pour être obligée de te relever pour aller faire pipi, Nana ! J'veux pas que ça dure toute la nuit, c't'histoire de varnoussage-là ! Pis si ton verre d'eau te donne envie de pipi, fais ça dans le pot de chambre ! »

Tout de même inquiète malgré le rire de sa sœur, Alice répète sa question :

« T'es pas morte, hein, Nana ? »

Rhéauna se tourne, l'enlace, lui donne un baiser sur la tempe.

« Non seulement chus pas morte, mais, si ça peut te rassurer, dis-toi ben que chus plus vivante que jamais… »

Elles passent toute cette dernière nuit dans le même lit. Et ne dorment pas beaucoup. De temps en temps, un petit ronflement monte dans la chambre quand Alice ou Béa chute pour un moment dans le sommeil, par petits coups brusques qui ressemblent plus à une perte de conscience qu'à ce que leur grand-mère appelle un *endormitoire*, mais Rhéauna, elle, reste éveillée. Elle dormira dans le train pour Regina, même si la route est plutôt courte.

Elle leur décrit son incursion dans le champ de maïs, les mensonges qu'on leur a racontés depuis toujours, la beauté du ciel quand on est plongé dans la nuit noire, l'enivrement du vent qui fait balancer les énormes épis et vous ébouriffe ; elle leur parle aussi de son départ, le lendemain matin, de la séparation qui ne devrait pas être trop longue, de leur départ à elles aussi, imminent, si inquiétant, elle le sait bien, mais qu'elles devraient prendre comme le début d'une grande aventure alors qu'elle n'en est pas convaincue elle-même. Elle va jusqu'à prédire qu'elles seront heureuses avec leur mère, dans cette province pleine de possibilités où ceux qui parlent français sont en grande majorité, dans cette ville qu'on dit énorme, déjà remplie de voitures alors qu'il n'y en a que deux ici, à Maria, avec au moins dix nickelodeons, sinon plus, des tramways, des autobus, de l'électricité partout. Elle finit par se prendre à son propre jeu et se laisse aller à imaginer Montréal en été, Montréal en hiver, ses longues rues à angle droit, les klaxons, même au milieu de la nuit, et l'incroyable odeur qui s'échappe des portes des restaurants trop nombreux, paraît-il, pour qu'on puisse les compter. Et cette montagne, au beau milieu de la ville, parce qu'il y a une montagne, une vraie montagne, en plein cœur de Montréal ! Un énorme terrain de jeu qui sera le contraire de la prairie si ennuyeuse où rien ne se passe jamais ! Elle s'arrange cependant pour ne pas penser aux écoles en briques rouges et aux méchantes petites filles de la ville qui ne feront qu'une bouchée d'elles, les pauvres sœurs Rathier issues du fin fond des plaines, affublées d'un accent à couper au couteau et désarmées devant la sophistication des grandes villes. Elle répète le mot sophistication dans sa tête ; elle vient de l'apprendre et elle trouve que c'est le plus beau mot de la langue française. En tout cas, l'un des plus compliqués qu'elle connaisse.

Ce qui l'empêche de s'attarder à l'idée de l'absence prochaine de leurs grands-parents dans leur vie.

Et de la présence de cette mère qu'elles ne connaissent pas.

Les larmes qu'elle n'a pas encore versées se mettent à couler. Par chance, ses sœurs ne les voient pas, elles viennent de s'endormir, quelque peu rassurées, alors que son cœur à elle bat à se rompre. Elle ne veut pas partir. Il reste encore deux heures avant que sa grand-mère ne vienne les réveiller. Elle va peut-être mourir au cours de ces deux heures, ou alors, si elle ne dort pas, peut-être que le temps ne passera pas, que le moment de se lever et de s'habiller avec ses vêtements neufs ne viendra pas. Ou que le train va dérailler en entrant dans la gare de Maria, demain matin. Et elle s'endort malgré elle.

Au petit matin, Joséphine trouve les trois fillettes enlacées dans le lit de Rhéauna, comme trois chatons d'une portée sans mère. Et elle aussi se laisse enfin aller à pleurer.

Ses souliers sont trop petits, son chapeau lui gratte le front et son manteau – que sa grand-mère a acheté deux tailles trop grand pour qu'il dure quelques années – lui flotte sur le dos. En se regardant dans le miroir, juste avant de quitter sa chambre, elle se dit qu'elle aura moins de peine à partir que de honte à se montrer comme ça en public. Ils auront tout le village à traverser pour se rendre à la gare, et elle voudrait que personne ne la voie attifée de la sorte, dans des vêtements qui ne lui vont pas, aux couleurs ridicules pour une petite fille de la campagne. Elle va quitter une foule hilare plutôt que chagrinée. Et le dernier souvenir qui restera d'elle, à Maria, sera d'un épouvantail à moineaux honteux mais vêtu de neuf faisant ses au revoir à une foule qui rit de lui.

Ses sœurs, elles, ne rient pas lorsqu'elles l'aperçoivent. Elles se contentent d'arrondir les yeux en se poussant du coude. Béa se sent obligée de lui dire qu'elle est belle, mais Alice se contente de se fourrer le pouce dans la bouche alors qu'elle vient à peine de se guérir de cette mauvaise habitude. Rhéauna se dit que c'est là le premier résultat de son départ : sa sœur Alice redevient bébé !

Ils sont tous les cinq sur la véranda, un peu raides, compassés et silencieux. Le boghei les attend au pied des marches. Et, pour une fois, Méo a décoré Malin qui fait son fringant avec ce chapeau de paille que Rhéauna lui envie parce qu'il lui va à ravir. Son grand-père sort sa pipe de sa bouche, la frappe contre son talon pour la vider alors qu'il sait qu'il aurait dû aller faire ça dans le chemin, là où Joséphine n'aura pas à passer le balai en maugréant contre la puanteur que ça dégage.

« T'es belle comme une princesse, ma petite fille ! Sais-tu ça ? »

Rhéauna mime une grimace, une de ses plus laides, qui fait rire ses sœurs – délivrance ! – et esquisse une petite courbette qui pourrait passer pour une révérence si on ne sentait pas toute l'ironie qu'elle y met.

« Ouan, une princesse de conte de fées pour les pauvres ! La Cendrillon de Saskatchewan ! La Blanche-Neige des plaines ! »

Joséphine choisit de trouver ça drôle et lui donne une petite tape sur les fesses pour lui faire descendre l'escalier.

« Ton manteau est rouge, Nana. T'as oublié le Petit Chaperon rouge.

— Le Petit Chaperon rouge était pas une princesse, grand-moman… »

Sa grand-mère la regarde droit dans les yeux.

« Non, mais a' savait se défendre…

— O.K., d'abord. Le Petit Chaperon rouge du village de Maria. J'me demande ben quel genre de grand méchant loup j'vas rencontrer dans le train, par exemple ! »

Elle sait qu'elle vise juste parce que ce qui inquiète le plus sa grand-mère, dans toute cette aventure, c'est les quatre voyages en train qu'elle aura à faire avant de parvenir à Montréal.

« Y t'arrivera rien, chère tite-fille. »

Elle lui passe autour du cou une petite sacoche en velours bleu nuit – ça jure un peu sur le rouge de son manteau – retenue par une lanière de cuir.

« T'as toute, là-dedans, Nana. Ton nom, ton adresse, le numéro de téléphone du magasin général, celui où tu peux rejoindre les trois personnes chez qui tu t'en vas pis même celui de ta mère, à Montréal, qui a un numéro de téléphone personnel, la chanceuse. Ton billet de train. De l'argent. Tu peux pas te perdre. Quelqu'un va s'occuper de toi dans chaque train. Sont habitués de transporter des enfants qui voyagent tu-seuls. As-tu mis tes livres préférés dans un sac, comme je te l'avais demandé ? Ça va être long, surtout entre Winnipeg pis Ottawa, faut que tu trouves quequ'chose à faire... »

Elle radote, elle a déjà dit ça cent fois, ces derniers jours, mais elle ne trouve rien d'autre : les belles paroles d'apaisement qu'elle prépare la nuit quand son mari la croit endormie, les mots de consolation qui lui viennent avec tant de facilité lorsque Rhéauna n'est pas là, tout ça se bloque dans sa gorge au moment où sa petite-fille en aurait le plus besoin, et elle s'en veut.

Rhéauna offre une dernière pomme à Malin qui, ignorant du drame qui se déroule autour de lui, la mâche avec un évident plaisir, allongeant le cou pour aller ramasser dans la terre battue les morceaux qui lui ont échappé. Quand il a terminé d'avaler la chair sucrée, il tourne un peu la tête dans l'espoir qu'une autre pomme surgisse de la poche de la petite fille. Mais tout le monde est déjà monté dans le boghei et il entend le claquement de langue de Méo. Ce dernier ne le presse pas, aucun coup de baguette ne vient caresser son flanc, alors il avance lentement, paresseux, comme le dimanche après-midi quand la promenade n'est qu'une promenade et qu'il n'y a pas de course importante au bout.

Rhéauna s'est tournée sur son siège. Elle regarde la maison s'éloigner en tanguant un peu parce que le boghei n'est pas des plus stables. Au bout de quelques centaines de pas, elle commence à sombrer, trop vite, dans les épis de maïs à cause de la pente douce qu'emprunte le boghei à cet endroit. L'escalier disparaît en premier, puis la véranda. Elle ne s'y promènera plus jamais, la nuit tombée, en mangeant une beurrée de ketchup ou en buvant son dernier verre de lait de la journée. Elle n'entendra plus les rires ou les cris de ses sœurs, les avertissements si peu sévères de leurs grands-parents. Le bout des épis de blé d'Inde cache le bas de la porte, grimpe, dissimule la poignée et la petite fenêtre carrée, le vent fait comme une houle qui brouille maintenant toute la façade de la maison derrière un rideau vivant de céréales. Le toit, il ne reste plus que le toit, qui disparaît à son tour, comme si la maison venait de s'enfoncer à jamais dans le sol fertile de la Saskatchewan.

Jamais. Elle ne reverra jamais cette maison.

Elle tourne la tête. Tous les autres la regardent. Ils lisent dans ses pensées, elle le sait. Ils ont suivi avec attention tout ce qu'elle vient de vivre et aucun d'entre eux n'a le pouvoir de la consoler.

Elle détache le col de son manteau.

« J'veux ben croire que l'automne s'en vient, mais on est quand même encore au mois d'août… »

C'est tout ce qui se dit entre la maison et la porte de la petite gare de campagne.

Même quand les gens de Maria, quelques-uns sur le pas de leur porte, d'autres massés devant le magasin général, lui envoient la main ou de grands mouchoirs blancs en signe d'adieu.

Des adieux. C'est bien ça. Des adieux.

Mais, au moins, personne ne rit d'elle.

La gare de Maria, selon Joséphine, ressemble à une livre de beurre mal enveloppée abandonnée au bord de la grande prairie. Carrée, trapue, d'un jaune un peu malade, sans personnalité et, surtout, mal entretenue, elle tourne le dos au village comme pour se faire oublier et n'accueille que deux trains par jour, celui de Prince-Albert en chemin pour Saskatoon, celui de Saskatoon en route pour Prince-Albert. Monsieur Sanschagrin, un retraité de la Police montée, joue à la fois le rôle de chef de gare et celui de vendeur de billets. Bougon, enrhumé à l'année longue, il ne sourit jamais, ne souhaite pas bon voyage à ceux qui partent ni bienvenue à ceux qui arrivent et bouscule les malheureux qui se pointent au dernier moment pour acheter leur ticket alors que lui devrait déjà être sur le quai avec son petit fanion et son sifflet parce que le train est sur le point d'entrer en gare. S'ils veulent aller plus loin que Saskatoon, en Alberta à l'ouest et au Manitoba à l'est, ils doivent se présenter une heure à l'avance : le chef Sanschagrin, c'est comme ça qu'il aime qu'on l'appelle, écrit lentement et comprend plutôt mal l'horaire des chemins de fer du Canadian Pacific Railway. Trop compliqué et imprimé trop petit. Il aimerait bien avoir un assistant en plus du bonhomme Sylvestre qui est censé nettoyer mais qui se contente la plupart du temps de fumer sa pipe en regardant les champs de blé, un jeune homme à qui il confierait la vente des tickets, mais les jeunes de Maria, qui sont tous fils de fermiers, ne sont pas intéressés à rester assis derrière un guichet toute la journée à attendre le passage de deux trains alors que les grands espaces les appellent, et il se retrouve tout seul, comme il le répète à qui veut l'entendre, à gérer une gare au grand complet.

Il reste vingt bonnes minutes avant l'arrivée du train de Prince-Albert qui va amener Rhéauna à Saskatoon, puis à Regina, chez sa tante Régina, la plus jeune sœur de son grand-père, une femme taciturne et sévère qui a toujours effrayé la fillette. Toute la famille s'installe donc sur le grand banc de bois qui longe une bonne partie du mur de la gare, face à la porte numéro un – la seule – qui donne sur le quai numéro un – le seul.

Ils sont assis bien droits, les filles les mains posées sur les genoux comme le leur a enseigné leur grand-mère, Méo bourrant sa pipe après avoir essayé de faire des signes amicaux à monsieur Sanschagrin qui n'a pas répondu – c'est bien beau de créer des liens autour d'un verre de gin au magasin général, les soirs d'hiver, mais ici c'est le travail ! –, Joséphine plongée dans ses pensées. Ils pourraient se faire des adieux déchirants, ils en auraient même besoin, mais, le moment arrivé, ils ne peuvent pas, ils restent tous les cinq cloués à leur banc, silencieux et moroses. Ils regardent chacun à leur tour la grande horloge accrochée au-dessus du guichet. L'heure approche, monsieur Sanschagrin est sorti de sa cage et enfile sa casquette de chef de gare. Avant de sortir sur le quai, au moment où il allait porter son sifflet à sa bouche, il se tourne vers la rangée de Desrosiers qui le regardent comme s'il était un bourreau et crie à tue-tête alors qu'il n'y a que cinq personnes dans la gare :

All aboard ! Prochain arrêt Saskatoon, next stop Saskatoon ! Allll aboard !

Sa grand-mère l'a serrée contre son cœur sans pouvoir rien dire, son grand-père ravalait ses larmes, seules ses sœurs se sont laissées aller à pleurer, et abondamment. Elle-même n'a pas bronché, sa grosse valise posée à côté d'elle, les lèvres un peu tremblantes, mais pas trop. C'est curieux, aucun adieu n'a été échangé alors que les grands-parents et leur petite-fille savaient qu'ils ne se reverraient sans doute jamais. Ne pas dire les choses. Pour les éviter ou faire en sorte qu'elles n'existent pas. Une froideur calculée au lieu des effusions pourtant nécessaires.

Elle ne s'est pas retournée en montant dans le wagon, elle n'a donc pas vu le désespoir dans le regard de Joséphine et de Méo, à qui on enlève ce matin le tiers de ce qui leur reste de raisons de vivre, en attendant de les couper du reste. Les deux autres vont-elles partir le même jour, ou alors auront-ils à vivre encore deux fois cette scène insupportable qui devrait se dérouler dans les déchirements et les cris et qui se passe dans un silence terrifiant ? Arriveront-ils à supporter trois départs, trois jours différents, trois fois par le même train ?

Quand le sifflet de monsieur Sanschagrin a retenti dans le petit matin froid, Rhéauna tendait son billet à un grand monsieur moustachu qui venait de lui demander si elle était bien Rhéauna Rathier en partance pour Saskatoon, Regina, Winnipeg, Ottawa et Montréal. Il a fait sonner chaque nom comme si c'étaient là des destinations exotiques toutes situées aux antipodes. La porte du wagon s'est fermée avec un claquement sinistre, elle a couru à la première fenêtre, s'est collé le nez contre la vitre, et là, alors que le train commençait à bouger, que ses sœurs et ses grands-parents lui faisaient de grands gestes désespérés sur le quai de bois, elle s'est permis de pleurer, de crier, de frapper du poing. Elle aurait voulu que les quatre autres ne la voient pas s'effondrer comme ça, attendre que le train ait quitté la gare avant de se laisser aller à son chagrin, mais ç'a été plus fort qu'elle, elle ne voulait pas partir, ni traverser le Canada, ni visiter ses deux tantes et sa petite-cousine, pour ensuite aller se perdre dans le grand Montréal avec cette mère qu'elle a cessé d'aimer depuis si longtemps. Elle voulait tout arrêter, le train qui prenait de la vitesse, le cours de sa vie qui bifurquait dans une direction qu'elle n'a pas choisie, le cauchemar qui commençait ici, ce matin, et qui ne cesserait peut-être jamais. Elle a songé à sauter du train au risque de se casser le cou, ou à tirer sur la sonnette d'alarme pour l'arrêter. Ou à se jeter sur le grand monsieur à moustache qui la regardait avec des yeux ronds pour le frapper de ses poings et le supplier de lui rendre sa famille. Elle a songé à mourir ou, plutôt, que c'était ça, la mort : un départ définitif pour une destination inconnue. Seule. Dans une prison mobile. Sans espoir de changement.

Cette fois, c'est le village de Maria au complet qui semble sombrer dans les champs de blé. Et de seigle. Et d'avoine. Et de maïs. Le clocher de l'église Sainte-Maria-de-Saskatchewan flotte un instant au-dessus d'un carré plus vert que le reste, du blé encore jeune qui n'a pas atteint sa pleine maturité malgré le temps des foins qui approche, puis il se noie à son tour dans les vagues de céréales et disparaît pour toujours. Elle ne reverra plus jamais rien de tout ça non plus. Elle en parlera toute sa vie, elle le sait, elle décrira les couleurs, les odeurs, l'horreur des feux de brousse comme celui de l'année dernière, la beauté des couchers de soleil en été et des aurores boréales en hiver sur la vastitude des plaines, les larmes lui monteront aux yeux chaque fois qu'elle imaginera sa grand-mère penchée sur le poêle à bois où mijote un bœuf aux légumes, ou son grand-père qui se berce sur sa véranda en fumant sa pipe qui pue, ou Malin qui mâche avec application une belle pomme rouge. Tout ça est fini. Elle sort son mouchoir, essuie ses larmes, se cale dans sa banquette de cuir et regarde, abattue et tremblante, la plaine sans fin qui court à toute vitesse de chaque côté du train.

LE RÊVE
DANS LE TRAIN DE REGINA

Elle est toute seule dans une grande pièce vide. Trois hautes portes peintes en blanc se dressent devant elle. Qui donnent, elle en est convaincue, sur trois autres pièces vides qui elles-mêmes... De la première porte sort une vieille dame toute menue, toute sèche, qui lui dit qu'il fait trop chaud pour porter tous ces vêtements-là et qu'elle devrait retirer son manteau. Ce qu'elle fait. Alors la dame se met à répéter sans arrêt : « C'est mieux comme ça, hein, c'est ben mieux comme ça, c'est moins chaud, tu vas avoir moins chaud, c'est ben mieux pour toi » tout en enfilant elle-même le manteau qu'elle boutonne avec une lenteur calculée et qu'elle lisse ensuite du plat de la main pour apprécier la douceur du lainage. Il est trop petit pour elle, elle est toute fagotée, elle a l'air d'une vraie folle, mais Rhéauna n'a pas envie de rire. Elle veut son manteau. Parce que l'automne s'en vient. Et qu'il fait froid, à Montréal, surtout sur le mont Royal. Elle va avoir besoin de son manteau rouge et tend les bras vers la vieille dame qui vient de le lui voler et qui fait comme si de rien n'était. De l'autre porte surgit alors une espèce de fillette d'au moins soixante ans qui marche à petits bonds de grenouille, grassouillette et rougeaude, et de trop bonne humeur pour que ce soit sincère. Ce n'est pas de la bonté que Rhéauna lit dans son regard, c'est de la malice. « Faudrait que tu prennes un bain, t'es toute sale, c'est d'un bon bain que t'as de besoin, viens prendre un bon bain, ma tante va te prêter un beau costume de bain... » Depuis quand on porte un costume de bain pour prendre un bain ? Mais elle obéit, enlève tous ses vêtements, se glisse dans le costume de bain en laine noire qui sera sans doute trop froid une fois mouillé. « T'es belle, comme ça ! À c't'heure, va te laver... » Et la fillette de soixante ans plie les vêtements de Rhéauna qu'elle pose sur le dossier d'une chaise qui vient d'apparaître juste parce qu'on avait besoin d'une chaise pour poser les vêtements pliés de Rhéauna. Et la dame qui franchit la troisième porte, une blonde, alors que ses deux sœurs – ses deux sœurs ? c'est ses deux sœurs ? c'est impossible, elle est trop jeune ! – ont les cheveux noir corbeau, n'a qu'une jambe. Elle est d'une beauté à couper le souffle, mais elle n'a qu'une jambe et doit sautiller pour s'approcher de Rhéauna. « Voyons donc, depuis quand on porte un costume de bain pour prendre un bain ! Ôte-moi ça, on se met tout nu quand on veut se laver ! Comment tu veux te rejoindre quand t'as un costume de bain sur le dos ? » Se rejoindre ? Qu'est-ce que ça veut dire, se rejoindre ? Rhéauna comprend, rougit. Elle n'a jamais parlé de ces choses-là avec sa grand-mère et a toujours réussi à se « rejoindre » avec le savon sans avoir à en discuter avec qui que ce soit. Elle ne veut pas enlever son costume de bain, mais c'est plus fort qu'elle et elle se voit, oui, elle se voit le retirer malgré elle, mue par des forces qu'elle ne comprend pas, qui se sont emparées de son corps et qui la font se déshabiller, comme ça, devant une inconnue qui n'a qu'une jambe. Et qui semble bien s'amuser. Elle est maintenant nue devant les trois femmes, celle au manteau trop petit, celle qui a l'air d'une vieille petite fille, celle qui est teinte en blond et qui n'a qu'une jambe. Elles lèvent toutes les trois un bras en même temps et disent à l'unisson : « C'est à côté qu'on prend son bain. Va prendre ton bain à côté. » Rhéauna a froid, elle a honte, elle essaie de se cacher de ses mains trop petites, s'avance vers la porte – parce qu'il n'y en a plus qu'une – et la pousse.

*Elle se retrouve sur un beau plancher de bois verni
éclairé par un système électrique comme elle n'en a
jamais vu, aveuglant, intimidant, plus puissant que
la lumière du jour. Elle met sa main en visière pour
se protéger les yeux et se rend compte qu'elle est sur
une scène de salle de spectacle. Elle n'a jamais vu
de salle de spectacle, mais c'est comme ça qu'elle
les imagine d'après les descriptions que lui a faites
grand-papa Méo qui se vante volontiers, et souvent,
d'avoir un jour visité le Pantages Vaudeville, à
Edmonton, où il a vu des femmes en petite tenue se
trémousser de belle façon : une grande scène de bois
verni, une rampe d'éclairage aveuglante, un grand
trou noir garni de rangs de fauteuils rouges, on s'en
aperçoit quand on met sa main en visière. Qu'est-ce
qu'elle peut bien faire là ? Elle ne va tout de même
pas prendre un bain sur une scène devant... des
hommes comme son grand-père qui ont payé pour la
voir prendre son bain ! Mais il n'y a personne dans
la salle. Oui, là, dans la quatrième rangée, juste au
milieu, une quatrième dame qu'elle n'arrive pas à
voir avec précision parce qu'elle est trop loin. Seule
spectatrice dans une salle immense. La dame se
lève, enlève ses gants qui sont très longs, beaucoup
plus longs que les siens ou ceux de grand-maman
Joséphine. Ça prend du temps, Rhéauna a froid, elle
se rend compte qu'elle tremble depuis un moment. La
dame lui tend les bras, sourit. Le reste de sa personne
est flou, mais pas son sourire. « À c't'heure, montre-
moi c'que t'es capable de faire ! »*

Elle se réveille en sursaut. Un de ses livres de
contes est posé sur ses genoux. Est-ce qu'elle a
rêvé ? Elle a pourtant l'impression d'avoir lu ce rêve,
qu'il était écrit dans le style de son livre de contes
de fées, avec des mots qui reviennent tout le temps,
qui bercent et qui, des fois, vous endorment... Elle
a déjà oublié de quoi était fait ce rêve, si c'en était
un, mais reste avec une impression de malaise qui
fait battre son cœur comme un oiseau affolé. Elle

regarde dehors. Une ville s'approche. Saskatoon. Elle ne va pas s'arrêter là, elle doit rester dans le train qui ne fera qu'une courte pause. Ensuite, le voyage vers Regina sera un peu plus long. Une de ses tantes, de ses grands-tantes, plutôt, va l'attendre sur le quai de Regina. Sa tante Régina. Sa grand-tante Régina. Régina de Regina. Bon, voilà qu'elle commence à penser comme dans son rêve, maintenant.

Deuxième partie

RÉGINA-CŒLI

Personne ne l'attend à la gare de Regina.

Si sa tante est en retard, c'est qu'elle doit avoir une bonne raison. Rhéauna s'assoit sur un banc qui n'est pas en bois comme celui de la gare de Maria, mais en métal, dur, froid, et regarde autour d'elle. Elle n'a jamais vu de bâtiment aussi impressionnant – elle ne se souvient pas de son passage ici, il y a cinq ans, elle était trop jeune –, son inquiétude est donc quelque peu atténuée par le va-et-vient des voyageurs, les couleurs criardes des panneaux de publicité – une invention toute nouvelle, semble-t-il, dont ont parlé ses grands-parents à quelques reprises en se demandant de quoi ça pouvait bien avoir l'air –, le sifflement des trains entrant en gare ou la quittant, les annonces de départs et d'arrivées qui se font à travers des haut-parleurs invisibles. L'édifice lui-même est écrasant. On dirait une église, en plus grand. Sainte-Maria-de-Saskatchewan tiendrait facilement sous la voûte de métal aux poutres apparentes. Même son clocher n'atteindrait pas le plafond. Un peu étourdie, elle a posé ses pieds sur sa valise pour bien montrer que c'est la sienne et que personne ne doit s'en approcher. Elle regarde la grosse horloge au-dessus des guichets. Elle attend depuis près de quinze minutes. Si sa tante Régina n'arrive pas, qu'est-ce qu'elle va faire toute seule dans une grande ville ? Mais elle va venir. Elle ne peut quand même pas l'avoir oubliée !

La fillette a faim. Pendant l'arrêt à Saskatoon, elle a dévoré de belle façon le lunch que lui avait préparé grand-maman Joséphine. C'était bon. Un énorme sandwich au poulet. Accompagné d'une poignée de radis. Et d'une portion de tarte aux framboises. Mais ça fait longtemps. Son estomac produit des grognements désagréables et, en plus, elle a très soif. Elle a bien vu une buvette près des toilettes des dames, mais elle ne s'y est pas arrêtée pour ne pas manquer sa tante qui devait l'attendre avec impatience. L'impatience de sa grand-tante Régina est célèbre dans toute la famille et sa grand-mère l'a bien prévenue d'être obéissante, discrète, polie pendant les quelques heures, le temps d'une nuit, qu'elle va passer chez elle. Avoir su... Mais grand-maman Joséphine l'a aussi prévenue de ne jamais boire à une buvette parce qu'on ne sait pas qui vient de passer par là et quelle maladie inconnue et mortelle on a pu y laisser...

Elle ouvre la sacoche accrochée à son cou. Elle pourrait piger une des pièces de cinq sous pour se payer une orangeade et quelque chose à grignoter. Le vendeur de limonade n'est pas très loin sur sa gauche et il semble s'ennuyer, peut-être parce que la clientèle se fait rare. Il lui a souri à deux ou trois reprises, sans doute pour l'inciter à venir l'encourager. Elle sait bien qu'elle ne doit pas parler aux étrangers, mais un vendeur de limonade, il faut bien lui parler même si c'est un étranger, non ? Autrement, comment pourrait-il savoir ce qu'on veut lui commander ?

Elle est sur le point de se décider à entamer son petit pécule lorsqu'elle sent une présence près d'elle. Une ombre, en fait, vient de se poser sur ses genoux. Elle lève la tête. Sa grand-tante Régina, essoufflée et rouge, se tient la poitrine à deux mains.

« Excuse-moi. J'ai voulu venir à pied pour sauver un peu d'argent, pis la gare était plus loin que je pensais ! »

C'est une femme toute menue, sèche, au teint jaune – son frère Méo l'appelle la jaunisse pour l'étriver, et c'est la chose qu'elle déteste le plus au monde –, au parler rapide et aux agissements brusques, animée d'un mouvement perpétuel qu'elle est incapable de réprimer et qui épuise tout le monde. Elle est engoncée dans un manteau élimé malgré la chaleur du mois d'août et un ridicule chapeau de paille, vestige de la fin du siècle dernier, est posé de guingois sur ses cheveux remontés en un amoncellement poivre et sel, une espèce d'échafaudage compliqué, parfaitement placé et laqué, qui lui rappelle les illustrations qui se trouvent dans le journal que lit son grand-père.

Rhéauna descend de son banc de métal, prend sa valise.

« Si c'est si loin que ça, j'ai ben peur que je pourrai jamais porter ma valise jusque chez vous, ma tante… »

Après l'avoir embrassée rapidement sur la joue – ça sent trop fort une fleur que Rhéauna ne connaît pas –, Régina s'empare de la valise et prend les devants sans l'attendre.

« J't'ai pas dit que j'te ferais faire le chemin à pied, j't'ai dit que *moi* j'étais venue à pied… On va prendre un taxi. »

Un taxi ? C'est quoi, un taxi ? Elle n'ose pas le demander, elle a aussi été prévenue de ne pas poser de questions inutiles.

La rue dans laquelle elles débouchent en sortant de la gare ne ressemble à rien de ce que Rhéauna a jamais connu. C'est animé, c'est bruyant, ça bouillonne de partout, on dirait que des voitures et des gens ont été lancés n'importe comment par grandes poignées et que personne, nulle part, ne sait où il se dirige ni pourquoi. Une fourmilière. Non, pas une fourmilière, les fourmis savent ce qu'elles font… Un gigantesque monstre sur rail – sa tante lui dit que ça s'appelle un tramway – passe devant elles en produisant un désagréable clang-clang-clang qui la fait sursauter, des étincelles s'échappent du fil électrique qui le surplombe et qu'il suit à l'aide d'une sorte de grande perche de métal, vissée sur son toit, qui les relie. C'est trop d'informations en même temps, Rhéauna se sent étourdie. Comme si elle le savait, sa tante se tourne vers elle.

« C'est impressionnant, la grande ville, hein ? Tiens-toi à côté de moi, tu pourrais te perdre dans la foule... »

Elle lève la main pour héler une voiture stationnée tout près. Rhéauna n'est jamais montée dans une voiture et l'excitation à l'idée de rouler à toute vitesse dans des rues aussi animées lui fait battre le cœur.

Au début, la course en taxi à travers Regina la ravit. Partout les rues sont bondées, les gens semblent courir plutôt que marcher, les voitures se mêlent aux attelages de toutes sortes, bogheis, berlines, cabriolets, les chevaux hennissent quand les voitures vont trop vite – des hommes ont même été engagés pour passer derrière eux et ramasser leurs crottes, tellement elles sont nombreuses ! –, les maisons, dans certaines rues, ont trois ou quatre étages. À un moment donné, le taxi passe devant une sorte de magasin général auquel elle en compte huit et elle ne peut pas s'empêcher de laisser échapper une exclamation de surprise.

Sa tante fronce les sourcils, se tourne vers la fenêtre pour voir ce qui se passe.

« Qu'est-ce qu'y a ? Qu'est-ce que t'as vu ?

— Le magasin, là, y avait huit s'étages ! »

Déçue de ne pas être témoin de l'un de ces drames urbains dont elle est friande – une dame renversée par une voiture ou un cheval parti à l'épouvante, ou au moins un bouchon, à un coin de rue achalandé, parce qu'ils sont de plus en plus nombreux depuis que les voitures se multiplient et compliquent la circulation en terrorisant les chevaux –, Régina pousse un soupir d'exaspération.

« T'es pus dans un petit village, là, Rhéauna, t'es dans une grande ville ! T'as pas fini d'en voir, des maisons de huit s'étages ! »

Rhéauna a envie de la traiter d'insignifiante, de lui dire qu'elle le sait qu'elle est dans une grande ville, mais qu'elle n'en a jamais vu, de grande ville, justement, et que c'est normal qu'elle soit étonnée devant tout ce qu'elle voit. Elle se retient parce qu'elle sait bien que ce serait inutile, que la sœur de son grand-père, elle le sent, va continuer du haut de sa grandeur de citadine de la traiter comme une campagnarde qui n'a jamais rien vu. C'est vrai qu'elle n'a jamais rien vu, c'est évident, elle arrive du fin fond des prairies ; est-ce une raison, cependant, pour le lui faire sentir ? Son orgueil quelque peu écorché, elle recolle le nez contre la vitre de la voiture après avoir lancé à sa grand-tante un regard dans lequel elle a essayé de mettre tout le mépris dont elle est capable.

On dirait que tout le monde est endimanché, à Regina ! Personne ne semble porter des vêtements de tous les jours, des *overalls*, par exemple – sa grand-mère appelle ça des *dungaries* –, de vieilles chemises à carreaux ou des chapeaux de paille cabossés, comme on le fait à Maria en semaine ; non, ils sont tous sur leur trente et un. On dirait qu'ils refusent de sortir de chez eux sans changer de vêtements. Pourtant, ils se croisent sans même le remarquer ! Pourquoi se changer pour sortir s'ils ne se font pas de compliments, de commentaires d'appréciation ? Surtout que les hommes habillés en cow-boys sont superbes sous leurs énormes chapeaux. Elle comprend alors qu'ils ne se connaissent pas tous – ils sont tellement plus nombreux que chez elle – et se demande comment on peut vivre dans une ville remplie d'inconnus. Puis l'idée lui vient que ce sera pire à Montréal qui est une ville encore plus grande que Regina. Cette pensée suffit à lui gâcher son plaisir. Elle ne s'intéresse plus à ce qui se passe à l'extérieur du taxi et penche la tête. Pour la relever presque aussitôt parce que quelque chose vient de se produire autour d'eux, ou, plutôt, un changement brusque s'est opéré alors que la voiture tournait vers la gauche après avoir klaxonné : moins de bruit, moins de va-et-vient, des arbres en plus grand nombre, une tranquillité étonnante, tout à coup, après le brouhaha du centre-ville. Ils viennent d'emprunter une petite rue qui pourrait ressembler à un coin de campagne si les maisons étaient moins impressionnantes et des champs de blé d'Inde visibles tout autour.

Régina ouvre son grand sac, en sort un portefeuille en cuir dans lequel elle plonge la main.

« Ça sera pas long, on arrive. »

La voiture s'arrête devant une maison minuscule. Autre déception pour Rhéauna qui aurait aimé connaître une de ces demeures à huit étages d'où la vue, tout là-haut, doit être impressionnante. Elle se serait même contentée de trois. Mais Régina habite au rez-de-chaussée un appartement si petit et si propre que Rhéauna, qui n'a jamais humé cette odeur de désinfectant commercial qui plane sur tout, s'y sent aussitôt déplacée. La maison de Maria a toujours été bien entretenue, c'est sûr, Joséphine passe ses journées à travailler et à nettoyer, mais après un seul coup d'œil dans le logement vite visité de sa grand-tante Régina – un salon, une cuisine, une vraie salle de bains, une seule chambre à coucher –, Rhéauna devine chez elle une espèce d'obsession de la propreté qui la met mal à l'aise. Tout est trop bien placé, calculé, les coussins sur le sofa comme les objets de toilette sur la vanité, le savon neuf dans le porte-savon autant que l'évier brillant de la cuisine, et la fillette a l'impression d'être une grosse tache d'huile, indélébile et fort visible, sur un tissu trop propre. En fait, c'est drôle, l'appartement de sa grand-tante lui fait penser à sa coiffure élaborée à l'excès et un peu ridicule. Laqué. C'est un appartement laqué.

Régina lui a demandé d'essuyer ses pieds avant d'entrer, ce qu'elle a fait, mais elle regrette vite de ne pas avoir enlevé ses souliers, pourtant neufs. Et qui lui font mal depuis le matin. Elle se surprend à guetter sur le tapis les traces de son passage. Non, rien de visible. Ah, sa valise qu'elle a posée dans l'entrée n'est peut-être pas propre !

Alors qu'elle ramasse ses affaires pour aller les poser dans la cuisine où elles risquent moins de déranger ou de salir, les grondements de son estomac lui rappellent combien elle est affamée. En revenant vers sa grand-tante qui a mis de l'eau à bouillir pour se faire un thé, elle le dit d'une petite voix timide.

« J'mangerais ben un petit quequ'chose... J'ai rien mangé depuis le lunch que grand-maman m'avait préparé pour le train... Pis j'ai ben soif, aussi. »

Comme si elle n'attendait que ça pour monter sur ses grands chevaux, une excuse pour exprimer sa frustration, Régina se tourne aussitôt vers sa petite-nièce et se met à lui crier par la tête. C'est si soudain que Rhéauna sursaute et se réfugie dans un coin de la cuisine, juste devant la porte des toilettes.

« Ben là, faudrait pas exagérer ! On va manger dans moins d'une heure ! T'es pas capable d'attendre une heure pour manger ? J'taime ben, t'es la petite-fille de mon frère pis j'veux ben croire que c'est mon devoir de m'occuper de toi jusqu'à demain matin, mais chus pas ta servante pis chus pas là pour répondre à tes caprices ! Joséphine aurait dû prévoir que t'aurais faim avant le souper, y me semble, t'es t'en pleine croissance ! J'veux ben te donner une tasse de thé vert pis des biscuits secs parce que c'est l'heure du thé, mais demandes-en pas plus, t'en n'auras pas ! Tu mangeras quand viendra le temps de manger, c'est toute ! »

La pingrerie de la tante Régina est connue – d'ailleurs, Méo rougit un peu de honte quand il en parle parce que, comme il le dit si bien, la jaunisse est prête à tout pour sauver une cenne noire, même à tomber dans le ridicule –, mais Rhéauna l'avait oubliée dans l'énervement de son arrivée à Regina et elle se rappelle trop tard que sa grand-mère lui avait dit de ne rien demander à manger à sa grand-tante, d'attendre qu'elle lui offre de la nourriture. Même si elle a très faim. Parce que Régina n'est pas riche. Qu'elle est même assez démunie. Et qu'elle ne veut surtout pas que ça paraisse.

Première gaffe.

Rhéauna regarde sa tante maugréer tout en s'affairant autour du poêle à bois. Elle souhaiterait se retrouver à des milles de là, dans le train pour Winnipeg, pourquoi pas – elle aurait pu continuer son chemin, juste changer de train et filer tout droit chez sa tante Bebette qu'elle aime tant, non ? –, ou dans sa propre maison, entourée de ses sœurs et de ses grands-parents. Elle a l'impression d'évoluer dans des romans de la comtesse de Ségur, *Les malheurs de Sophie* ou *L'auberge de l'Ange-Gardien*, où les enfants sont toujours martyrisés et malheureux, et préférerait être en train de les lire plutôt que de les vivre. Un phénomène comme la tante Régina, ça n'existe pas vraiment dans la vraie vie, c'est trop ridicule ! On voit ça dans des romans, on rit un peu parce que c'est absurde et on plaint le personnage qui se trouve dans le genre de situations qu'elle est en train de vivre elle-même, mais personne, jamais, n'a fait une colère à Rhéauna pour la simple raison qu'elle demandait quelque chose à manger, ça n'a aucun sens ! Puis elle pense à un livre qu'elle a essayé de lire, l'année dernière, mais qu'elle a abandonné parce qu'il lui faisait trop peur. Ça s'appelait *Oliver Twist*, c'était écrit par un dénommé monsieur Dickens et ça commençait par un petit orphelin dans un orphelinat qui osait demander une deuxième bolée de soupane au déjeuner parce qu'il avait faim… Elle porte la main à sa bouche en pensant à ce qui arrive au petit Oliver par la suite.

Régina semble se rendre compte de ce qu'elle est en train de faire, tout à coup, et sursaute comme si quelqu'un venait de la rappeler à la réalité en la grondant. Elle regarde Rhéauna, s'essuie les mains sur le tablier qu'elle vient d'enfiler et prend un ton contrit qui ne lui ressemble pas et la rend encore plus étrange. Elle balbutie, elle bégaie, Rhéauna a de la difficulté à comprendre ce qu'elle veut dire au juste tant ses propos sont confus.

« S'cuse-moi... Tu comprends... S'cuse-moi... Chus pas habituée... D'habitude... Chus toujours tu-seule, ici, pis là... Ben... Chus pas habituée... Chus pas habituée à avoir du monde... Surtout des enfants... J'connais pas ça... Les enfants, je connais pas ça... J'sais pas quoi faire... J'ai une belle sauce aux œufs... On va manger une belle sauce aux œufs, tout à l'heure... »

Elle court vers la glacière, ouvre la porte, montre la sauce aux œufs que Rhéauna ne voit d'ailleurs pas.

« J'l'ai faite hier soir... j'vas la réchauffer... »

Grand-maman Joséphine prétend pourtant qu'il ne faut jamais réchauffer une sauce aux œufs parce que ça peut tourner, qu'il faut manger ça dans un seul repas si on ne veut pas être malade... De toute façon, c'est tellement bon qu'il n'en reste jamais. Un grand découragement tombe sur les épaules de Rhéauna : elle a le choix entre manger une sauce aux œufs dangereuse qui risque de l'empoisonner ou de rester sur sa faim jusqu'à demain matin. Elle n'ose pas imaginer quelle sorte de pain sa tante Régina utilise pour faire ses toasts, le matin... Ou de beurre pour mettre dessus... Ou de confiture aux fraises, s'il y en a...

Régina revient vers le poêle à petits pas pressés, se brûle un doigt en touchant la bouilloire par inadvertance, lance un petit cri plus d'exaspération que de douleur, se précipite vers l'évier pour verser de l'eau froide dessus. Elle tire l'eau d'un bras vigoureux tout en tendant l'index brûlé sous le bec verseur de la pompe de métal.

« J'sais pas ce que j'ai... J'me brûle pourtant jamais... J'sais pas ce qui me prend... Peux-tu aller t'asseoir dans le salon ? Va m'attendre dans le salon... J'vas aller te porter ton thé pis tes biscuits, ça sera pas long... Mais regarde-moi pas faire, tu vois ben que ça m'énerve... »

De retour au salon, Rhéauna se réfugie dans un coin du sofa en se faisant la plus petite possible. Tout ce qui l'entoure l'angoisse, les rideaux tirés devant les fenêtres en plein cœur de journée, les appuie-tête en dentelle écrue sur lesquels aucune tête ne s'est sans doute jamais appuyée, le tapis élimé aux dessins depuis longtemps effacés qui cache à peine le piteux état du plancher de bois franc, les meubles trop gros pour la pièce, surtout le piano droit qui occupe presque tout un mur. Qu'est-ce que la sœur de son grand-père peut bien faire avec un piano dans son salon ?

L'absence d'odeur de nourriture l'inquiète, aussi. Dans la maison de Maria, ça sent toujours quelque chose qui mijote, une soupe faite à partir de délicieux restes de la veille ou le repas du soir commencé dès le matin. Ou un gâteau qui gonfle dans le four. En grimpant l'escalier qui mène à la véranda, on est déjà content d'être là et la salive vous monte à la bouche tant les odeurs sont appétissantes. Ici, on a juste le goût de s'en aller aussitôt qu'on arrive. Parce que ça ne sent rien. À part le désinfectant commercial.

L'envie lui prend de se sauver en emportant sa valise. N'importe où. En courant. Quitte à se perdre ou à se précipiter sur le premier policier venu pour lui demander de l'aide. Il doit y en avoir des centaines ici, à Regina, alors que Maria n'en compte qu'un, un monsieur Nadeau, jovial et toujours soûl. Elle est sur le point de le faire, elle a étiré le pied vers le sol en regardant en direction de la porte, son cœur battant à grands coups, lorsque Régina revient en portant un plateau sur lequel trône une vieille théière en porcelaine blanche flanquée de deux tasses dépareillées et d'une minuscule assiette de biscuits secs. Rhéauna ne saura donc jamais si elle aurait trouvé le courage de quitter la maison de sa grand-tante sans demander son reste, comme une voleuse prise en flagrant délit.

Elle s'enfonce dans les coussins du sofa, prend un biscuit, un seul, et le porte à sa bouche sans se presser alors qu'elle aurait envie de l'enfourner d'un seul coup et de l'avaler tout rond avant de se précipiter sur les autres à deux mains. En attendant la sauce aux œufs réchauffée. Et peut-être mortelle.

Elle n'a jamais rien goûté d'aussi fade de toute sa vie.

Ni vu de nourriture aussi pâle.

Tout est blanc dans son assiette. Et mou. Et coulant. Quand sa grand-mère fait une sauce aux œufs, c'est habituellement pour accompagner un pâté au saumon dont on peut toujours apercevoir un bout de la belle chair rose sous la couche de sauce jaune et riche, mais ce que sa tante vient de poser devant elle est une assiette remplie d'une espèce de soupe presque transparente où flottent quelques petits morceaux d'œufs durs qui n'arrivent même pas à colorer le plat parce que le jaune en est trop blafard. Et crayeux. Pas de pâté au saumon, bien sûr, ce serait trop beau. Juste une petite tranche de pain, par ailleurs frais et délicieux. Si elle n'était pas si affamée, elle prétexterait la fatigue du voyage pour s'épargner ce repas qui s'annonce répugnant et irait se coucher tout de suite en emportant la tranche de pain pas beurrée, mais, à son grand dam, son estomac s'est remis à faire du bruit aussitôt que Régina est entrée avec la soupière, même si ça ne sentait toujours rien, et, malgré son dégoût, elle se retrouve vite une cuillère à soupe à la main puisque la sauce est trop liquide pour qu'on la mange avec une fourchette. Comme elle s'y attendait, ça ne goûte strictement rien. Elle est plutôt soulagée : au moins, ce qu'elle a dans la bouche et qu'elle avale le plus vite possible ne lui soulève pas le cœur et va sans doute calmer sa faim. Avant de la tuer.

Le repas se déroule dans un silence gêné. Régina a fait comprendre plus tôt à Rhéauna qu'elle ne sait pas comment agir avec les enfants et cette dernière n'a rien à dire à cette grand-tante qui se trouve être en quelque sorte le souffre-douleur de la famille de son grand-père, sous prétexte qu'elle est restée vieille fille dans une société où une femme non mariée n'est pas normale, et à qui elle n'a à peu près jamais parlé parce qu'elle reste toujours dans son coin, même pendant les repas animés du temps des fêtes. Elle ne dit pas que ce qu'elle mange est bon, elle ne veut pas mentir, et sa tante, qui sait que ce ne l'est pas, ne lui pose pas non plus la question. C'est-à-dire que Rhéauna ne pourrait même pas prétendre que ce qu'elle mange n'est pas bon, c'est juste incolore, inodore et sans saveur.

Elle pense tout à coup à l'école, aux derniers jours de mai, juste avant les examens de fin d'année, alors que mademoiselle Primeau leur a appris ces trois mots qu'elle trouvait si beaux – incolore, inodore, insipide – et qu'elle a répétés des centaines de fois à sa grand-mère qui riait en lui disant qu'elle ne pouvait quand même pas les utiliser pour parler de la nourriture qu'on lui sert à la maison. Mais là, ici, ce soir, elle peut les utiliser et ça lui donne envie de pleurer. Son premier vrai repas en dehors de chez elle est une catastrophe. Elle se demande ce qu'ils peuvent bien manger là-bas, à Maria. Elle sait qu'ils sont tristes, que ses deux sœurs pleurent peut-être, mais ce qu'ils mangent est sans doute délicieux, sa grand-mère n'oserait jamais leur servir une horreur comme celle qu'elle a devant elle, même un jour triste comme aujourd'hui.

Lorsque Rhéauna baisse le nez dans son assiette, sa tante croit que c'est la fatigue qui la gagne alors que c'est un indicible découragement qui lui fait pencher la tête. Elle lui tapote la main avant de s'emparer de son assiette vide sans lui demander si elle veut reprendre de sa sauce aux œufs. Elle va en manger encore demain ? Réchauffée une *deuxième* fois ?

« Tu peux aller te coucher quand tu veux, hein, ton train part de bonne heure, demain matin. Mais y faut que ma tante t'avertisse qu'a' va jouer un peu de piano... J'espère que ça te dérangera pas trop... mais ma tante peut pas s'en passer. »

La sauce aux œufs lui étant restée sur l'estomac tel un cataplasme farineux, Rhéauna a décidé de ne pas aller se coucher tout de suite après le souper. De toute façon, il était à peine six heures et demie quand la vaisselle a été terminée, la table nettoyée, le plancher balayé. Elles sont revenues au salon, ont repris leurs places en silence et n'ont, bien sûr, à peu près rien trouvé à se dire. Régina a demandé une fois de plus comment allait tout le monde à Maria, surtout son frère qu'elle adore malgré la façon dont il la traite, Rhéauna lui a répondu avec politesse. En insérant quelques variantes à ses nouvelles, toutefois, pour faire plus intéressant. Elle a failli raconter l'histoire des pinottes en écales, mais elle s'est doutée que sa tante ne rirait pas et s'est retenue.

Ça fait une bonne demi-heure que ça dure. Régina lisse de temps en temps sa robe sur ses genoux, comme pour en chasser une poussière qui n'existe pas, se racle la gorge en donnant l'impression qu'elle va parler, ne dit rien. Elle prend un vieux périodique sur la petite table, le feuillette, le remet à sa place après avoir jeté un coup d'œil en direction du piano. Qu'est-ce qu'elle attend pour jouer, si elle en a tant envie ? Un signal ? Et de qui ? De son côté, Rhéauna boit verre d'eau sur verre d'eau pour essayer de faire passer son repas. Rien n'y fait, la boule qui lui pèse sur le cœur semble grossir plutôt que de se résorber et elle craint de mourir étouffée au milieu de la nuit dans le lit qu'elle va partager avec sa grand-tante. C'est ça qui la tracasse le plus, d'ailleurs : comment vont-elles faire pour dormir toutes les deux dans ce lit si étroit qu'elle a aperçu dans le coin de la chambre à coucher, en visitant la maison ? Elle ne va quand même pas se coller contre le vieux corps de vieille fille de la sœur de son grand-père comme elle le fait avec Béa et Alice pour les consoler si elles ont du chagrin ou les réchauffer s'il fait trop froid dans la maison ! Non, elle va demander à sa grand-tante la permission de dormir ici, sur le sofa, prétextant qu'elle ne veut pas déranger. Et c'est vrai qu'elle ne veut pas déranger. Au point même de regretter d'être là, présence imposée à une personne qui, c'est évident, préfère rester seule. La veille, elle voulait que la nuit ne se termine jamais, ce soir, elle souhaite qu'elle passe le plus vite possible.

Vers sept heures et quart, Régina se lève et se dirige vers la porte de l'appartement qui donne sur le balcon d'en avant. Rhéauna, soulagée, pense qu'elles vont aller se promener dans le quartier et quitte le sofa pour la suivre. Mais sa tante revient aussitôt la porte ouverte et semble étonnée de la trouver debout au milieu du salon.

« Où c'est que tu t'en vas ?

— Nulle part. Je pensais… »

Régina la coupe tout en bifurquant en direction du piano.

« J'voulais juste faire un courant d'air. Y fait trop chaud, ici-dedans. »

Résignée, Rhéauna revient à sa place.

Une chose insolite se produit alors. Aussitôt que Régina s'installe sur le banc du piano, avant même qu'elle ne soulève le couvercle qui protège le clavier, un changement notable s'opère chez elle, quelque chose de subit et de radical qui se perçoit même si Rhéauna ne la voit que de dos. Ses gestes deviennent plus coulants, sa main caresse le bois verni, son corps, de raide qu'il était, prend une étrange mollesse, et c'est avec une fébrilité très palpable qu'elle ouvre le cahier de musique qui se trouve devant elle. Elle le lisse lui aussi du plat de la main, mais son mouvement est beaucoup plus doux que lorsqu'elle chassait des miettes inexistantes de sa longue jupe, un peu plus tôt.

Elle se tourne vers sa petite-nièce.

« C'est du Schubert. Connais-tu ça, Schubert ? »

Elle prononce le nom à l'anglaise, en faisant sonner le t de la fin, comme si le monsieur Schubert en question, dont Rhéauna n'a d'ailleurs jamais entendu parler, était un compositeur américain. Ou un de ses amis de Regina qui se consacrerait à la musique à temps perdu.

Le visage de la vieille dame est transformé. Ce même monsieur Schubert est donc une sorte de dieu qu'elle vénère sans condition ? Rhéauna a vu ce visage-là chez les quelques dévotes de Maria que Joséphine appelle des grenouilles de bénitier et qui sont transfigurées au moment de la sainte communion ou devant un sermon particulièrement virulent de leur gros curé. Sa tante Régina va-t-elle lui jouer de la musique d'église ? Au piano plutôt qu'à l'orgue ? Rhéauna se carre dans son sofa. Après tout, mieux vaut de la musique d'église, même au piano, que ce silence insupportable qui pesait sur elles jusque-là.

Les minutes qui suivent sont d'une telle beauté que Rhéauna reste rivée à son siège. Elle n'a jamais entendu un piano de sa vie, elle ne connaît rien à la musique – à part le petit orgue de l'église, il y a bien monsieur Fredette, à Maria, le violoneux de service qui sévit à tous les anniversaires et à tous les mariages, mais son instrument griche trop pour qu'on puisse appeler ça de la vraie musique et monsieur Fredette lui-même sent trop fort pour qu'on s'attarde à l'écouter de trop près –, mais ce que les doigts de sa grand-tante Régina produisent au contact des touches blanches et noires du clavier, ce bonheur presque insoutenable dont elle ne soupçonnait pas l'existence, cette force irrésistible qui la brasse tout en la caressant, la transporte de bonheur, elle qui pensait à se sauver en courant de cette maudite maison quelques minutes plus tôt tant elle était découragée. Qui aurait cru qu'autant de beauté se cachait chez la tante Régina, le paquet de nerfs que toute la famille redoute, la colérique qui n'accepte aucune contrariété, cette personne menue et de toute évidence fragile qui ignore tout des enfants ; qu'elle possédait l'un des plus grands secrets de l'univers ? Et qu'elle le garde caché ici, entre quatre murs, alors qu'elle devrait le partager avec tout le monde parce que tout le monde en a besoin pour survivre ?

C'est donc ça, la musique ? Ça peut être autre chose que les fausses notes de sœur Marie-Marthe, le dimanche matin, et le grincement insupportable de l'instrument de monsieur Fredette ? C'est donc vrai que ça peut être beau ?

Ça commence en douceur, on dirait une berceuse murmurée par une grand-mère qu'on adore, on dirait surtout qu'on connaît cet air-là depuis toujours – il semble familier dès la première fois qu'on l'entend –, mais aussitôt que la musique est bien imprimée dans le cerveau et qu'on est convaincu qu'on ne pourra plus jamais s'en débarrasser, au moment où on commencerait à souhaiter que ça reste comme ça, sans variantes, parce que c'est parfait, ça change de rythme, tout à coup, ça se développe, ça monte et ça descend comme quand on rit, ça gronde, aussi, ça menace et ça tire les larmes parce qu'un grand malheur se cache là-dedans autant qu'une immense joie, puis, tout aussi soudainement, ça redevient mélancolique et le si bel air du début fait un retour en force, plus magnifique que jamais dans sa grande retenue. C'est ça qu'on veut conserver, d'ailleurs, c'est ça qu'on veut transporter pour le reste de sa vie, ce petit air tout simple du début et de la fin qui va pouvoir vous soulager dans les moments difficiles de l'existence et décorer les moments de bonheur d'un ravissement de plus. Ça ne se termine pas, non plus, on dirait plutôt que ça s'efface, que ça s'estompe, jusqu'à ce qu'on ne l'entende plus. Ça continue, il faut que ça continue, ça ne peut pas s'arrêter, mais on ne l'entend plus, c'est tout. Les mains ne se promènent plus sur le clavier, aucune vibration ne surgit de l'instrument, et cependant ça se perpétue dans le silence qui lui succède.

Ça a duré combien de temps, cinq minutes, vingt ? Rhéauna ne saurait le dire, tout ce qu'elle sait c'est qu'elle voudrait que ça ne s'arrête jamais. C'est ça, l'éternité. La musique du monsieur Schubert en question. Quand les mains de la tante Régina quittent le clavier pour venir se poser sur ses genoux, Rhéauna aurait envie de se précipiter pour les replacer sur les touches afin de retrouver ce bonheur trop court qui n'a pas le droit de disparaître.

Une seconde ou deux de silence tombent sur le salon à la fin du morceau, puis on entend des applaudissements timides qui semblent provenir de l'extérieur. Rhéauna tourne la tête en direction de la porte ouverte. Quand elle ramène son regard sur sa tante comme pour demander une explication, elle se rend compte que Régina sourit. On ne peut pas dire que ce soit un beau sourire, le visage de Régina n'est pas un beau visage, mais c'est un sourire illuminé, irrésistible dans sa sincérité. Et, en fin de compte, elle peut se permettre de le penser, oui, dans un certain sens, beau.

Rhéauna se lève, traverse le salon, sort sur le balcon. Des dizaines de voisins se sont rassemblés devant la maison de sa grand-tante Régina. Certains ont apporté des chaises comme s'ils savaient qu'il n'y aurait pas qu'un seul morceau à l'affiche ce soir-là, d'autres se sont étendus sur des couvertures étalées sur le maigre gazon qui a commencé à jaunir parce qu'il n'a pas assez plu ces derniers temps. Des couples d'amoureux se tiennent par la main, des familles complètes restent bien tranquilles, un vieux monsieur en chaise roulante semble consulter un cahier de musique. Aussitôt qu'ils voient Rhéauna surgir de la maison, ils applaudissent. Ils ne peuvent quand même pas penser que c'est elle qui vient de produire ces sons prodigieux, ils connaissent sans doute Régina-Cœli Desrosiers, ils savent que c'est elle la grande musicienne, pas une pauvre petite fille arrivée aujourd'hui même du fond de la plaine et qui ne soupçonnait même pas jusque-là l'existence de monsieur Schubert ! En se tournant un peu, elle se rend compte que sa grand-tante l'a suivie et que c'est elle qu'on applaudit. Rhéauna se retire de côté pour lui céder la place. Régina, toute rouge, fait un petit salut tout court et rentre dans la maison après avoir demandé à Rhéauna :

« En veux-tu encore ? »

Si elle en veut encore ! Elle en veut jusqu'à demain matin, jusqu'au départ de son train pour Winnipeg, jusqu'à sa mort, elle en veut jusqu'à sa mort ! Elle va demander un piano à sa mère en arrivant à Montréal, elle va se jeter là-dedans comme si sa vie en dépendait – et sa vie en dépend, désormais, elle en est convaincue ; à partir de maintenant, elle va se consoler de tout avec la musique de l'ami de sa grand-tante, le fameux monsieur Schubert qui a inventé tout ça, cette incroyable musique-là !

Avant de s'installer au piano, sa tante lui fait face. Ce n'est plus la même personne et Rhéauna espère ne plus jamais revoir l'autre.

« Y font ça tous les soirs.

— C'est pour ça que vous avez ouvert la porte ?

— Oui.

— Qu'est-ce qu'y font, l'hiver ? Vous pouvez pas ouvrir la porte. Jouez-vous, l'hiver ?

— Je joue tout le temps. Tous les soirs. À l'année. L'hiver… L'hiver, y peuvent pas m'entendre pis y attendent l'été. Mais peut-être que ça leur fait du bien de prendre congé… »

Elle s'assoit au piano. Ouvre un autre cahier.

« C'est-tu le même monsieur qui a composé ça ?

— Non, c'est un autre. Pis ça fait plus longtemps. Mais tu vas voir, c'est aussi beau...

— Pourquoi vous le dites pas ? »

La question est sortie toute seule et Rhéauna rougit. Sa tante la regarde.

« Pourquoi je dis pas quoi ? De quoi tu parles ? »

Rhéauna tousse dans son poing, prend son courage à deux mains, plonge.

« Pourquoi vous en parlez jamais que vous jouez du piano ? Je le savais pas, moi, pis chus sûre que mes petites sœurs le savent pas non plus...

— Y a des affaires comme ça, dans la vie, qu'on veut garder pour nous autres, Nana.

— Mais tout le monde serait content de voir comment vous êtes bonne ! Pis... grand-papa arrêterait peut-être de vous étriver tout le temps... »

Un autre sourire se dessine sur les lèvres de Régina, mais triste, celui-là, un sourire non pas de joie mais de résignation qui fait remonter à la surface la tante Régina que Rhéauna voudrait ne plus revoir.

« Rien pourrait jamais empêcher ton grand-père de m'étriver, Nana. Pis je pense que c'est mieux qu'y sache pas que j'ai du talent. Ça fait son affaire.

— Pourquoi, ça fait son affaire ?

— Les grandes personnes sont plus compliquées que tu penses, Nana, faut pas poser ce genre de questions-là, les réponses risqueraient de te décevoir.

— Grand-papa pourrait jamais me décevoir. Je l'aime trop.

— C'est ça que je te dis, continue à l'aimer. Pis, en attendant, écoute ça... »

La nuit est tombée sans qu'elle s'en rende trop compte. Les morceaux de musique, plus beaux les uns que les autres, se sont succédé toute la soirée, tantôt pétillants de malice, tantôt lents et sombres à fendre l'âme. Rhéauna a fini par se joindre aux applaudissements qui s'élèvent entre chacun d'eux et bat des mains avec enthousiasme. Plus fort que tout le monde. Elle regarde sa grand-tante de profil, elle suit le mouvement de ses mains sur le clavier, le balancement de sa tête pendant les moments doux, elle devine, sous sa longue jupe, la mobilité de ses pieds sur les pédales. Ce n'est plus la même personne, et c'est de celle-là, la femme en pâmoison au piano, qu'elle veut garder le souvenir, pas de la mauvaise cuisinière ni de la mégère acariâtre qui ne sait pas s'y prendre avec les enfants. Peu importe que la sauce aux œufs ait été mauvaise et Régina impatiente avec elle si tout ça cachait un tel don. C'est la première fois de son existence qu'elle croise quelqu'un qui possède un vrai talent, en tout cas autre que celui de réussir des plats merveilleux ou, dans le cas de son grand-père, de raconter des histoires sans fin et pourtant jamais ennuyeuses, et elle déborde d'admiration. Elle ne comprend pas comment tout ça se fait, comment sa tante peut arriver à lire la musique comme si c'était des mots imprimés sur la page, la transférer à ses doigts, lui donner tant de sens, tant d'émotion, et, en plus, sans jamais se perdre ! La force de l'habitude ? La répétition, de jour en jour, des mêmes morceaux ? Peu importe, encore une fois. Ce qui compte, c'est le bonheur indicible que tout ça lui procure à elle, la nuit rose qui tombe sans qu'on s'en aperçoive, les applaudissements nourris provenant du trottoir devant la maison, sa tante, plongée dans la musique au point d'oublier tout le reste, cette chaleur qu'elle ressent au plus profond d'elle-même, qu'elle ne saurait nommer mais qu'elle voudrait garder en permanence, comme un lampion allumé, parce que ça console de tout. Non, c'est faux, ça ne console pas de tout. Si elle se laissait aller, par exemple, à penser à ce qui l'attend demain, dans le train, ou dans quelques jours, à son arrivée à Montréal, elle sait bien que son cœur se gonflerait d'amertume, que les larmes lui monteraient aux yeux, qu'elle serait aussi malheureuse qu'avant le concert de sa grand-tante, mais, justement, la musique de monsieur Schubert et des autres compositeurs aide à ne pas y penser, et elle lui est reconnaissante de ce moment de répit avant l'inévitable avalanche des événements qui vont débouler.

Le concert terminé, Régina se lève lentement en replaçant une mèche de cheveux, qui s'était déplacée dans son exaltation.

« As-tu aimé ça ? »

Rhéauna reste sans voix. Sa tante comprend, va refermer la porte de l'appartement après avoir agité la main en direction des voisins qui lui lancent de beaux mercis bien sonores.

« Faut aller se coucher, à c't'heure. Tu vas faire une longue *ride* en train, demain. »

Rhéauna réussit à s'extirper du sofa. Il faut revenir à la réalité, enfiler sa jaquette, se brosser les dents à la salle de bains, faire le pipi qui la démange depuis un bout de temps. Et dormir. Mais, elle en est persuadée, elle n'y arrivera pas. Pour des raisons différentes de la veille. Va-t-elle pouvoir transporter toute cette musique avec elle, se rappeler les airs si beaux, si enlevants, les fredonner dans les moments difficiles ? Sans doute pas. Déjà, ils lui échappent. Elle voudrait s'emparer des cahiers de sa tante, pouvoir les lire comme les livres de la comtesse de Ségur ou de monsieur Dickens. Mais non. Ça demande une connaissance, des informations qu'elle ne possède pas. Ça s'apprend, oui, bien sûr, elle pourrait apprendre tout ça, mais elle n'a peut-être pas le talent de sa grand-tante. En fin de compte, elle est peut-être condamnée à rester du côté de ceux qui doivent se contenter d'écouter.

Le lit est étroit, mais Rhéauna ne ressent plus de malaise à l'idée de s'étendre à côté de sa tante. Elle pourrait demander à coucher sur le sofa du salon comme elle avait eu l'intention de le faire, soi-disant pour ne pas déranger, décide que non, que ce serait peut-être impoli, ou indélicat.

Régina éteint la lampe électrique posée à côté du lit.

Rhéauna pense qu'elle devrait dire quelque chose, féliciter la sœur de son grand-père, la remercier. Mais comment faire ? Quels mots trouver ? Ses mots ne seront jamais aussi beaux que ce qu'elle vient d'entendre.

« J'avais jamais entendu ça, du piano, ma tante... »

Elle sent la vieille dame qui se tourne vers elle, la chaleur de son corps le long du sien. Sa grand-tante Régina n'est plus froide après un concert.

« C'est beau, hein ?

— C'est plus que beau... C'est... c'est... magnifique. »

Régina passe son bras autour des épaules de sa petite-nièce et elles s'endorment toutes les deux presque aussitôt.

C'est la première fois depuis le début de son âge adulte que Régina dort avec quelqu'un. Mais ça, personne ne le saura jamais.

Régina-Cœli Desrosiers ne s'est jamais mariée.

Personne ne s'était étonné lorsqu'elle avait coiffé sainte Catherine, quelque part à la fin des années 1870. Tout le monde savait que cette jeune fille au physique ingrat, timide et gauche, resterait vieille fille. La plus jeune des enfants de Rhéau et Simone Desrosiers, elle avait été élevée à seconder sa mère et à servir son frère et ses sœurs. Arrivée sur le tard dans la vie de ses parents, sans doute inopinément, elle n'avait pas, comme ses aînés, profité de leur affection, discrète mais bien palpable. Au contraire. Sa mère lui avait toujours laissé entendre, sans montrer aucune espèce de regret ou de culpabilité, qu'elle n'avait pas été désirée et la traitait en simple servante, sans marques de tendresse ni mots d'encouragement.

On ne lui avait jamais connu de cavalier et elle n'avait en aucune façon semblé s'en soucier. Elle avait vu son frère Méo épouser cette Joséphine Lépine qu'elle trouvait si insignifiante, puis ses sœurs, d'abord Bebette avec une espèce d'obèse encore plus insupportable qu'elle, si la chose était possible, l'incontournable Rosaire Roy, roi du Canadian Pacific Railway, puis Gertrude, vite partie à Ottawa pour s'unir à un jeune avocat ambitieux, maître Wilson, morte de chagrin dans des circonstances étranges et laissant en héritage cette abominable Ti-Lou qui, disait-on, était loin de vivre une existence respectable et qu'on appelait, allez savoir pourquoi, la louve d'Ottawa. Au fur et à mesure que la maison se vidait, cependant, le caractère de Régina-Cœli changeait. Ou peut-être que, débarrassée de ses obligations, enfin libre d'être elle-même, elle se laissait aller à montrer à ses parents sa vraie personnalité. Ou celle qu'ils lui avaient façonnée à force de frustrations et d'incessants reproches. Elle n'était pas née acariâtre, elle l'était devenue. À cause du reste de la famille. Elle avait bougonné en servant son frère et ses sœurs, s'était plainte de leurs exigences et de leurs caprices, mais jamais elle n'avait jusque-là osé agir avec quiconque comme elle se permettait de le faire dorénavant avec ses parents, les envoyant bellement paître malgré le respect qu'elle leur devait pour la simple raison qu'ils étaient ses géniteurs, négligeant ses devoirs de cuisinière – elle détestait faire la cuisine et s'arrangeait maintenant pour rater repas sur repas avec une espèce d'entêtement à déplaire très efficace – et les tâches ménagères les plus élémentaires.

Elle n'avait pas regardé les hommes, ils ne s'étaient pas rendu compte de son existence. Le jour de ses vingt-cinq ans, elle avait été déclarée officiellement vieille fille et ses parents avaient de façon définitive abandonné l'idée de se débarrasser d'elle un jour. Ils l'avaient faite sans la désirer, ils devaient l'endurer. Jusqu'au bout. De leur vie à eux ou de sa vie à elle. Sa mère, en bonne catholique pratiquante et bornée, la considérait comme une punition pour des péchés qu'elle n'avait pas commis ; son père, en bon cultivateur défaitiste et soumis, comme un mal nécessaire de plus dans une vie déjà difficile.

Et, tout ce temps-là, l'existence de Régina-Cœli Desrosiers – son double nom lui venait de la dévotion un peu exagérée de sa mère à la Vierge Marie – aurait été des plus pathétiques si elle n'avait pas eu la musique pour la consoler. De tout.

La musique était entrée dans sa vie par hasard.

L'une des religieuses qui enseignaient à l'école qu'elle fréquentait, à Saint-Boniface – ils n'avaient pas encore quitté le Manitoba, terre natale des Desrosiers –, une dénommée sœur Marguerite-Bourgeoys, qui touchait l'orgue de la paroisse, le dimanche, et consacrait ses moments libres au piano le reste de la semaine, avait remarqué l'évidente fascination de la petite Régina-Cœli Desrosiers pour cet instrument. Cette dernière avait commencé par tourner autour de la religieuse et de son piano après la leçon de catéchisme du dimanche qui se terminait toujours par la *Marche turque* de Mozart, puis était vite passée aux questions, précises et souvent pertinentes, pour finir un bon jour par demander la permission de toucher le clavier, juste pour voir comment ça sonnerait sous ses doigts à elle... Sœur Marguerite-Bourgeoys lui avait demandé si elle avait envie d'apprendre à jouer, elle avait répondu oui. Elle était la seule de sa famille à montrer un peu de talent et, surtout, un intérêt quelconque pour un art, quel qu'il fût.

La religieuse avait donc commencé à lui apprendre en cachette les rudiments de cet instrument si difficile, la plupart du temps au petit matin, avant le début de la classe. Régina-Cœli devait quitter l'école aussitôt les cours terminés pour aller préparer les repas – celui du midi, celui du soir – de sa famille qui, c'était assez évident à voir comment son frère et ses sœurs agissaient avec elle, la traitait mal. Elle apprenait donc le piano à l'insu de tous, personne à la maison ni à l'école n'ayant eu conscience de l'intérêt naissant de cette fillette banale pour la musique classique.

Régina-Cœli n'était pas une élève exceptionnelle et montrait souvent un caractère difficile, colérique, lorsque les choses n'allaient pas à son goût – un doigté particulièrement ardu à maîtriser, un morceau compliqué à déchiffrer, le gel qui engourdissait ses mains l'hiver, la moiteur de l'été qui rendait glissant l'ivoire du clavier; elle piquait des colères, frappait le piano comme s'il s'était agi d'un être humain, il lui arrivait même de proférer des gros mots qu'elle sortait on ne savait d'où et qui faisaient rougir sœur Marguerite-Bourgeoys. Elle se vengeait peut-être sur le piano de ce que sa famille lui faisait endurer. La religieuse sévissait cependant le moins possible à cause de la grande et sincère passion pour la musique qu'elle sentait grandir chez son élève qui avait appris en un temps record à lire les partitions et dont la grande détermination à dompter l'instrument, à le soumettre à sa volonté, était admirable. Mais, récompense suprême, quand tout allait bien – si Régina-Cœli réussissait à exécuter un morceau complet sans se tromper, par exemple –, elle se transformait, un changement radical s'opérait en elle, on voyait poindre la pianiste qu'elle pouvait devenir, c'était lisible dans ses mouvements fluides et dans l'intelligence de ses exécutions. Alors sœur Marguerite-Bourgeoys rosissait de fierté. Et lorsque la fillette avait commencé, au bout d'un an de leçons suivies avec le plus grand sérieux, à comprendre que la musique pouvait *s'interpréter*, qu'on n'était pas tenu de se contenter de transférer exactement au clavier ce qu'on lisait sur la partition, qu'on pouvait, au contraire, se laisser aller à jouer autant ce qu'on ressentait devant le morceau de musique que les notes imprimées sur le papier, elle s'était lancée dans le piano comme d'autres dans la boisson, le péché ou la religion. C'était devenu le centre de sa vie, sa panacée à elle, sa récompense, sa consolation. Et tout ça, quelle joie, à l'insu de tout le monde. Parce que, durant toutes ces années, elle n'avait rien dit à personne de son entourage. Elle avait aussi demandé à sœur Marguerite-Bourgeoys de garder le secret, mais cette dernière, trop fière de son élève, s'était échappée auprès de certaines de ses consœurs et il arrivait que les leçons de Régina-Cœli Desrosiers, pourtant tôt le matin, soient bien fréquentées. Même la directrice de l'école, une dénommée sœur Jésus-de-la-Croix, au demeurant une femme sévère et plutôt froide, ne dédaignait pas de visiter de temps en temps le petit local où, entendait-on dire dans la communauté religieuse, de divines mélodies s'élevaient pour la plus grande gloire de Dieu. Son premier public fut donc un groupe de cornettes noires et blanches qui croyaient avoir devant elles une manifestation de Dieu sur terre, alors que ce qui se produisait sous leurs yeux était, au contraire, la passion brute, païenne, d'une femme délaissée par son entourage pour un art qui lui sauvait la vie. Elles l'auraient sans doute jugée coupable et condamnable, cette passion, si elles l'avaient devinée pour ce qu'elle était. Mais elles choisissaient de rester dans le ravissement, sans réfléchir.

Personne dans la famille de Régina-Cœli ne sut donc jamais qu'elle s'adonnait au piano. Avec un talent remarquable.

Et lorsqu'elle avait quitté l'école, à quatorze ans, elle s'était trouvée privée de toute musique. Pendant dix ans. Il n'était pas question qu'elle demande un piano à ses parents, jamais aucune musique ne s'était fait entendre dans la maison et, de toute façon, ils lui auraient répondu que le salon était trop petit pour l'encombrer d'un instrument aussi massif. Ou qu'ils étaient trop vieux pour endurer du piochage à la journée longue. Ou trop pauvres pour se payer un objet aussi inutile. De temps en temps, elle se faufilait dans la salle de musique de l'école et son ancien professeur la laissait assouvir sa passion pendant une heure ou deux, mais des bruits commençaient à courir sur la nature de leurs relations – c'est bien beau d'être le chouchou du professeur tant qu'on fréquente l'école, mais quand on la quitte, on ne doit jamais y revenir – et Régina-Cœli dut, sans espoir de rémission, abandonner le piano. Elle fit ses adieux au vieil instrument tant aimé avec un nocturne de Chopin dont elle ne réussit pas à rendre toutes les subtilités et se le reprocha pendant des années, rectifiant dans sa tête sa dernière interprétation, ratée, la corrigeant, la peaufinant, mais trop tard.

C'est ainsi qu'elle devint peu à peu l'acariâtre Régina-Cœli Desrosiers que tout le monde apprit à détester. Il lui suffit de se laisser aller à ses penchants naturels pour l'impatience, la colère, la rage, que la présence du piano dans son quotidien était parvenue à endormir pour un temps et auxquels elle put désormais se consacrer. Chopin, ou Schubert, ou Mozart n'étant plus là pour donner un sens à sa vie, elle s'était concentrée avec rancœur sur le rôle que le destin semblait depuis toujours lui réserver sans qu'elle puisse y échapper, celui de servante de son entourage. Ses parents étaient plus vieux, ses aînés partis au loin élever leurs propres familles, l'ouvrage s'en trouvait donc allégé, mais Régina-Cœli s'y acharnait comme si la maison avait été pleine de monde à l'année, et la demeure des Desrosiers devint la plus propre de Saint-Boniface, celle qu'on donnait toujours en exemple quand on voulait parler d'un ménage bien tenu, mais que personne n'aurait voulu habiter, cependant, à cause de la présence de cette espèce de mégère qui régentait tout, disait-on, et qui empoisonnait l'existence de quiconque osait s'approcher d'elle.

Un bon jour, elle apprit à ses parents, comme ça, de but en blanc, qu'elle quittait Saint-Boniface pour Regina. Elle avait besoin de changement, prétendait-elle, elle pensait à s'éloigner depuis un bon moment déjà et s'était trouvé un travail dans une bibliothèque, en Saskatchewan, qui avait besoin d'une archiviste bilingue. Ses parents avaient d'abord semblé ne pas comprendre, puis, après qu'elle leur eut expliqué qu'elle voulait, quand elle aurait vingt-cinq ans, se retrouver toute seule, ils lui avaient demandé pourquoi, en ajoutant, bien sûr, les reproches habituels : elle n'avait pas de cœur, elle les abandonnait dans leur vieil âge alors qu'ils avaient été si bons pour elle, elle allait sans doute perdre son âme dans cette ville où presque personne ne parlait français, devenir une femme de mauvaise vie qu'on montrerait du doigt, ce à quoi elle avait répondu qu'on la montrait déjà assez du doigt comme ça et qu'elle voulait se retrouver dans un endroit éloigné, coupée de tous ceux qu'elle avait connus jusque-là. Pour recommencer sa vie. Puis, dans un moment de faiblesse, elle leur avait promis de leur révéler avant son départ la vraie raison de sa décision.

Le matin de ses vingt-cinq ans, Régina-Cœli, à qui ses parents n'avaient pas demandé, sans doute en représailles à son départ imminent, ce qu'elle désirait pour cet anniversaire où elle allait coiffer sainte Catherine, mit sa plus belle robe – elle en possédait deux, une pour la semaine, jaune pâle, dans laquelle elle avait tant frotté et tant cuisiné, une pour le dimanche, bleu ciel, confirmation que sa mère l'avait consacrée à la Vierge Marie, reine du Ciel –, le chapeau qu'elle gardait d'habitude pour la messe du dimanche et demanda à ses parents de la suivre. Ou, plutôt, elle prit un ton qui n'admettait pas de réplique et ils n'eurent d'autre choix que de lui emboîter le pas en se demandant ce qu'elle pouvait bien leur vouloir. Le matin de sa fête, en plus. Ils traversèrent tous les trois la paroisse de Saint-Boniface à petits pas sous le regard étonné de leurs voisins qui ne les voyaient jamais marcher dans la rue en même temps ; elle, petite, sèche et à l'évidence nerveuse, eux, hésitants, traînant un peu de la patte parce qu'ils ignoraient où elle les emmenait.

Elle les aida à monter le grand escalier de pierre de son ancienne école, salua les quelques religieuses qu'ils croisèrent dans le long corridor et les mena vers une toute petite pièce nue où trônait un énorme piano droit tout décati. Elle leur montra des chaises, ils s'y installèrent en fronçant les sourcils. Elle s'assit sur le banc du piano, face à eux.

« Vous m'avez demandé pourquoi je voulais m'en aller ? »

Elle se retourna, ouvrit un cahier, leva les mains au-dessus du clavier.

Et ce qui déferla alors sur ses parents les cloua à leurs sièges. C'était plus que de la musique, c'était un océan de sensations mêlées, un cataclysme sonore d'une telle force qu'il leur tordait le cœur et leur nouait les tripes, un tourbillon de sentiments trop nombreux et trop intenses pour qu'ils les vivent tous en même temps et qui leur donnaient à la fois envie de se sauver en courant et de s'y noyer à jamais. Non seulement Rhéau et Simone Desrosiers n'avaient jamais rien entendu de tel, mais, en plus, cette tempête sonore était déclenchée par leur propre fille qu'ils avaient toujours considérée comme trop médiocre pour s'occuper d'elle ou pour se demander qui elle était, si elle avait des besoins, des désirs, des engouements. Placides eux-mêmes, n'ayant jamais rien connu qui puisse s'approcher d'une passion incontrôlable, jamais ils n'auraient pu imaginer une telle flamme chez un de leurs enfants, et ils crurent un moment que leurs sens les trompaient, que ce n'était pas Régina-Cœli qui jouait, leur fille si quelconque qui ne s'était jamais distinguée en quoi que ce soit d'autre que la cuisine et le ménage, mais quelqu'un, une élève ou une religieuse musicienne, caché dans une pièce voisine. Ils durent pourtant se rendre à l'évidence et écoutèrent le morceau jusqu'au bout. Ils voyaient leur fille pour la première fois de leur vie et restaient rivés à leurs chaises, les yeux ronds, les bras croisés sur la poitrine. Furent-ils touchés ou troublés, vécurent-ils ce moment comme une révélation après des années d'aveuglement volontaire ? Régina ne le sut jamais.

Le morceau terminé, elle laissa passer quelques secondes avant de se tourner vers eux pour les affronter. Allaient-ils la couvrir d'injures ou, au contraire, se raidir comme d'habitude dans un silence oppressant et vide ? Comme si ce qui venait de se produire n'avait pas eu lieu ?

Elle se tourna enfin dans leur direction.

« C'est pour ça que je veux partir. »

Ils étaient déjà debout devant leurs chaises, lui le chapeau sur la tête, elle le sac à main serré contre son ventre.

Prêts à partir.

Au réveil, Rhéauna retrouve la désagréable grand-tante qu'elle a rencontrée la veille à la gare. Froide, raide, les lèvres pincées et les sourcils froncés. Disparue, la femme passionnée rivée à son piano, envolée, l'interprète transportée de monsieur Schubert et de monsieur Chopin. On dirait qu'elle veut faire oublier ce qu'elle a laissé échapper de sa vraie personnalité devant sa petite-nièce, une tare qu'elle devrait garder cachée, un défaut honteux, et se concentre sur la préparation du petit déjeuner en maugréant.

Elle a tiré Rhéauna du sommeil sans ménagement, en lui criant du pas de la porte de la chambre :

« J'vas finir par penser que t'es morte ! Y te reste à peine le temps de déjeuner avant de partir... »

Elle a déjà oublié qu'elle vient de partager la chaleur de son lit avec une fillette qu'elle a séduite et bouleversée à grands coups de musique troublante. Elle est redevenue elle-même après sa crise de folie quotidienne, sa nourriture, sa raison de vivre, et fait comme si elle ne savait pas que la journée qui vient à la bibliothèque publique de Regina ne sera qu'un long prélude d'un total ennui à l'extase qui l'attend le soir. Elle a troqué son costume d'artiste inspirée contre celui d'archiviste grincheuse que tout le monde craint. Comme si l'une ne connaissait pas l'autre. Ou que la plus intéressante des deux n'existait pas le jour.

Rhéauna est découragée. Le porridge, trop coulant pour du porridge, est de la même couleur et a à peu près la même consistance que la sauce aux œufs de la veille. Le pain grillé a été fait à partir d'une miche sèche, dure, comme si le délicieux pain de la veille avait séché toute la nuit sur le comptoir, et le lait a une drôle d'odeur. Pas caillé, mais presque. Elle sait, cependant, qu'elle aura un long trajet à faire entre Regina et Winnipeg et s'efforce de ne pas montrer son dégoût pour ce qu'elle s'oblige à manger et qui, comme hier soir, lui roule dans la bouche. Elle fait quelques tentatives pour alimenter la conversation, se bute à un mur de silence, finit par abandonner, le nez dans son verre de lait.

Sa grand-tante boit un café noir, sans rien avaler d'autre. Peut-être qu'elle n'apprécie pas son manger, elle non plus, qu'elle préfère prendre ses repas à l'extérieur... À Maria, ce serait impensable, tout le monde mange à la maison, personne, jamais, ne songerait à prendre un repas à l'extérieur, sauf quand on est invités chez des parents et toujours pour le souper; ici, à Regina, par contre, dans une si grande ville, il y a peut-être ce que ses grands-parents appellent des restaurants, ces lieux magiques qui font tant rêver Béa, où, pour une somme quelconque, on vous prépare ce que vous voulez dans le temps de le dire. Comme le vendeur de limonade, à la gare, mais en plus élaboré.

Elle essaie de ne pas penser à Montréal.

Sa valise refaite, son manteau enfilé, elle attend sa grand-tante sur le balcon. Un autre taxi va venir et Régina lui a fait sentir qu'elle commençait à lui coûter pas mal cher. Elle a failli lui offrir de payer la course en voiture, mais elle a eu peur que ça défonce son budget de la journée qui est plutôt maigre. Elle n'a pas de lunch comme la veille, et devra s'acheter quelque chose avant d'embarquer dans le train. Mais juste avant de descendre les marches qui mènent au trottoir, Régina lui glisse un sac de papier brun dans les mains.

« Quequ'chose pour manger dans le train... C'est loin, Winnipeg. »

115

Rhéauna frissonne à l'idée de ce que peut contenir le sac brun, mais ne le laisse pas voir. Devrait-elle s'en débarrasser avant de l'ouvrir, de peur que ça ne lui coupe l'appétit ?

Elle regarde les vitrines de magasins défiler par la fenêtre du taxi. Elle va avoir traversé cette ville deux fois sans s'y arrêter, sans rencontrer personne d'autre que cette étrange grand-tante qui n'est pas la même selon les heures du jour et dont une moitié ne semble pas reconnaître l'existence de l'autre. Un mensonge ambulant.

Elle sait que tous les gens qu'elle a vus depuis hier dans les rues de Regina parlent juste l'anglais et que, de toute façon, même si son anglais est plutôt bon, une vraie conversation avec eux aurait été difficile. À Maria, elle pouvait s'arrêter devant n'importe qui et continuer une conversation là où elle l'avait laissée la dernière fois qu'elle avait croisé cette personne et... Non, il faut qu'elle arrête de penser à Maria à tout bout de champ, comme ça, ça ne sert à rien de tout comparer à ce qu'elle trouverait dans son petit village, tout ça est fini, tout ça est dans le passé. L'énormité de l'aventure dans laquelle on l'a plongée sans qu'on lui demande son avis lui revient tout à coup, et, en descendant de voiture, l'angoisse la plie en deux. Régina pense qu'elle s'est enfargée dans quelque chose et lui dit de regarder où elle met les pieds. Elle a envie de lui répondre sur le même ton. À quoi ça servirait ? Elle se tait, prend sa valise, grimpe les marches de l'énorme escalier de pierre.

Régina trouve sans difficulté le monsieur qui doit s'occuper de Rhéauna dans le train. C'est un gars de Montréal, un étudiant qui gagne ses études, l'été, en parcourant chaque semaine le Canada d'un bout à l'autre, aller et retour, comme porteur de bagages, cireur de chaussures, à l'occasion gardien d'enfant. Il a un drôle d'accent, il roule ses r et Rhéauna se demande si tout le monde parle comme lui à Montréal. Elle est rassurée de voir que ce n'est pas elle qui a un accent, mais lui.

Le moment des adieux est arrivé. Elle aurait envie de sauter dans les bras de sa grand-tante, peut-être pour lui faire comprendre qu'elle a deviné chez elle ce grand malheur impossible à partager ; elle voudrait aussi lui dire que ce secret est en sécurité avec elle, qu'elle n'en parlera jamais, à personne. Bien entendu, la froideur de Régina rend les choses impossibles. Rhéauna doit se contenter d'un bec, plutôt sec, sur la joue. Le train va partir, le gars de Montréal l'a prise dans ses bras pour monter dans le wagon, comme si elle n'était pas assez grande pour le faire toute seule. Il faudrait qu'elle dise quelque chose. Rien ne vient. Sa grand-tante essaie d'esquisser ce qui pourrait passer pour un sourire. C'est plutôt triste à voir.

« Tu diras bonjour à ta grand-tante Bebette. Ça fait longtemps que je l'ai pas vue… »

Puis, au moment où la porte va se refermer sur cette petite femme qu'elle ne reverra sans doute jamais de sa vie, une phrase sort de sa bouche sans qu'elle la sente venir. Elle regarde Régina dans les yeux et lui dit, d'un sourire triste :

« Je le sais que vous êtes malheureuse, ma tante Régina de Regina. »

LE RÊVE
DANS LE TRAIN DE WINNIPEG

Le Ciel est rempli d'archanges.

Elle sait que ce sont des archanges parce que leurs ailes sont immenses; si c'étaient des anges ordinaires, leurs ailes seraient plus petites, leurs visages moins rayonnants, leur chant plus flûté. Ils ont des voix graves, des voix d'archanges, et ils psalmodient, à l'unisson, une sorte de litanie formée d'une seule note, un o étiré à l'infini, qui n'est pas sans lui rappeler le mugissement du train quand il a quitté la gare ou lorsqu'il veut avertir un village du danger que représente son passage imminent. Dégagez la voie, éloignez vos enfants.

Les archanges sont beaux à couper le souffle, comme les anges doivent être beaux, surtout les ar-changes, mais leur chant fait peur parce qu'il donne l'impression qu'un train s'approche et qu'il va passer trop près pour ne pas être dangereux.

Le ciel en est si rempli qu'ils ont de la difficulté à circuler. Quelques-uns, qui refusent de livrer le passage aux autres, se bousculent, et s'ils n'étaient pas occupés à émettre leur o prolongé, ils se crieraient sans doute des injures. Elle comprend que ce sont des archanges de la ville.

Elle est toute seule au milieu de la circulation d'archanges, si beaux mais si inquiétants, et elle ne sait pas dans quelle direction se diriger. Elle pourrait le demander, bien sûr, mais eux, savent-ils faire autre chose que prononcer ce o sans fin, ce bourdonnement incessant, qui lui tombe sur les nerfs parce qu'elle sait qu'il est fixé là, dans le ciel, immuable comme les étoiles, et qu'elle doit apprendre à vivre avec ? Savent-ils eux-mêmes où ils vont ?

Ils semblent soudain prendre conscience de sa présence et se tournent tous vers elle, d'un seul bloc, comme un troupeau de vaches quand, justement, un train passe. Ils vont peut-être lui parler, l'aider, lui dire où aller et comment s'y rendre. Au lieu de cela, ils cessent leur chant lancinant et un grand silence envahit le ciel. Aussi inquiétant que le vacarme qui le précédait. Elle lève la main de la même façon qu'elle a vu sa grand-tante le faire pour héler un taxi et est sur le point de leur demander où elle se trouve et, surtout, ce qu'elle fait là, lorsqu'un des archanges, le plus grand, le plus beau, le plus imposant, se met à battre des ailes, vite imité par les autres, les centaines, les milliers d'autres. Les battements d'ailes remplacent la litanie de tout à l'heure, un beau son d'oiseaux qui s'envolent s'élève dans le ciel. Elle s'attend même à entendre des roucoulements de pigeons ou des cris d'engoulevents. Mais ils restent silencieux pendant que leurs battements d'ailes s'accélèrent, s'amplifient, jusqu'à former une espèce de tourbillon de vent qui la secoue, s'empare d'elle et la soulève de terre. Au lieu de tomber dans un trou comme Alice au pays des merveilles, elle monte vers le ciel telle une fusée de la Saint-Jean. Le tourbillon d'ailes la berce, la fait planer, la retourne dans tous les sens, de plus en plus vite; elle les voit, eux, les archanges, qui lui envoient la main dans un adieu qu'elle ne comprend pas parce qu'elle n'a même pas eu le temps de faire leur connaissance.

Lorsqu'elle passe à travers eux – un tout petit trou dans une mer d'archanges –, elle a l'impression d'être une flèche qui perce une cible ou une balle de fusil qui pénètre la peau d'un animal. Elle se tourne vers eux, qui sont maintenant plus bas qu'elle, elle a peur de les avoir tués. Non, les battements d'ailes ont cessé, le o étiré à l'infini a recommencé et ils se sont remis à se bousculer sans plus s'occuper d'elle.

Elle est maintenant toute seule au milieu du ciel. Il fait froid – le soleil est un soleil pâle d'hiver –, le tourbillon commence à lui donner la nausée et elle a perdu sa valise. Elle va se remettre à tomber d'une seconde à l'autre. Les archanges, en bas, formeront-ils un tapis pour la recevoir, ou bien ira-t-elle s'écraser sur le sol ? Sur le sol ? Non, sur la banquette du train. Elle est dans un train. En marche. Qui la secoue.

Puis, à l'horizon, un vol d'oies sauvages fait son apparition. Une maman oie sauvage, caquetante et joyeuse, suivie de sept oisillons épuisés par la course effrénée de leur mère qui ne veut pas manquer l'arrivée du train.

Le jeune homme qui doit s'occuper d'elle jusqu'à Winnipeg – il s'appelle Jacques et, elle s'en est vite rendu compte, fait tout pour lui rendre le voyage le plus agréable possible – est installé sur la banquette en face de la sienne. Il tient un plateau sur lequel sont posées toutes sortes de bonnes choses à manger. Ça semble délicieux. La salive lui monte aussitôt à la bouche.

« Ça coûte combien, tout ça ? J'ai peut-être pas assez d'argent pour tout payer... »

Il sourit, pose le plateau sur ses genoux.

« Pense pas à ça. Mange. J'ai jeté le lunch que t'avais avec toi... Ça sentait pas bon. »

Le train mugit, des vaches tournent la tête en direction du train qui passe, un vol d'oies sauvages traverse le ciel.

C'est la troisième fois qu'il vient s'asseoir à côté d'elle sur la banquette de cuir usé. Après la collation, lors de sa deuxième visite, il lui a donné de quoi dessiner, mais elle est nulle en dessin, tout le monde le lui a toujours dit, alors elle s'est contentée d'aligner de sa plus belle écriture – tâche difficile avec des crayons de couleur – les mots de la langue française qu'elle préfère : mélancolie, silhouette, mandibule, onomatopée... D'autres, aussi, qu'elle trouve doux à l'oreille – aérien, foisonnant, litière – ou dont elle aime la sonorité évocatrice – carabine, par exemple, qui sonne, à son avis, comme l'objet qu'il désigne. (Lorsqu'elle prononce le mot bien fort – carabine ! – elle entend le bruit que fait l'arme quand son grand-père va à la chasse aux lièvres, dans les champs de blé d'Inde devant la maison.)

Elle ne les comprend pas tous, bien sûr. Elle se souvient d'être allée vérifier le sens de chacun d'eux dans le vieux dictionnaire de sa grand-mère quand elle les croisait dans un roman, c'est d'ailleurs là l'une de ses plus grandes joies, mais si certains sont restés gravés dans sa mémoire, d'autres, par contre, lui échappent. Un peu plus tôt, elle est restée figée quelques minutes devant le mot circonlocution – l'un des plus longs qu'elle connaisse, avec onomatopée, et des plus beaux – sans arriver à en retrouver la signification. C'est la question qu'elle a préparée pour Jacques s'il se présentait une troisième fois.

Quand il arrive, donc, avec une couverture de laine parce qu'il fait un peu frisquet dans le wagon, elle se lève de son siège, lui montre le mot écrit en lettres bien rondes, bien égales, comme le lui a enseigné mademoiselle Primeau.

« Qu'est-ce que ça veut dire, cir-con-lo-cu-tion, Jacques ? Je l'ai déjà su, mais j'm'en souviens pus... »

Il semble un peu étonné par sa question.

« T'es jeune pour connaître un mot comme celui-là... Où est-ce que tu l'as pris ?

— Dans ma tête. J'veux dire dans les livres que j'ai lus. Mais je l'ai retenu. J'lis depuis que chus toute petite, vous savez. J'aime ça, les mots. Je trouve ça beau. Pis j'aime ça m'en rappeler. R'gardez, au lieu de dessiner, j'en ai écrit toute une page.

— Écoute, je sais pas si j'me rappelle du sens exact de circonlocution, mais j'vas essayer... »

Il lui parle de détours, de façon de s'exprimer sans dire précisément ce qu'on veut dire, de plusieurs mots qui en signifient un seul. Elle fronce les sourcils, un peu perdue.

« J'comprends pas trop. Mademoiselle Primeau m'a toujours dit qu'y fallait être clair quand on parle... Donnez-moi un exemple. »

Il réfléchit, se gratte la tête, fronce les sourcils à son tour.

« C'est difficile, comme ça, de but en blanc...

— De quoi ? C'est quoi, une butte en blanc ?

— Écoute, une question à la fois, c'est assez... On va commencer par circonlocution... Tiens, si je te dis, par exemple, en regardant ta feuille, que ta main d'écriture est pas laide, c'est une circonlocution parce que j'ai pris un détour, plusieurs mots, pour dire une chose que j'aurais pu dire d'une façon plus directe. J'aurais pu juste dire que ton écriture était belle... Ça s'appelle aussi une périphrase, ou un euphémisme, ou bien... »

Il sourit devant les grands yeux étonnés de Rhéauna.

« J'ai réussi à trouver des mots que tu connais pas, hein ? C'est compliqué, je le sais. La langue française, c'est toujours compliqué...

— En tout cas, les mots que vous dites sont compliqués, ça c'est sûr, encore plus que ceux que je trouve dans les livres de la comtesse de Ségur... Ça paraît que vous allez encore à l'école même si vous êtes assez vieux pour travailler... »

Elle ne voit pas pourquoi il rit, elle ne voulait pas être drôle. Mais son rire lui fait du bien, alors elle décide de se joindre à lui. Il s'assoit ensuite à côté d'elle pour lui expliquer le sens de l'expression *de but en blanc*.

« Tu comprends ?

— Je suppose, oui. »

Elle ne l'a pas vraiment écouté, cependant. Elle s'est contentée de regarder bouger ses belles lèvres sans enregistrer ce qui en sortait.

Parce qu'elle le trouve très beau. Très. Malgré son âge avancé. S'il est presque deux fois plus vieux qu'elle – il lui a avoué qu'il allait avoir vingt ans dans quelques mois –, il n'affiche pas l'arrogance des gars de Maria qui, arrivés à l'âge de se marier, deviennent fendants, gonflent le torse et font des farces qu'ils prétendent *cochonnes* en se tapant sur les cuisses et dont elle ne saisit le sens qu'à de rares occasions. Non, ses yeux, à lui, n'ont rien de malin. Lorsqu'ils se posent sur elle, c'est elle qu'ils regardent, qui elle est maintenant, une petite fille, et non pas ce qu'elle va devenir dans cinq ou six ans. Elle ne se sent pas jugée ni évaluée comme une future marchandise. Les gars de Maria passent volontiers devant les fillettes des commentaires obscurs où il est toujours question de ce que peuvent faire ensemble les gars et les filles qu'elles vont devenir. Ils trouvent ça du plus haut comique, mais les filles ont tendance à les trouver plutôt niaiseux avec leurs visages boutonneux et leurs regards hypocrites. Elle se doute qu'il s'agit de choses défendues qui ont à voir avec l'interdiction

126

d'aller jouer avec les garçons dans les champs de céréales, mais lesquelles ? Et pourquoi ?

Le train file à travers la prairie, Jacques lui explique des mots qu'elle n'a jamais entendus, mais elle ne l'écoute pas. Elle regarde sa bouche.

D'habitude, l'excitation qu'elle peut ressentir devant une chose qui l'intéresse ou une personne qu'elle aime provient d'une région de son corps qui se situe près du cœur ; c'est chaud, c'est agréable, elle a même souvent éprouvé une sorte de vertige quand sa grand-mère lui disait qu'elle l'aimait en l'embrassant, ou devant un énorme cornet de crème glacée, certains dimanches après-midi d'été, ou lorsqu'elle a reçu, pour ses six ans, la poupée qui ferme les yeux qu'elle convoitait depuis longtemps. C'est cette chaleur, semble-t-il, cette sensation de flotter, qu'on appelle l'amour. C'est du moins ce qu'on lui a toujours expliqué. En la prévenant, toutefois, de s'en méfier quand ça devient trop fort. Mais ce qu'elle ressent devant ce beau grand jeune homme aux yeux gris – elle n'a jamais vu des yeux de cette couleur, elle ne savait même pas que ça pouvait exister – ne semble pas se situer à la hauteur de sa poitrine. Son cœur bat, oui, et même plus vite, mais la chaleur, au lieu de lui monter à la tête, descend vers le bas de son corps, et c'est autour de son plexus solaire, un peu plus haut, qu'elle va se lover. Elle se demande si elle a besoin d'aller aux toilettes. Non, ce n'est pas ça. C'est autre chose. C'est nouveau, mystérieux et, c'est étrange, ça la met mal à l'aise. Comme si elle se trouvait coupable alors qu'elle n'a rien fait.

Si elle se levait, là, tout de suite, si elle s'approchait de lui et allait l'embrasser sur la bouche, qu'est-ce qu'il dirait ? Et pourquoi est-ce qu'elle a envie de faire ça, tout à coup ? Qu'est-ce qui lui prend ? Elle a repoussé de belle façon Fabien Thibodeau, un garçon de son école, quand il a voulu l'attirer derrière une grange pour jouer au docteur, et voilà qu'elle a envie d'embrasser un adulte sur la bouche !

Qu'est-ce que ça peut bien vouloir dire ? Qu'elle a envie de jouer au docteur avec lui ? Mais il est beaucoup trop vieux !

« As-tu mal au ventre ? »

Elle sursaute.

« Quoi ?

— As-tu mal au ventre ? Tu te frottes le ventre depuis tout à l'heure… As-tu mal au cœur ? C'est peut-être ce que t'as mangé, ou le mouvement du train…

— Non, non, chus correcte. J'ai pas mal au ventre. Ni au cœur. Juste un petit peu, peut-être… Un peu d'eau, ça me ferait du bien, j'pense. Ou bien un jus d'orange. »

Il s'est levé, visiblement inquiet, il est parti presque en courant en direction du wagon-restaurant.

Elle appuie la tête contre la vitre. Dehors, des vaches la regardent passer en mâchant leur foin. Placides. Heureuses. Est-ce que les vaches se posent des questions ? Non, les vaches ne se posent pas de questions. Les chanceuses. Elle ouvre la fenêtre, prend une grande respiration.

Elle a l'impression d'avoir frôlé un danger. S'il n'avait pas interrompu le fil de ses pensées avec sa question sur son mal de ventre, l'aurait-elle fait, se serait-elle levée pour aller l'embrasser ? Et sur la bouche ? Aurait-elle eu le courage ? Le front ? Et après, qu'est-ce qui se serait passé, après ? La sensation de chaleur autour de son plexus solaire s'est atténuée, mais son cœur continue de battre trop fort. La fraîcheur du verre lui fait un peu de bien. Elle prend quelques grandes respirations. Qu'est-ce qu'elle va faire quand il va revenir ? Boire le jus d'orange et le renvoyer après lui avoir dit merci ? Mais ce n'est pas ça qu'elle veut ! Elle veut qu'il reste, qu'il s'occupe d'elle, qu'il lui parle, qu'il…

Qu'est-ce qu'elle veut, au juste ? Après le baiser… Qu'est-ce qui se serait passé après le baiser, qu'est-ce qui vient après le baiser ? Des caresses. Après les

caresses ? D'autres, plus précises ? Mais comment ?
À quel point précises ?

Jacques revient avec un jus d'orange bien froid.
C'est bon. Elle n'avait pas réalisé à quel point elle
avait soif et le boit en deux longues gorgées qui lui
chatouillent la gorge de façon agréable.

« Merci. Ça fait du bien.

— J'espère que tu fais pas de fièvre... »

Il se penche vers elle, pose les doigts sur son
front. C'est doux, c'est chaud, elle voudrait pleurer.
Laissez votre main là, s'il vous plaît, enlevez-la pas...
Si j'ai de la fièvre, ça va me guérir.

« Non... Ton front est tout frais... C'est juste la
fatigue du voyage... »

Va-t-il se rasseoir, reprendre leur conversation,
si intéressante, là où ils l'ont laissée tout à l'heure ?
Sans doute pas, il a du travail à faire. Plus tôt, il
a parlé de chaussures à cirer, de repas à servir et
d'autres personnes – des adultes qui, comme elle,
ont besoin qu'on les aide – dont il doit prendre
soin. Il a raison, elle n'est pas toute seule dans le
train et doit le laisser vaquer à ses occupations s'il
veut payer ses cours à l'université pour devenir
docteur. Un jeune docteur. Le seul docteur qu'elle
ait jamais connu est vieux et il ne sent pas toujours
bon, alors elle a quelque difficulté à l'imaginer, lui,
avec un stéthoscope autour du cou. Tiens, c'est un
autre beau mot, ça, stéthoscope...

Elle souhaiterait qu'il reste. Encore un peu. Le
cirage de chaussures peut bien attendre. Et ce n'est
pas encore tout à fait l'heure du repas du soir...
Les adultes, c'est censé pouvoir se débrouiller tout
seuls, tandis qu'elle...

Mais comment le retenir ?

« Je sais que vous êtes pas marié, vous avez pas
de jonc de mariage, mais avez-vous une fiancée,
vous ? »

C'est sorti sans qu'elle s'en rende trop compte.
Elle a dit ça pour gagner du temps, pour l'empêcher
de partir ; elle a l'impression, cependant, qu'elle a

posé la mauvaise question parce qu'il s'est redressé d'un coup, comme si elle l'avait insulté. Elle a été indiscrète, ce n'est pas poli, et elle le regrette. Sa grand-mère exigerait qu'elle s'excuse. Mais elle n'a pas le temps, il parle avant elle.

« Non. J'ai pas de fiancée. »

On dirait qu'il veut partir en courant. Mais pourquoi est-ce qu'il est mal à l'aise comme ça, elle lui a pourtant posé une question des plus normales !

« Pourquoi tu demandes ça ? »

Elle doit faire attention à la réponse qu'elle va lui faire. Elle le sent fragile. Elle choisit donc bien ses mots.

« À votre âge, les gars de Maria sont souvent mariés depuis un bout de temps, pis même, des fois, y ont déjà des enfants… »

Il penche un peu la tête, s'assoit sur le bout du banc. On dirait qu'il va glisser et s'étaler sur le plancher sale du wagon. Que c'est lui, tout à coup, qui a besoin de son aide à elle.

« En ville, on se marie moins jeune, Rhéauna.

— Tout le monde m'appelle Nana. Rhéauna, ça fait trop sérieux. C'est un nom que personne connaît pis personne s'en rappelle jamais…

— J'm'en suis rappelé, moi…

— Vous, c'est pas pareil, vous allez à l'université…

— O.K. J'vas t'appeler Nana si t'arrêtes de me vouvoyer. On dit pas vous à des amis, Nana, on leur dit tu. »

Son amie ! Il la considère comme son amie ! Si elle pouvait ne pas descendre à Winnipeg pour rencontrer sa grand-tante Bebette, rester avec lui dans le train jusqu'à Ottawa, jusqu'à Montréal, elle le ferait. Et le reprendrait volontiers, la semaine prochaine, pour filer jusqu'à Vancouver en sa compagnie… Pourquoi ne pas passer le reste de son existence en mouvement, comme ça – Montréal-Vancouver, Vancouver-Montréal –, avec quelqu'un qui la considérerait comme une amie et qui serait toujours gentil avec elle, qu'elle pourrait en plus admirer sans qu'il s'en rende compte, aimer en cachette, au lieu de subir cette vie qui l'attend à Montréal, pleine d'imprévus avec des gens qu'elle ne connaît pas et qu'elle redoute ? Grandir dans un train à côté d'un éternel étudiant en médecine ? Elle sait que cette pensée est ridicule, mais ça la remplit d'un espoir fou et, depuis un moment, cette drôle de sensation, là, dans le bas du corps, l'a reprise. Elle va le faire, elle va se lever et aller l'embrasser...

Elle lève les yeux. Et est arrêtée dans son élan.

Quelque chose, chez lui, a changé. Il est toujours aussi beau, ses yeux d'un gris impossible déclenchent chez elle le même mystérieux vertige, mais une tristesse qu'elle n'avait pas soupçonnée est apparue sur son visage, qui a pâli. Elle devine que ce qu'il va dire est important. Comme à confesse. Sans savoir pourquoi, elle sent qu'il va se confesser à elle, que ça va être difficile pour lui, qu'il faut qu'elle écoute bien. Qu'un secret qu'il n'a jamais dit à personne sera révélé ici, dans un train en direction de Winnipeg, à une petite fille qui ne comprendra peut-être pas ce que ça signifie et qui va s'en vouloir.

Elle prend quand même un air concentré pour l'écouter. Et penche la tête, comme lui. Ou le prêtre, dans le confessionnal, quand ce qu'on a à avouer est bien laid et qu'on hésite. C'est pour ça qu'il hésite ? Parce que ça va être laid ? Elle tend l'oreille, attend, patiente.

Ça prend un certain temps. Il ne parle pas tout de suite. Il semble chercher ses mots, revenir sur sa décision, elle jurerait, à un moment donné, qu'il est sur le point de quitter le wagon, puis, tout à coup, après une longue respiration, il dit avec une grande douceur dans la voix :

« J'aime pas ça. Les femmes. »

C'est tout.

C'est vrai qu'elle ne comprend pas.

Alors elle prend le parti de sourire.

« Ça veut dire que vous allez rester vieux garçon ? »

Il relève la tête.

« Probablement.

— Mon grand-père dit toujours en riant qu'y aurait dû rester vieux garçon, que les femmes c'est juste un paquet de troubles. C'est-tu ça que tu penses, toi aussi ?

— Non...

— Joues-tu du piano ? »

Le changement de sujet de conversation semble l'étonner.

« Pourquoi tu me demandes ça ?

— J'ai une matante qui est restée vieille fille. C'est la sœur de mon grand-père. Tu l'as rencontrée à la gare de Regina, c'est elle qui est venue me reconduire. A' joue du piano. C'est de toute beauté de l'entendre... Ça a l'air d'être la chose la plus importante de sa vie, on dirait. Si est restée vieille fille, comme ça, ça veut-tu dire qu'elle aime pas les hommes, qu'a' pense elle aussi qu'y sont un paquet de troubles ?

— Non. Ça veut peut-être juste dire qu'elle a pas rencontré le bon...

— Ben, toi aussi... Peut-être que tu vas rencontrer la bonne, un jour... Peut-être même dans le train, on sait jamais...

— Non, quand je dis que j'aime pas les femmes, c'est pas ça que ça veut dire... Plus tard, tu vas comprendre... En attendant, oublie tout ça... Je sais pas pourquoi je t'ai dit ça, à toi... »

Une sorte de brume s'insinue dans la région de son cœur. Cette fois, cependant, ça ne descend pas plus bas ; ça reste là, comme un poids, c'est froid et ça lui donne envie de pleurer. Elle voudrait bien lui dire qu'elle comprend, le consoler parce que ça semble le bouleverser, mais elle ne saisit pas encore la signification de ce qui vient de lui être révélé et reste interdite, impuissante à trouver quoi que ce soit qui pourrait faire du bien à ce beau jeune homme aux yeux gris qu'elle suivrait volontiers jusqu'au bout du monde et qui vient de lui confier un mystère pour elle impénétrable.

Son sourire est si triste qu'il ne devrait pas sourire.

« Oublie tout ça. J'aurais pas dû… »

Il est debout, il va partir.

Il faut qu'elle trouve. Juste une phrase. Un petit rien qui console, comme ceux de sa grand-mère quand tout va mal, qu'elle fait une de ces crises dont elle ne sait pas d'où elles viennent et qui font peur à tout le monde tellement elles sont étonnantes de sa part.

« Peut-être que si t'apprends le piano… »

Il est sorti du wagon presque en courant, une main sur la bouche.

Niaiseuse ! Ce n'était pas ça qu'il fallait dire ! Elle l'a fait fuir, elle ne le reverra pas, il ne viendra sans doute pas lui dire bonjour à l'arrivée à Winnipeg. Elle a détruit le rêve de voyager avec lui à travers le Canada pour le reste de sa vie.

Dehors, le même sempiternel champ de céréales passe et repasse, étale et sans fin. Le ciel est trop bleu, les nuages trop blancs, elle voudrait un orage bien noir, avec des éclairs et des coups de tonnerre, ce que sa grand-mère appelle une fin du monde en concentré. De la grêle, aussi, pour étêter les épis de blé d'Inde, tuer la récolte, renverser le train, mettre fin à tout ça, le maudit voyage, l'inattendu au bout du chemin, la vie sans vie dans un monde qu'elle ne veut pas connaître et qu'on va lui imposer sans lui demander son avis. Et étouffer le drame qu'elle vient de deviner chez Jacques, qu'elle ne comprend pas parce qu'elle est trop petite, mais qu'elle sait grave, irrévocable, irréparable.

Elle a pleuré en quittant Maria, cette fois elle a envie de tout détruire.

Elle déplie la couverture de laine, s'étend sur la banquette.

Elle sait qu'elle ne dormira pas.

Elle a juste envie de mourir.

Avant d'aller se coucher, la nuit précédente, Jacques avait déposé les souliers bien astiqués devant le compartiment 14. Le cirage de bottes et de souliers est l'une des tâches qu'il déteste le plus, aussi était-il plutôt soulagé, la veille, de trouver les corridors du wagon-dortoir presque vides. Seules quelques paires – dont celle-ci – avaient été déposées devant les portes closes. Il avait donc pu retourner étudier plus tôt que d'habitude. Mais au matin, un major de l'armée canadienne nommé Templeton lui avait rapporté les chaussures en lui disant qu'elles étaient mal cirées, que jamais dans l'armée on n'aurait accepté un travail aussi bâclé et qu'il devait tout recommencer s'il ne voulait pas faire face à une plainte en bonne et due forme au chef de train. Il n'avait pas discuté – le client a toujours raison, surtout quand il a tort – et avait rapporté la paire de souliers dans sa petite cellule. Il avait commencé par penser à la rendre telle quelle pour voir si le major Templeton s'en rendrait compte, puis il avait décidé de ne pas prendre de chance. Il a besoin de ce travail pour continuer ses études et ne veut pas le perdre.

Il est maintenant penché sur le soulier gauche, il vient de cracher sur le bout à son avis tout à fait propre et frotte comme un forcené avec son carré de chamois. Sans doute pour rien puisque ces chaussures sont parfaites ! Il a tardé à commencer son travail dans l'espoir que le major Templeton serait obligé de se promener dans le train pieds nus, mais il vient de le croiser dans le wagon-restaurant chaussé de bottes rutilantes et plus arrogant que jamais. L'officier l'a toisé avant de lui montrer ses chaussures.

« Ça, c'est des bottes propres, mon garçon ! Tu devrais passer quequ's'années dans l'armée, ça ferait un homme de toi ! »

Il n'a pas osé lui demander si bien frotter des chaussures était l'apanage d'un vrai homme, si c'était le genre de choses idiotes qu'on mettait dans la tête des soldats, et lui a tourné le dos après lui avoir dit que ses souliers seraient prêts dans moins d'une demi-heure.

Cette séance obligée de frottage lui permet toutefois de réfléchir à la conversation qu'il vient d'avoir avec la petite Rhéauna, à cet aveu qui lui a échappé sans qu'il puisse le retenir devant une fillette qui ne savait pas de quoi il était question. Jamais auparavant il n'avait parlé de ça à qui que ce soit. C'est un secret qu'il garde enfoui depuis le début de son adolescence, alors qu'il croyait être le seul à avoir le genre de pensées qui le hantent et qui l'ont à plusieurs reprises mené au bord du gouffre. Il sait maintenant qu'il n'est pas le seul, qu'il y en a d'autres qui ont les mêmes goûts et les mêmes désirs que lui, il s'est renseigné, il a lu des articles, il s'est affolé devant l'histoire de Sodome et Gomorrhe, dans la Bible, mais ceux qu'il a croisés – le hasard d'une rencontre, un simple regard surpris au milieu d'une foule – l'ont rebuté parce qu'ils n'étaient jamais à la hauteur de ses attentes. Parce que ses attentes, et c'est là une des choses qui le troublent le plus, sont en grande partie esthétiques. C'est la beauté qu'il recherche chez les hommes comme lui, et il ne l'a pas encore repérée. Pas une seule fois. Ils ne sont jamais assez beaux, trop gros ou trop maigres, avec cette peur d'être découverts, surtout, qui se lit dans le pli amer de la bouche et qui les enlaidit. Est-il comme ça, lui aussi ? Est-il repérable, au milieu de la foule, à cause de cet air perdu, de cette panique à fleur de peau facile à dépister et qui sent la victime prête au sacrifice ? A-t-il cette allure de damné qu'il voit chez les autres et qui l'enlaidit lui aussi ? Et peut-être n'est-il pas assez beau, lui non plus, pour les critères esthétiques de ces hommes en chasse qu'il voit de temps en temps, même ici dans le train Montréal-Vancouver...

Élevé catholique comme tous les Québécois par des parents qui n'avaient que Dieu et la Sainte Vierge à la bouche et l'ignorance crasse comme ligne de conduite, il a eu la naïveté d'aller se confesser quand il s'est rendu compte de son état, au début de son adolescence. Il se doutait bien que ce qu'il ressentait n'était pas tout à fait normal, mais jamais il n'aurait imaginé que c'était aussi monstrueux. Le prêtre lui a fait peur au point qu'il n'a presque pas dormi pendant des mois, se considérant à la fois comme malade et sale, convaincu d'être un paria dont personne ne voudrait jamais et condamné à rester seul en marge de la société. Il a bien essayé de changer, de faire bifurquer ses rêves et ses fantasmes vers les femmes; il a pris des bains froids – conseil du curé –, il s'est puni dans son corps, il a prié Dieu, le suppliant de le transformer en garçon aux idées saines, mais rien n'a changé et ce qu'il voyait pendant ses masturbations – elles aussi défendues, considérées comme dangereuses pour la santé mentale et physique par les curés –, même s'il mettait un effort presque surhumain à le déguiser, à le gommer, à le transformer, restait le corps d'un homme.

À presque vingt ans, non seulement il est encore vierge, mais il n'a jamais vu un homme nu. Son propre corps est le seul qu'il connaisse, et s'il lui arrive de déshabiller quelqu'un en imagination, il se retrouve toujours lui-même, avec sa chétive anatomie, si peu appétissante, le poil rare et la poitrine creuse. Seuls ses yeux sont beaux, sa mère le lui a toujours dit, mais des yeux gris, surtout lorsqu'ils sont les vôtres, ne suffisent pas à combler les rêves de caresses et de baisers d'un jeune homme rempli d'envies bizarres.

Il est même allé jusqu'à se demander avec cynisme s'il n'a pas décidé de devenir médecin dans le seul but de voir des hommes déshabillés ! Depuis qu'il fréquente l'université, il a dépouillé tous les livres d'art de la bibliothèque, il s'est gavé des tableaux de toutes les époques, les physiques costauds de la Renaissance, ceux, plus filiformes, du dix-neuvième siècle, il s'est ému devant la perfection des sculptures grecques et romaines, mais ce n'est pas d'une simple image, aussi belle, aussi inspirante soit-elle, qu'il veut s'enivrer, c'est d'un véritable être vivant, avec des sons et des odeurs, avec des réactions étonnantes, imprévues, et des capacités de jouissance renouvelables à l'infini. Mais sa religion et sa société le lui défendent, il est lui-même convaincu d'être atteint d'une tare grave, débilitante, et il se demande tous les jours comment il va arriver à passer à travers le reste de sa vie s'il ne réussit pas à changer sa nature.

Et il vient d'exprimer tout ça à haute voix pour la première fois en deux petites phrases courtes devant quelqu'un d'innocent qui ne saura peut-être jamais que ça existe ou, dans le cas contraire, qui considérera, comme le reste de la communauté, que c'est une maladie mentale dangereuse qu'il faut guérir à tout prix ou, du moins, dompter.

Se sent-il soulagé ? Ces mots prononcés devant quelqu'un d'autre, même ignorant de l'importance de ce qui se passait, lui ont-ils fait du bien ? Il voudrait bien répondre que oui. Que le seul fait d'avoir dit une fois pour toutes à haute et intelligible voix ce qui le torture depuis tant d'années l'a débarrassé, ne serait-ce qu'un peu, de l'angoisse qui lui broie le cœur. Mais non. Il sait très bien que ce n'était ni la bonne personne ni le bon moment, que c'est sorti malgré lui, en vain, que rien n'a changé, qu'il est toujours seul avec son mal devant la paire de souliers de l'armée canadienne et son kit de cirage à chaussures.

Avant son aveu, il se sentait plein de rage ; maintenant, il se sent vide de rage. Est-ce une amélioration ?

Un monsieur en uniforme et casquette est venu crier quelque chose en anglais ; la gare de Winnipeg ne doit pas être loin. Nana colle encore une fois son nez contre la fenêtre qu'elle vient de refermer. Les champs sont plus petits, de grosses maisons de riches passent à toute vitesse, souvent protégées par d'énormes arbres très feuillus d'essences inconnues, il n'y a plus de vaches à l'horizon. Une route asphaltée longe la voie de chemin de fer, des dizaines de voitures, et même plus, y circulent en klaxonnant pour saluer le train. Celui-ci ralentit un peu, beugle comme un animal énervé en crachant sa boucane, tourne vers la gauche. Une ville, là-bas, se profile au bout de la plaine. Beaucoup plus importante que Regina. Une vraie grosse ville, avait dit son grand-père, une *capitale*. Elle avait demandé ce que c'était qu'une *capitale*, il lui avait répondu que c'était une ville importante, l'endroit où se trouvait le gouvernement d'un pays ou d'une province. Regina était la *capitale* de la Saskatchewan, Winnipeg, beaucoup plus grosse, celle du Manitoba. Elle s'était aussitôt désintéressée du mot. Pas beau et trop officiel.

Elle ne s'est donc rendu compte de rien quand elle a quitté la Saskatchewan pour le Manitoba. Sauf pour la ville qui en occupe le fond, elle connaît ce paysage, c'est le même que chez elle, alors qu'elle aurait espéré, en quittant sa province, trouver un panorama différent de celui auquel elle était habituée, des montagnes, peut-être, au moins une grosse butte avec des forêts, elle rêve depuis si longtemps de voir une forêt. Non, des prairies encore, même si les arbres y sont plus nombreux et les lopins de terre plus petits, un ciel omniprésent qui mange tout, jusqu'à la silhouette de la ville qui approche, du blé, du blé d'Inde, de l'avoine, de l'orge. Elle n'en sortira jamais !

Elle tourne la tête, étire un peu le cou. Jacques n'est pas revenu la voir. Elle l'avait pressenti tout en espérant avoir tort. Elle voudrait bien le saluer avant de quitter le train, lui dire qu'elle n'a pas compris ce qu'il lui a dit, mais que lorsqu'elle le comprendra, plus tard lui a-t-il dit, sans doute quand elle sera adulte, elle aura une bonne pensée pour lui, même si c'est laid. Parce que s'il n'a pas été plus clair dans ses propos, c'est que ce qu'il a avoué n'est pas beau.

Il y a donc des hommes qui n'aiment pas les femmes. Qu'est-ce qu'ils font, alors ? Ils restent seuls toute leur vie, deviennent des vieux garçons au fond de grandes maisons désertes ? Sans jamais avoir d'enfants ? La question qu'elle a posée plus tôt à Jacques lui revient. Est-ce que ça veut dire que sa grand-tante Régina n'aime pas les hommes ? Et est-ce que c'est grave, ou laid ? Jacques deviendra-t-il une personne désagréable avec des sautes d'humeur brusques comme sa grand-tante ? Elle voudrait obtenir des réponses, là, tout de suite, quitter le train en sachant ce qui va advenir de lui, s'il va réussir sa vie, se révéler un bon docteur. Mais l'avenir – le sien comme celui du jeune homme gentil qui a pris soin d'elle pendant le voyage – n'est pas un roman qu'on lit avant de s'endormir, et tout ce qu'elle peut faire, elle le sait, est de décider qu'à partir de maintenant, les princes charmants de ses livres auront les yeux gris et, en secret, n'aimeront pas les femmes, quoique ça puisse signifier. Elle trouve ça *romantique* et n'arrive pas à saisir pourquoi.

Un autre sifflement du train, plus prolongé celui-là, quelques secousses, les roues qui grincent contre les rails; ils sont arrivés. Une énorme structure de brique fait son apparition, le train y pénètre par un long tunel, un quai de bois et de métal commence à se dérouler le long du wagon. On dirait que le train est immobile, que c'est le quai qui bouge, de plus en plus lentement. Un dernier petit soubresaut, un dernier coup de sifflet, un ultime crachotement de fumée, et tout s'arrête. Une bête fatiguée vient de rentrer à l'étable.

Des tas de gens excités courent en tous sens, parlent fort, se lèvent sur la pointe des pieds pour essayer de voir dans les wagons. Des mains sont agitées, des cris montent depuis le quai. Parmi tous ces gens-là se trouve sa grand-tante Bebette, qu'elle aime bien mais qu'elle n'a plus envie de voir.

Une autre nuit dans une maison inconnue avec des gens trop vieux qui vont lui poser trop de questions.

Elle se lève, se dirige vers la porte. Sa valise est là, quelque part, dans la soute à bagages. Bien lourde.

Jacques se tient debout au haut des trois marches, sa valise à la main, un sourire triste aux lèvres.

« T'avais pas envie de quitter le train sans venir me dire bonjour, Nana ! »

Elle a senti son cœur bondir dans sa poitrine. Un grand coup de poing qui lui a scié les jambes et l'a fait tituber. Et la chaleur, au niveau du plexus solaire, est revenue d'un seul coup. Elle est convaincue qu'elle ne pourra rien dire, que tout va rester bloqué dans sa gorge, qu'elle va passer pour une petite idiote.

Il s'accroupit devant elle, pose ses mains sur ses épaules. Elle est plus grande que lui et c'est elle qui doit se pencher pour lui répondre. C'est peut-être ça qui l'aide à parler. Parce qu'elle y arrive, et sans problème.

« J'pensais que c'était à toi à venir me chercher pour aller me reconduire à ma tante Bebette...

— T'as raison, c'est ma job. Mais chus surtout venu pour te dire bonjour, que j'ai été content de te connaître, de parler avec toi, pis te conseiller de pas avoir peur de Montréal ni de la vie qui t'attend avec ta mère. Tout va ben aller, Nana, tu vas être heureuse, ta mère va être fine, tu vas te faire des amies... C'est bon le changement, des fois, Nana, on pense que ça va être épouvantable, pis on finit par se rendre compte que c'est mieux comme ça. J'm'exprime mal, je le sais, mais tout ça pour te dire que je te souhaite d'être heureuse. »

Aimera-t-elle jamais quelqu'un autant qu'elle aime Jacques à ce moment-là ? Elle en doute.

Et l'embrasse sur la bouche, là, devant tout le monde.

Et lui dit :

« J'te crois pas. Mais c'est pas grave. »

TROISIÈME PARTIE

BEBETTE

Elle n'a pas sitôt posé le pied sur le quai qu'elle est noyée dans une volée de bras, de têtes, de vêtements de toutes les couleurs. On crie son nom, on l'embrasse, des enfants sautillent autour d'elle, on lui marche sur les pieds, des adultes rient, sa valise disparaît comme par enchantement au milieu du brouhaha. On dirait que tous ceux qui se trouvaient dans la gare à l'arrivée du train sont venus l'accueillir, et elle ne sait plus où donner de la tête. D'autant qu'elle ne reconnaît personne. Se seraient-ils trompés ? La prendraient-ils pour quelqu'un d'autre ? Pourtant non, c'est bien son nom qu'elle entend et elle croit retrouver dans l'arc d'un sourcil ou dans l'arrondi d'une joue un rappel du visage de sa grand-tante Bebette. Alors elle se met à répondre aux embrassades et aux caresses, elle rit elle aussi, elle serre des mains et demande de leurs nouvelles à des gens qu'elle est convaincue de ne pas connaître. Prisonnière de ce tourbillon de sons, d'odeurs et de couleurs, elle s'éloigne du train sans trop s'en rendre compte – elle a l'impression qu'on l'enlève comme dans certains romans qu'elle a lus où des enfants étaient vendus pour aller travailler dans des mines – et se retrouve tout à coup dans la salle des pas perdus, un espace plus vaste encore qu'à la gare de Regina, plus impressionnant, plus bruyant. Ce n'est pas l'église Sainte-Maria-de-Saskatchewan qu'on pourrait garer là, c'est le village au complet ! Elle est étourdie, fatiguée, elle se demande quand

145

quelqu'un va enfin lui expliquer ce qui se passe au juste, lorsqu'un sonore SAPERLIPOPETTE s'élève tout près, ce qui a pour effet de tout figer autour d'elle. On ne crie plus son nom, on ne l'enlace plus, le groupe qui l'entourait se sépare même en deux, comme la mer Rouge au passage de Moïse.

Et tante Bebette se présente devant elle.

C'est une maîtresse femme, grasse et à la peau crémeuse, crainte de toute la famille de son grand-père tant pour sa bonne humeur envahissante que pour son côté autoritaire, presque despotique, et manipulateur. Dictatrice née, elle mène sa progéniture avec une main de fer et des bras enveloppants. C'est une maman prévenante avec des soubresauts de colère terribles, une sentimentale dotée parfois d'un cœur de pierre, la générosité faite femme mêlée à la malveillance personnifiée. Rhéauna a toujours entendu dire que Bebette est deux personnes à la fois : la fine et la pas fine. Plus encore que celles de sa sœur Régina-Cœli, les sautes d'humeur de Bebette sont redoutées et elle en profite pour toujours faire à sa tête, obligeant tout le monde à suivre ses conseils, intervenant là où elle n'a pas affaire, trop curieuse, envahissante, mais si charmante quand elle le veut, si compréhensive et magnanime, qu'on lui pardonne tout. Elle est le centre d'attraction partout où elle va, la boute-en-train dans les partys et la plus affligée dans les enterrements, elle règne et mène son entourage avec une satisfaction qu'elle ne cache pas et fait tout en son pouvoir, qui est grand, pour que ça ne change jamais.

Rhéauna ne connaît toutefois que le côté positif de la personnalité de sa grand-tante Bebette. Elle a souvent entendu parler de ses fameuses crises, de sa sévérité, de son agressivité, mais ça reste pour elle comme une sorte de légende parce que jamais Bebette, qui s'est prise d'affection pour elle depuis son arrivée dans l'Ouest canadien, ne lui a montré le côté sombre de sa personnalité. Elle est toujours plus que charmante avec elle lorsqu'elles se voient dans le temps des fêtes, elle la couvre de cadeaux, de baisers qui lui beurrent les joues d'une épaisse couche de rouge à lèvres foncé, presque bleu, sa grosse voix de madame de bonne humeur la fait rire et l'encourage à manger à sa faim alors que sa grand-mère essaie de la convaincre de faire attention à son alimentation pour rester en santé et ne pas grossir.

« SAPERLIPOPETTE, Rhéauna, t'as ben grandi ! J'te reconnais quasiment pus, chère tite-fille ! »

Ce saperlipopette-là aussi est célèbre dans la famille. Bebette n'a jamais sacré de sa vie, elle n'en a jamais eu besoin : il suffit qu'elle ouvre la bouche, qu'elle lance son tonitruant SAPERLIPOPETTE pour que tout s'arrête, les gens d'agir et le monde de tourner. Elle le crie avec un tel aplomb, une inflexion de la voix si intense, que jamais un sacre venu du Québec – ni tabarnac, ni câlice, ni sacrament, ni même crisse de câlice de tabarnac de sacrament – ne pourrait l'égaler. C'est un coup de tonnerre qui frappe en plein front et qui vous laisse paralysé et impuissant. Et tremblant de peur.

Mais celui qu'elle vient de prononcer devant Rhéauna est une caresse, peut-être énorme, mais une caresse tout de même. On y sent l'affection pour une petite-nièce aimée et, peut-être bien, une graine de pitié envers cette enfant qui doit traverser tout un continent pour aller retrouver sa mère et commencer une nouvelle vie. C'est un saperlipopette, oui, et il sonne fort sous la voûte de la salle des pas perdus, mais c'est aussi une manifestation d'amour un peu rude venue du fond de son cœur. Certaines des personnes présentes – elles ne l'avoueraient bien sûr jamais – sont même un peu jalouses de cette petite fille venue du fond de la Saskatchewan qu'on leur a imposé comme une reine et qui bénéficie déjà de la clémence de la terrible Bebette.

« C'est-tu une belle réception, ça, ma petite fille, ou si c'est pas une belle réception ! Hein ? Tu sauras qu'on est dix-neuf ! On est venus te chercher à dix-neuf ! Chus pas sûre que la reine Victoria aurait attiré tant de monde si a'l' avait pris la peine, de son vivant, de se déplacer pour venir nous visiter dans l'Ouest canadien ! »

Rhéauna ne trouve rien à répondre et se contente de sourire sans regarder personne en particulier.

Sa grand-tante se penche sur elle. Un mélange de sueur épicée, de savonnette et de parfum bon marché. Après le gros baiser bien sonore sur les deux joues, Rhéauna sait qu'elle a l'air d'un bouffon au visage bariolé parce que le rouge à lèvres de Bebette laisse toujours des marques quasi indélébiles qui exigent plusieurs lavages avant de disparaître, mais elle n'ose pas s'essuyer devant elle de peur de lui déplaire.

« Tu dois t'être fatiquée sans bon sens. Tu vas monter avec moi, mon boghei est le plus gros, ceux de mes filles sont plus petits… En tout cas, bienvenue à Saint-Boniface, ma belle Rhéauna !

— On est pas à Winnipeg ?

— Oui, mais nous autres, on est de Saint-Boniface pis on a décidé que la gare nous appartenait à nous autres aussi… On l'appelle la gare de Saint-Boniface même si ça dérange les habitants de Winnipeg… SAPERLIPOPETTE, laisse-moi t'essuyer ça, ces taches de rouge à lèvres là, pauvre toi… J'te r'garde, là, on dirait que je t'ai fait saigner ! »

Elle se mouille le pouce du bout de la langue et entreprend d'essuyer les joues de Rhéauna qui a l'impression qu'on est en train de lui arracher le visage. Ou, du moins, de lui effacer les joues.

« Bon, ça va faire pour le moment. On finira tout ça en arrivant à la maison… Y a un beau bain chaud qui t'attend… »

Le clan se déplace d'un seul bloc. On dirait un troupeau d'oies : Bebette au centre, plus grande que tout le monde, agitée, bavarde, royale, les autres l'entourant comme une reine abeille qu'on sert sans discuter. Elle donne des ordres, distribue quelques taloches, lance un ou deux saperlipopette bien placés, mais pas parmi ses plus retentissants, et traîne sa petite-nièce derrière elle par la main.

À la descente du train, on n'en avait que pour Rhéauna, sans doute parce que Bebette l'avait ordonné, mais la fillette a l'impression de ne plus exister depuis quelques minutes parce que l'attention s'est déplacée vers sa grand-tante, le point focal naturel du groupe, et elle sait que c'est définitif. Bebette ne doit pas souvent, ni longtemps, accepter de rester à la périphérie du centre d'attraction de sa famille et n'a sans doute pas besoin de donner des ordres pour que les choses reprennent leur cours normal.

Groupe compact parmi une foule plus diluée faite de badauds sans but et de voyageurs pressés qui sillonnent la salle des pas perdus, nœud serré de cris, de rires et d'odeurs pas toutes agréables, la tribu de Bebette se fraie un chemin vers la sortie de la gare de Winnipeg.

Bebette se tourne vers Rhéauna après avoir repoussé une de ses petites-filles qui quêtait un peu trop d'attention en voulant s'emparer de son autre main.

« J'ai pas encore présentée à tout le monde… On fera ça à la maison, mais y a tellement de monde que je sais que t'arriveras pas à retenir tous ces noms-là… Chus venue avec toutes mes filles pis leurs enfants – mes gars travaillent –, toutes mes belles-filles sont là aussi, avec les enfants de mes garçons, ça fait tout un paquet de monde à gérer, ça, ma petite fille… J'ai même deux-trois arrière-petits-enfants dans le lot… Tu comprends, je voulais pas que t'arrives ici tu-seule, que tu te sentes perdue, je voulais qu'y aye de la bonne humeur à ta sortie du train, qu'y se passe de quoi, que tu te sentes attendue…

— En tout cas, ça fait changement de Régina. »

« — Ça me surprend pas. Pauvre Régina... toujours aussi ennuyante ?

— J'dirais pas ça, non...

— Tu peux le dire, chère tite-fille, ma sœur Régina-Cœli est la personne la plus ennuyante que la Terre a jamais portée ! A'l' a été mise sur la Terre pour nous faire périr d'ennui pis a' réussit trop ben à mon goût, si tu veux savoir ! Une punition ! Ma sœur Régina-Cœli est une punition ! Pis même pas du bon Dieu, du diable, saperlipopette ! »

Tout le monde rit. Trop fort. Quelques-uns protestent. Pour la forme.

« Voyons donc !

— Grand-moman, dis pas ça...

— Est pas si pire...

— C'est quand même ta sœur, maman...

— Je l'aime, moi, ma tante Régina... »

Bebette met fin à tout ça avec une seule phrase.

« J'ai pas dit que je l'aimais pas, j'ai juste dit qu'est-tait folle avec ses idées de grandeur ! »

À quoi bon discuter. La tante Bebette ne sait sans doute même pas que sa sœur joue du piano pour survivre à une solitude insupportable.

« A' joue-tu toujours sa musique de fou ? A' se prend-tu encore pour une grande artiste ? A' donne-tu toujours des concerts gratis pour ses voisins, la saudite folle ? Hé, qu'est folle, c'te femme-là ! A' pense qu'on sait rien, mais tout finit par se savoir ! »

Rhéauna n'a pas le temps de répondre. Ils viennent de franchir une porte de métal et débouchent dans une grande rue, plus animée encore que celles de Regina, devant une file de magnifiques bogheis, brillants comme des sous neufs, spacieux, de toute évidence confortables. On dirait qu'ils viennent de sortir du magasin général de Winnipeg et qu'ils vont faire leur première course à travers la ville pour fêter son arrivée.

Bebette soulève déjà sa longue jupe.

« Le mien, c'est le premier en avant. Y est beau, hein ? J'viens de le faire arranger. J'te dirais ben que c'est en ton honneur, mais y en avait juste besoin. Viens, les autres vont nous suivre. »

Elles se retrouvent seules toutes les deux dans un énorme machin fleurant fort le cuir neuf, la graisse de roue et le crottin de cheval. Il part comme une flèche lorsque Bebette produit un sifflement qui, pour le cheval bai, doit faire office de saperlipopette ou de coup de fouet, et Rhéauna, ravie, est clouée au dos de son siège.

Si les rues de Regina l'ont étonnée, celles de Winnipeg lui coupent le souffle. Une guerre ouverte semble s'être déclarée entre trois moyens de locomotion : les automobiles, nombreuses et rugissantes, les tramways et les voitures tirées par les chevaux. Le pandémonium qui en résulte est indescriptible. Du monde partout, de la poussière, du bruit, d'étranges odeurs, aussi, très différentes de celles du crottin de cheval auquel elle est habituée dans l'unique rue de Maria, des effluves âcres qui prennent à la gorge et donnent envie de tousser. Quand elles ne sont pas simplement encombrées, les avenues autour de la gare sont bloquées, tout le monde crie parce que personne ne peut plus avancer, les chevaux prennent peur, hennissent, ruent, les enfants courent partout en piaillant et les policiers ne savent plus où donner du sifflet. Rhéauna essaie de tout voir, de tout absorber, elle est sollicitée de partout à la fois et n'arrête pas de bouger sur son siège. Sa grand-tante lui pose une main ferme sur le genou.

« Arrête de grouiller comme ça, Nana, on dirait que t'as des vers... »

Rhéauna essaie de rester tranquille, de tout observer sans trop tourner la tête. En vain.

« J'ai jamais vu une affaire de même, ma tante ! Même hier, à Regina... »

Bebette sourit, se rengorge un peu, comme si la ville de Winnipeg lui appartenait en propre.

« C'est quequ'chose, la grande ville, hein ? »

Sa grand-tante Régina lui a dit la même chose, la veille, elle a utilisé les mêmes mots, à peu près à la même heure, au sujet d'une ville beaucoup plus petite, pourtant, et au milieu d'une foule tellement moins importante... Elle se demande si elle serait aussi impressionnée devant les rues de Regina maintenant qu'elle est confrontée à celles de Winnipeg. Si elle retournait à Regina là, tout de suite, trouverait-elle les rues tranquilles à côté de celles-ci, alors qu'elles lui avaient paru si étourdissantes vingt-quatre heures plus tôt ? Est-ce qu'on finit par s'habituer à tout ça ? Au changement ? À l'inconnu ?

Sa grand-tante s'est penchée vers elle et lui parle tout bas, comme pour la rassurer.

« Va falloir que tu t'habituses, par exemple, parce qu'y paraît que c'est pire à Morial. Y paraît qu'y parlent de poser des lumières au coin des rues de Morial pour aider la circulation. Je sais pas comment ça marche, mais ça a l'air qu'y en ont déjà quequ'part aux États-Unis, à Salt Lake City, je pense... J'ai lu ça dans le journal. Y a une lumière verte pour passer, une lumière rouge pour arrêter. J'comprends pas, mais si ça marche... On arrête pas le progrès, hein. »

Le boghei fait une violente embardée et Rhéauna se retrouve presque à genoux sur le plancher recouvert d'un tapis bleu royal.

« Faut toujours que tu te tiennes comme y faut, Nana, sans ça tu risques de t'assommer quequ'part... Vous en avez, des bogheis, à Maria, saperlipopette, tu sais comment ça marche ! »

Les vitrines des magasins sont remplies de choses exotiques, d'étranges accessoires de cuisine, d'appareils électriques presque menaçants à l'usage mystérieux, de grandes reproductions d'images représentant de beaux paysages aux couleurs éclatantes ou des personnes figées dans des poses bizarres et raides, de vêtements d'une richesse fabuleuse. Elle aperçoit même un étalage complet de robes de mariée ! Tout ça passe très vite dans son champ de vision, elle n'a que le temps d'en apercevoir l'existence sans pouvoir comprendre tout à fait ce qu'elle voit. Est-ce qu'elle va réussir à retenir tout ça dans sa mémoire pour y repenser plus tard ?

Sa grand-tante enlève son immense couvre-chef plein d'oiseaux et de tulle bouillonnant qui lui donnait un air souverain, intouchable, et elle semble plus humaine tout à coup. En tout cas, elle est moins impressionnante. Et plus petite. Elle pique une longue épingle dans le tissu du chapeau qu'elle pose ensuite entre elles. Puis elle relève les cheveux qui s'étaient échappés de sa coiffure remontée en volutes grises qui se termine en un nœud lâche sur le dessus de la tête. Comme ça, de profil, et malgré son embonpoint, elle ressemble beaucoup à sa sœur Régina-Cœli.

« Ça va être plus tranquille à Saint-Boniface. Pis, au moins, ça va parler français, saperlipopette ! »

C'est une rue de campagne plongée en plein cœur de la ville, comme celle de Regina, la veille. Les maisons de bois ressemblent à celle de ses grands-parents, avec des galeries qui les ceinturent de trois côtés et tout, mais au lieu de donner sur un champ de blé d'Inde, elles font face à des demeures pareilles à elles-mêmes, peintes dans des couleurs semblables et aussi usées par les intempéries. On dirait une rangée de maisons posée devant un gigantesque miroir. Et multipliée à l'infini, parce que Rhéauna a vu plusieurs autres rues comme celle-ci avant que le boghei ne s'y engage en quittant ce qui semblait être l'artère principale de Saint-Boniface, une avenue presque aussi occupée que les rues autour de la gare, mais dont elle n'est pas arrivée à lire le nom.

Après avoir parcouru le centre-ville de Winnipeg, le boghei a franchi un pont de métal, le pont Provencher, il a ensuite traversé une place où trônait une très belle cathédrale, et la grand-tante Bebette a dit sur un ton où pointait une certaine dose de soulagement :

« On est revenues chez nous, saperlipopette ! »

Sur le balcon de la dernière maison à droite, peinte en bleu ciel avec des volets blancs, un pachyderme les attend, affalé dans une chaise berçante toute déglinguée, tête penchée, de toute évidence endormi. Rhéauna a trouvé le mot pachyderme dans un livre sur les animaux, ça veut dire la même chose qu'éléphant, semble-t-il. C'est pourtant la première fois qu'elle peut l'appliquer à un être humain. Elle connaît des grosses personnes, bien sûr, madame Houle et monsieur Cantin, par exemple, et même sa grand-tante Bebette, sont pas mal corporents, mais celui-là les dépasse de beaucoup et elle a un peu de mal à croire qu'il va s'extirper de sa chaise, tout à l'heure, qu'il va se dresser sur ses deux pieds, leur parler, entrer dans la maison avec elles. Elle l'imagine plutôt en gardien immobile, comme un molosse attaché à une chaîne pour qu'il ne s'enfuie pas, ou en gigantesque nain de jardin. Une présence rassurante malgré son immobilité. En montant les quelques marches qui mènent au perron, elle se rend compte que c'est un très vieux monsieur aux cheveux tout blancs et aux membres tout courts. Peut-être parce que son tronc est si gros, ses membres, en effet, semblent tronqués – deux petits bras, deux petites jambes –, et Rhéauna se demande si, quand il se déplace, il se dandine sur ses pieds comme un gnome de conte de fées. Un gnome géant. Qui roule au lieu de marcher.

Rhéauna sourit malgré sa fatigue.

La grand-tante Bebette passe à côté de lui, pose une main sur son bras, sans le réveiller.

« C'est mon mari. Y est gros. »

Les bogheis qui les suivaient se sont arrêtés derrière celui de Bebette et les dix-huit autres personnes qui sont venues accueillir Rhéauna à la descente du train envahissent déjà le jardin devant la maison, l'escalier, le perron. Ils sont de tous les âges, il y a même quelques enfants parmi eux, mais la plupart sont à son avis plutôt vieux pour provoquer de leur propre chef ce tourbillon d'intérêt autour d'elle : elle ne comprend pas trop pourquoi ils s'occupent tant d'elle, elle ne les connaît pas, tout ce qu'elle sait d'eux, c'est qu'ils font partie de la famille de sa grand-tante Bebette. Eux semblent la connaître, pourtant, ils l'appellent par son nom, ils lui ébouriffent les cheveux, lui souhaitent encore la bienvenue à Saint-Boniface et bonne chance pour le reste de son voyage. Ça parle fort, ça rit, une corde à danser est apparue de nulle part et des fillettes – les seules à ignorer sa présence – chantent une comptine qu'elle n'a jamais entendue où il est question d'une vache perdue dans un champ de blé d'Inde et qui en compte les épis... Elle sent que sa soirée sera bien différente de celle d'hier et qu'elle ne connaîtra sans doute pas la paix dont elle aurait besoin pour se reposer de son long voyage. Vont-ils la suivre comme ça jusqu'à son départ, demain matin ? Ils doivent bien avoir des maisons, eux aussi, ils n'habitent quand même pas tous avec la grand-tante Bebette ! De toute façon, la maison ne serait jamais assez grande, ce qui la rassure un peu.

Sa valise vient d'apparaître à côté d'elle sans qu'elle voie qui la portait. Une dame très élégante dans une robe de satin rouge vin à reflets verdâtres lui prend la main, la serre un peu trop fort.

« Pauvre petite fille... J'ai ben connu ta mère. On jouait ensemble quand on était petites. On avait le même âge. Est-tait pas facile... »

Pourquoi est-ce qu'elle parle de sa mère au passé comme ça ? Elle existe encore, même si elle est à l'autre bout du pays !

Bebette frappe dans ses mains, toutes les têtes se tournent vers elle.

« Merci beaucoup, tout le monde, de vous être déplacés comme ça, vous êtes ben smattes ! Chus sûre que notre petite Rhéauna se sent moins tu-seule, entourée comme ça... Mais là, je pense que vous pouvez rentrer chez vous, la petite doit être fatiquée, pis y faut que je prépare le souper... Si vous voulez de la limonade ou ben du café, y en a en masse. »

Pas de présentations. Elle ne saura pas leurs noms alors que Bebette lui avait promis de les présenter un à un.

Les conversations s'arrêtent net, c'est dans doute le signal qu'on attendait pour partir. Rhéauna comprend qu'elle a bien deviné : personne dans ce groupe bruyant n'a choisi de venir la chercher à la gare, ils n'en avaient sans doute pas envie, tout ça a été planifié par la grand-tante Bebette, ils n'ont pas eu d'autre choix que d'accepter les directives de cette femme énergique à qui il semble bien difficile de refuser quoi que ce soit tant sa personnalité est forte, le chef incontesté de leur famille à qui ils se sentent obligés d'obéir sans discuter.

La maison se vide dans le temps de le dire. Aucune limonade, aucun café n'est réclamé, personne ne revient lui souhaiter la bienvenue, ni bonne chance pour le reste de son voyage. On dirait qu'elle cesse d'exister une deuxième fois.

Rhéauna se retrouve donc toute seule avec sa grand-tante Bebette. Et le molosse aux membres trop courts qui a continué de dormir malgré le tapage dans lequel il était plongé.

Elle a d'abord refusé de monter dans cette baignoire fumante qui occupe tout le mur du fond de la salle de bains, juste sous la fenêtre ouverte à travers laquelle n'importe quel curieux peut sans doute vous voir vous ébattre. Chez elle, elle se lave debout dans une bassine posée au fond de la galerie, l'été, devant le poêle à bois, l'hiver, que sa grand-mère a remplie de trois canards d'eau tiède ; ça se règle en cinq minutes et il n'est pas question qu'on s'y attarde, même si ses deux sœurs, qui prennent toujours leur bain en même temps pour économiser l'eau, adorent lancer des cris de joie et s'arroser d'eau sale en imitant des batailles navales. Elles ne connaissent des batailles navales que ce qu'elles ont glané dans les livres d'images – la Saskatchewan contient très peu de grands plans d'eau dans le Nord et les bateaux y sont plutôt rares – et s'imaginent volontiers en pirates des Caraïbes, surtout en Captain Hook, le personnage de la littérature pour enfants qu'elles détestent le plus parce qu'il veut détruire Peter Pan et kidnapper la belle Wendy, ou en Long John Silver, le pirate le plus vicieux de tous les temps. Grand-maman Joséphine leur a lu *L'île aux trésors*, l'année précédente, et elles ne sont pas encore revenues de l'immensité et de la cruauté de la mer, des vagues de vingt pieds de haut qui peuvent engloutir un bateau en quelques secondes, de la nourriture pleine de vers dont doivent se contenter parfois les marins, des bateaux qui tanguent et qui roulent, des drapeaux ornés de têtes de mort et d'os entrecroisés, des canons qui produisent autant de boucane que de bruit. C'est tout ça qu'elles essaient d'illustrer dans la bassine à moitié remplie d'eau, mais elles doivent rester debout au cours de leurs guerres improvisées parce qu'elles ne peuvent même pas s'agenouiller dans leur océan trop étroit.

Aussi, lorsque tante Bebette lui a dit qu'elle devrait prendre un bain avant le souper, Rhéauna s'est-elle vue debout dans une bassine en train de se frotter le corps avec un gros savon carré, le même que tout le monde utilise à Maria parce que monsieur Connells n'en vend pas d'autres même si certaines dames du village parmi les plus riches s'en sont souvent plaintes à lui à cause de sa pauvre qualité. Au lieu de quoi elle a trouvé une baignoire massive et toute blanche, un énorme monstre rectangulaire à pattes de lion qui ressemble à un cercueil et déjà rempli d'une eau fumante et parfumée. Elle a dit à Bebette qu'elle préférerait se laver paroisse par paroisse, comme chez elle, et sa grand-tante a éclaté d'un rire qui, Rhéauna en est convaincue, a fait un peu trembler la maison.

« SAPERLIPOPETTE, Nana, on est pus à la campagne, là, on est en ville, on a l'eau courante ! Pis dis-moi pas que t'as peur de mon bain toi aussi ! C'est un des plus beaux de Winnipeg ! Le plus gros de Saint-Boniface !

— J'ai pas dit qu'y était pas beau, ma tante…

— Non, mais y te fait peur, hein ?

— Non, c'est pas ça que je veux dire…

— Nana, t'es pas la première à pas vouloir embarquer là-dedans ! Chus t'habituée ! Quand je l'ai fait installer pour ton oncle Rosaire, y a quelqu's années, personne d'autre que lui voulait s'en approcher ! J'ai quasiment été obligée de porter mes enfants dans mes bras un par un pour les convaincre d'entrer là-dedans ! Même les plus vieux qui ont plus que quarante ans ! Y prenaient comme excuse qu'y restent pus ici pour pas se déshabiller, mais je leur ai toutes fait essayer ! Toute la gang ! Les plus vieux comme les plus jeunes ! Ça a pris presque un mois ! Pis y ont toutes adoré ça ! Y en a même qui s'en sont fait installer un, tellement y ont aimé ça ! Tu vas voir, c'est merveilleux, on dirait qu'on se baigne dans un lac. Chauffé ! »

Rhéauna a dû se laisser convaincre parce qu'elle savait qu'elle ne gagnerait pas face à sa grand-tante qui pouvait très bien agir avec elle comme elle l'avait fait avec ses enfants et *l'obliger* à essayer sa maudite baignoire, coûte que coûte. (Elle a imaginé la belle dame à la robe rouge de tout à l'heure, pourtant si digne, se déshabiller au grand complet devant sa mère – ou sa belle-mère, si elle est la femme d'un des garçons de Bebette –, juste pour lui faire plaisir, se glisser dans la baignoire en se cachant le bas du corps...) La grand-tante Bebette est vraiment une femme curieuse.

Elle a donc fini par se rapprocher de la bête fumante. C'est surtout l'odeur qui l'a décidée à tremper un doigt dans l'eau. Bebette lui a dit que ça s'appelait du romarin. Que le romarin, semble-t-il, ne sert pas juste à cuisiner. Elle lui a aussi expliqué que c'était de l'huile exotique qui venait de loin. Que ça allait lui adoucir la peau. Se baigner dans de l'eau pleine d'huile ? Une sorte de vinaigrette pour faire de la salade ? Mais cette huile, semble-t-il, n'était pas ordinaire :

« Sur l'étiquette, là, y disent que ça a des vertus thérapeutiques ! Je sais pas ce que ça veut dire au juste – Rosaire prétend que ça veut dire médicales, mais Rosaire voit des médicaments partout –, mais je me dis que quand on utilise un mot long de même, c'est sûrement important ! J'me baigne là-dedans tous les jours, moi, saperlipopette, pis en plus de toujours être propre pis douce, je sens bon sans bon sens ! Mais je peux pas dire que chus plus en santé. »

Rhéauna s'est enfin penchée sur la baignoire, déjà plus tentante avec ses effluves inconnus, y a mis un doigt, puis la main. C'était doux, plus que de l'eau ordinaire, c'était chaud, juste un peu trop, et ça a eu pour effet de lui faire prendre conscience de sa grande fatigue. Un poids s'est fait sentir entre ses omoplates. Elle a arrondi le dos.

La grand-tante Bebette semblait lire dans ses pensées :

« Dix heures de train, ma pitoune, c'est épuisant. Tu dois t'être restée ! Déshabille-toi, rentre là-dedans, *soake* pendant une petite demi-heure, pis tu m'en diras des nouvelles. »

Elle trempe dans cette divine odeur depuis une bonne demi-heure et aimerait ne plus jamais en sortir, tant elle se sent détendue après les soubresauts du train et les inquiétudes devant l'inconnu. Sa tête est aussi reposée que son corps. Le savon dont elle s'est servie pour se frotter tout le corps dégageait lui aussi une odeur de romarin et elle s'est demandé si cette senteur allait la suivre longtemps après qu'elle sera sortie du bain. Le savon de monsieur Connells ne sent pas grand-chose, et si on se sait propre en sortant de la bassine, chez sa grand-mère, on est aussi conscient que son corps n'a pas changé de parfum.

Quand l'eau refroidit, elle n'a qu'à ouvrir le robinet de gauche – il y en a deux ! –, Bebette lui a dit que la *tink à eau chaude* était pleine, quoi que puisse vouloir dire cette expression. Et si le bain devient trop chaud, c'est le robinet de droite qui dispense l'eau froide. Elle passe donc avec ravissement de l'eau tiède à l'eau presque bouillante, son corps a pris une belle couleur rouge, elle se sent faible, elle glisse peu à peu dans le sommeil. Peut-être a-t-elle même un peu dormi sans trop s'en rendre compte.

Puis, tout d'un coup, au moment où Jacques faisait son apparition avec ses grands yeux gris et son sourire triste, son prince charmant qui n'aime pas les femmes – elle aurait dû l'embrasser plus longtemps au lieu de se contenter d'un petit bec sec, elle n'a même pas eu le temps de goûter à sa bouche, d'apprécier la fraîcheur de ses lèvres –, la porte de la salle de bains s'ouvre et paraît tante Bebette avec une grande serviette blanche tendue devant elle.

« SAPERLIPOPETTE, Nana, ça fait dix minutes que je te dis de sortir de là ! Dormais-tu, coudonc ? Ces affaires-là sont faites pour se baigner, pas pour se noyer ! J'avais dit une demi-heure, pas le reste de la soirée ! Tu vas être tellement molle quand tu vas sortir de là que tu seras pas capable de manger toutes les belles affaires que je t'ai préparées ! C'est l'heure du souper pis ton grand-oncle Rosaire attend pas ! Sors de là, essuie-toi comme y faut, saute dans ton linge propre pis viens nous rejoindre à table ! »

En s'habillant, elle rêve de trouver une baignoire comme celle-ci dans la maison de sa mère, à Montréal. Au moins, ce serait une consolation.

Deux plats de porcelaine blanche remplis d'épis de maïs fumants trônent au milieu de la table de la salle à manger. C'est le premier de la saison – il a tardé, cette année, au grand dam de tous les habitants de l'Ouest canadien pour qui il représente la fin de l'été, les récoltes, le retour à l'école –, Rhéauna est contente de pouvoir enfin en manger, mais elle s'étonne un peu de voir qu'il n'y a rien d'autre sur la belle nappe brodée à la main. Deux douzaines d'épis de blés d'Inde, trois couverts, deux livres de beurre, et c'est tout. Au fait, pourquoi deux livres de beurre ? À moins qu'on attende de la visite... Ou que le maïs soit l'équivalent chez Bebette de la sauce aux œufs de Régina-Cœli. On ne mange donc que d'un plat par repas dans la parenté de son grand-père ? Pourtant, quand ils viennent les visiter, aux fêtes ou à Pâques, les nombreux membres de la famille de Rosaire et Bebette Roy apportent toujours toutes sortes de bonnes choses préparées avec soin et enthousiasme par les femmes du clan.

Mais c'est assez joli à regarder, ce tableau en blanc et jaune. En tout cas, ça donne faim, elle entend son estomac gronder.

Le grand-oncle Rosaire fait alors son entrée au bras de sa femme qui le soutient sous les aisselles. Il marche à tout petits pas, courbé, jambes écartées. Son front est perlé de sueur, sa chemise mouillée sur le devant et sous les bras. Il ne doit se déplacer que pour les repas et les bains, c'est du moins la pensée qui traverse l'esprit de Rhéauna. Mais elle ne sait pas comment agir devant lui. Lui dire bonjour comme si de rien n'était ? Ou alors l'ignorer et parler de choses et d'autres avec Bebette pendant qu'il va s'empiffrer, parce que c'est sans doute ce qu'il va faire ? Il n'est pas gros comme ça sans raison... Il s'appuie d'abord contre le bout de la table avant d'arriver à s'asseoir sur une grosse chaise de bois, la seule à pouvoir le supporter, qui craque sous son poids. Rhéauna se souvient tout à coup qu'elle a souvent demandé à ses grands-parents pourquoi le mari de la tante Bebette ne venait jamais à Maria. Elle a la réponse sous les yeux et ce n'est pas beau à voir.

Au fait, combien peut-il bien peser ? Elle a pensé au mot pachyderme, plus tôt, maintenant c'est baleine qui lui vient à l'esprit. Il est blanc comme une baleine et semble aussi mal à l'aise en dehors de l'eau... Et son poids doit bien avoisiner celui d'un petit cachalot ...

Le silence commence à se faire pesant. Bebette y met fin en s'adressant à son mari.

« Dis bonjour à Rhéauna, Rosaire. C'est la petite-fille de mon frère Méo. La fille de Maria. Tu te souviens de Maria Desrosiers, celle qui est partie au début du siècle pour faire sa vie dans l'est, aux États, à Providence dans le Rhode Island ? Ben ça, c'est sa fille ! A' s'en va la rejoindre à Montréal oùsque sa mère vient de s'installer pour j'sais pus trop quelle raison... »

C'est une toute petite voix qui sort de cet amas de chairs molles, un filet d'une étonnante douceur où perce une affabilité naturelle. Un gentil petit garçon qui s'exprime avec politesse :

« J'sais qui c'est, Bebette, tu nous annonces son arrivée depuis quasiment une semaine... J'vous ai vues arriver, tout à l'heure, avec le reste de la gang, mais j'étais en train de m'endormir... Bonjour, Nana, ça va bien ? »

Il la regarde pour la première fois. Ses yeux, minuscules, sont d'un bleu étonnant qui n'est pas sans rappeler la teinte de la robe de la statue de la Sainte Vierge à l'église de Maria, mais bardés de rouge comme s'il était affligé d'un perpétuel rhume de cerveau. Des yeux porcins. Elle ne peut s'empêcher d'esquisser un sourire. Un éléphant, une baleine, un cochon, le monde animal va y passer au complet si ça continue comme ça ! À quoi va-t-elle penser quand il va se mettre à manger son blé d'Inde ? À une vache ? Il va se mettre à ruminer comme Valentine, la vache de son grand-père ?

« Bienvenue, Rhéauna... Mais c'est pas Desrosiers, ton nom, hein ?

— Non, mon oncle, c'est Rathier...

— Ah oui, ta mère avait marié un Français de France... A' s'est vite retrouvée tu-seule, aussi. Ça y apprendra... En tout cas, bienvenue, Rhéauna Rathier. T'es une ben belle petite fille... T'es ragoûtante comme toutes les femmes de ta famille... »

Rhéauna voit sa grand-tante Bebette se raidir un peu et devine que les compliments de Rosaire lui sont d'habitude réservés et qu'elle le prend plutôt mal lorsqu'ils s'adressent à quelqu'un d'autre.

Bebette essuie ses mains sur son tablier, force un sourire qui se veut gracieux mais qui ressemble plutôt à un rictus amer.

« Bon, ben, à table ! C'est ben beau de jaser, mais le blé d'Inde va finir par fredir dans l'assiette, SAPERLIPOPETTE ! »

Cette fois, c'était un saperlipopette des plus sérieux ; Rhéauna tire sa chaise.

« Y en a une douzaine pour ton oncle Rosaire. Y aime ben ça, le blé d'Inde, pis y en mange beaucoup pendant les deux semaines où on en trouve du frais... Ce qu'on mangera pas à soir, j'vas le faire rôtir sur le poêle à bois, demain matin, Rosaire aime ça autant que les toasts... En mangez-vous, du blé d'Inde rôti, chez vous ? En tout cas, tu peux en manger comme tu veux, mais fais attention, y a d'autre chose qui vient, après… J'ai fait du poulet, des patates, des petits pois. Pis une tarte aux framboises parce qu'y achèvent… »

Rhéauna se demande s'il y aura un poulet entier pour son oncle et un deuxième pour sa tante et elle. Elle regrette aussitôt cette pensée désobligeante, baisse la tête. En tout cas, on est bien loin du repas de la veille…

Depuis sa petite enfance, on lui a enseigné à déposer une fine couche de beurre sur son épi de maïs quatre rangs de façon à ce que rien ne coule sur ses mains ni dans son assiette. Et à mastiquer longtemps parce que le maïs est difficile à digérer. Et qu'une indigestion de blé d'Inde, ça peut être mortel. Le grand-oncle Rosaire, lui, ne semble pas se préoccuper de ces vétilles. Il place l'épi brûlant sur la livre de beurre, le tourne de façon à ce qu'il y en ait partout, et beaucoup, sale le tout et se jette dessus en grognant. La fillette n'a jamais vu une chose pareille. Il dévore un épi de maïs en moins d'une minute, il en a plein les joues, du beurre dégoutte sur la table, il hoquette, il ahane, il éructe, sa respiration est rauque et saccadée, la sueur perle à son front. Aussitôt un épi achevé, il jette le coton dans son assiette, en prend un autre. Et tout ça sous le regard obligeant de Bebette qui grignote du bout des dents parce que, prétend-elle, elle n'aime pas beaucoup le blé d'Inde. Elle semble cependant ressentir le besoin de l'excuser : elle s'essuie les lèvres avec sa serviette, regarde Rhéauna en souriant.

« Y est comme ça juste quand y mange du blé d'Inde. Tu vas voir, tout à l'heure, y va se calmer… »

Rhéauna est affolée à la seule pensée qu'il va manger autre chose après sa douzaine d'épis de maïs, mais elle n'ose rien dire et se penche sur son assiette.

En relevant la tête, elle surprend soudain un drôle de regard chez son grand-oncle. Au beau milieu d'un grognement, alors qu'il est en train de mastiquer à une vitesse étonnante, il la regarde et elle lit dans ses yeux une sorte de supplication, comme s'il l'appelait à l'aide... Elle croit alors comprendre qu'il est incapable de s'arrêter, que c'est une sorte de maladie, qu'il pourrait en mourir comme un cheval oublié dans un champ d'avoine. Voilà un autre animal ajouté à la liste... Mais ce n'est pas une vache. Le grand-oncle Rosaire ne rumine pas, il dévore !

Elle regarde Bebette. Le sait-elle ? Vient-elle, elle, une petite fille de dix ans, de deviner une chose qui saute aux yeux et que sa grand-tante, pourtant une femme intelligente, ne voit pas ? Ou ne veut pas voir ? Et pourquoi ? Bebette a dit plus tôt que son mari va se calmer quand le poulet va arriver, mais est-ce que c'est vrai ? Est-ce que son grand-oncle Rosaire mange tout de cette façon-là ? Et, surtout, a-t-il toujours ce regard suppliant pendant qu'il avale sa nourriture comme si c'était la dernière fois qu'il mangeait ? Voudrait-il qu'on l'arrête de force ? Bebette laisse-t-elle manger son mari parce qu'elle a pitié de lui ? Tout en l'excusant pour sauver les apparences ?

« Saperlipopette, Nana, tu manges pas ! T'as pas faim ? »

Non, elle n'a pas faim. Elle dépose son épi de maïs dans son assiette.

« T'aimes pas ça le blé d'Inde ?

— Chus peut-être trop fatiguée pour manger...

— Voyons donc, un enfant de ton âge, faut que ça mange ! T'es t'en pleine croissance ! Tu vas ben vite être une grande fille ! »

Elle fait l'effort de reprendre son épi de maïs, en grignote trois bouchées. Pourra-t-elle en remanger un jour sans penser à son oncle Rosaire ? À son regard de supplication ? Mais pourquoi ne le dit-il pas ? Pourquoi ne se lève-t-il pas de sa place, ne jette-t-il pas son assiette par terre en disant qu'il n'en veut plus, qu'il n'en peut plus, qu'il en a assez d'être gros, de manger comme un cochon ? Peut-être qu'il aime ça, après tout. Trop manger. Et faire pitié.

Mais Rhéauna a mal compris son grand-oncle Rosaire. Du moins en partie.

Rosaire Roy a construit une assez respectable fortune comme chef de chantier pendant la construction de la branche occidentale – la dernière, la plus difficile – du chemin de fer qui traverse désormais le Canada presque d'un bout à l'autre, d'est en ouest. Il a assisté à l'ouverture de l'ultime tronçon qui traverse les Rocheuses jusqu'en Colombie-Britannique alors qu'il allait prendre sa retraite et considérait que c'était là le couronnement d'une longue et fructueuse carrière. Il a été témoin de la création du fameux pâté chinois, le *sheperd's pie* irlandais additionné de maïs, denrée locale, abondante, bourrative, et inventé par les cuisiniers asiatiques pour nourrir les hommes des chantiers. Il a mangé plus de fèves au lard qu'un être humain ne pouvait en supporter. Il a dormi pendant des années dans des baraques infâmes qui sentaient la crasse, la sueur, les pets de fèves au lard, sous la tente, à la belle étoile, jamais à l'hôtel parce qu'il aurait eu l'impression de mépriser ses hommes. Il s'est pâmé sur la beauté du lac Louise pendant la pleine lune et a nourri les wapitis qui déambulent en liberté dans les rues du magnifique village de Banff. Il a erré la plus grande partie de sa vie le long de la voie du chemin de fer en construction du Canadian Pacific Railway, éloigné de Saint-Boniface, sa ville natale, par périodes de plusieurs mois à la fois, souffrant souvent de solitude mais toujours exalté par ce projet inouï, unique, qui relierait l'océan Atlantique à l'océan Pacifique, une route métallique révolutionnaire dont il aura été un acteur enthousiaste. Et essentiel. Ce qui ne l'a pas empêché de faire sept enfants à Élisabeth Roy, née Desrosiers, l'unique amour de sa vie.

Il existe de lui de vieilles photos jaunies le montrant torse nu et bras croisés devant la première locomotive à avoir traversé la frontière entre le Manitoba et la Saskatchewan, d'autres, à peine plus récentes, sur lesquelles on le voit à bord du train qui a inauguré la portion qui serpente à travers les Rocheuses. Une dernière, celle dont il est le plus fier, le place devant l'incroyable panorama de la baie de Vancouver l'été. Il est déjà gros, mais la force virile qui se dégage de lui impose le respect. On sent que c'est un chef de chantier qui ne doit pas se montrer tous les jours facile.

Ses retours à Winnipeg étaient toujours une source de joie pour sa famille parce qu'il était un père attentionné, amusant, généreux. Il y a eu les prostituées, bien sûr, qui suivaient les travailleurs à travers le Manitoba, la Saskatchewan puis, vers la fin, la Colombie-Britannique dans des charrettes bâchées, leur prodiguant un peu de chaleur humaine – il faut que le corps exulte, surtout quand on est jeune et vigoureux –, mais c'était là un simple appel de la nature, une fonction physique qui ne servait qu'à le détendre et qu'il s'est bien retenu de condamner malgré la religion catholique intraitable au sujet de la défense absolue de connaître d'autres femmes que la sienne. Il a réservé son affection pour sa Bebette, et à sa retraite – prise le plus tard possible, alors qu'il frisait les soixante-dix ans, un cas unique au Canadian Pacific Railway –, les enfants élevés, mariés, parents à leur tour, il a planifié avec elle une fin de règne faite de douceurs et de gâteries. Il avait de l'argent en banque, sa maison était payée depuis longtemps, ils allaient voyager, mais à l'intérieur du train, cette fois. Ils allaient visiter la famille de sa femme dispersée d'un bout à l'autre du continent – des oncles à Vancouver, des neveux et nièces à Calgary, Ti-Lou à Ottawa, la détestable Régina-Cœli à Regina et même Maria, peut-être, aux États-Unis. Et, surtout, Joséphine et Méo, près de Saskatoon, qu'ils adoraient tous les deux. Sa famille à lui était plutôt sédentaire et il n'avait jamais à aller bien loin pour les croiser. Qu'à cela ne tienne, ils allaient préparer des fêtes gigantesques et inviter tous ceux qu'ils connaissaient, de son côté à lui. Bebette pourrait tout diriger avec des saperlipopette retentissants, régenter à son goût, parader sous ses invraisemblables chapeaux sans autres soucis en tête que de voir à ce que la grande fête de la fin de leur vie soit réussie. C'était là un projet passionnant qui, hélas, ne s'est jamais concrétisé.

Rosaire Roy a toujours été un homme corpulent, ce que sa femme aimait appeler une force de la nature en le couvant d'un œil énamouré. Il aimait manger, beaucoup, longtemps, des choses grasses noyées dans des sauces épaisses et des desserts pesants qui lui procuraient après coup d'agréables frissons de sucre. Les docteurs des chantiers lui disaient de se modérer s'il ne voulait pas que son cœur éclate dans sa poitrine, mais il riait d'eux et les quittait en leur donnant des tapes sur les épaules et en leur disant qu'il les enterrerait tous parce qu'il aimait trop la vie.

Jusqu'à ce jour maudit de 1908 où il avait appris, au moment où il allait enfin prendre sa retraite, qu'il était atteint d'un cancer de la prostate. Le docteur lui ayant dit qu'à son âge la maladie progresserait lentement, qu'il avait encore de belles années devant lui, il avait décidé de refuser toute intervention chirurgicale. Il avait ensuite prévenu Bebette en la ménageant le plus possible. Elle avait éclaté en protestations, en jurons – pour une fois dans sa vie, elle avait sacré et avec un vocabulaire étendu et impressionnant, mélange de blasphèmes venus du Québec et de jurons à contenu sexuel importés des États-Unis –, elle avait maudit le ciel et la vie qui leur jouaient ce tour pendable au moment où ils s'apprêtaient à réaliser leur rêve après s'être enfin retrouvés tous les deux au bout de tant d'années de séparations imposées par son métier de fou. Pour la seule fois de son existence, son saperlipopette n'avait pas suffi à exprimer toute l'horreur qu'elle ressentait et elle s'était vue obligée d'aller puiser dans ce vocabulaire vulgaire qu'elle condamnait depuis toujours.

Lorsqu'elle s'était un peu calmée, Rosaire lui avait dit qu'après mûre réflexion, il avait une chose importante à lui demander.

Ça s'était passé dans la cuisine, devant une tasse de ce que dans la famille de Bebette on appelait du thé des Indiens, une tisane forte, foncée, qui tenait encore plus réveillé que le café.

Ils s'étaient assis face à face, de chaque côté de la table où refroidissait une tarte aux pommes que Bebette venait de sortir du four. C'était une belle journée de printemps, ils auraient normalement dû quitter Winnipeg pour Vancouver quelques jours plus tard. Les valises étaient prêtes, les lettres annonçant leur visite sans doute déjà rendues à destination. La parenté, là-bas, de l'autre côté des Rocheuses, devait se réjouir de voir arriver ces cousins du Manitoba qu'on n'avait pas vus depuis si longtemps, Bebette avec son célèbre saperlipopette, Rosaire avec son vaste répertoire de jokes de cul ramassées le long de la voie du chemin de fer du Canadian Pacific Railway.

Rosaire avait étiré le bras, serré avec douceur la main de sa femme.

« C't'un autre sacrifice que j'ai à te demander, Bebette. »

Elle lui avait tendu l'autre main qu'il avait embrassée au-dessus de la nappe brodée.

« J'ai pas besoin de te dire que j'ai pus envie de partir en voyage…

— J'comprends, Rosaire, c'est correct, c'est pas un sacrifice…

— C'est pas ça le sacrifice… Tu vois, je dis un sacrifice, pis je sais pas si c'est le bon mot. C'est plus un service que je veux te demander. Pis, même, service c'est peut-être pas correct non plus… Je sais pas comment appeler ça… Peut-être que tu voudras pas, peut-être même que ça va te choquer… »

Inquiète, elle avait retiré ses mains qu'elle avait portées à son cœur.

« Tu veux quand même pas qu'on se sépare parce que t'es malade ! Tu veux quand même pas t'en aller à l'hôpital ! Chus capable de vivre ça avec toi, de prendre soin de toi, saperlipopette, chus pas une sans-cœur !

— Non, c'est pas ça. C'est pas ça pantoute. Je sais pas comment te dire ça. Écoute… Tu sais à quel point j'aime manger… à quel point j'aime *ton* manger… J'ai été obligé de m'en passer pendant une grande partie de ma vie, pis là… Juge-moi pas mal, Bebette, mais j'aimerais ça mourir en mangeant. Ton manger. J'aimerais ça manger de tout ce que j'aime, sans penser à mon cœur, sans penser à ma prostate, juste manger, ton porc frais, tes cretons, ta tourtière, ta sauce aux œufs, ton rôti de veau, tes desserts qui sont les meilleurs du monde. J'aimerais ça partir le ventre plein, Bebette, dans un an, dans cinq ans, peu importe, mais rassasié, soûl de sauces grasses pis de sucre à la crème ! Dis-moi pas non, Bebette, dis-moi pas que c'est un suicide, que notre religion le défend, qu'on va être punis, surtout moi, je le sais, tout ça, non, aide-moi plutôt ! Aide-moi à mourir heureux en engraissant au lieu de partir à petit feu en maigrissant. »

Cette fois, c'est elle qui lui avait pris la main.

« C'est vrai que c'est un suicide, Rosaire, que la religion catholique le défend, qu'on va être punis tous les deux, moi autant que toi, mais saperlipopette, si le bon Dieu est assez méchant pour nous faire ce coup-là, on payera pour nos péchés quand viendra le moment. J'prends pas le temps de réfléchir, Rosaire, parce que si je réfléchissais, je finirais par avoir peur du feu de l'enfer pis te dire non, ça fait que je te dis oui tu-suite. Tu vas tellement bien manger, mon Rosaire, tu vas tellement être bien nourri que la ville de Saint-Boniface au grand complet va t'être jalouse de toi ! Tout le monde, après ça, va vouloir mourir de la même façon que toi, nourri par Bebette Roy, la plus grande cuisinière de l'Ouest canadien ! »

Ils n'en avaient jamais reparlé. Dès le lendemain de cette conversation, Rosaire s'était installé devant un repas sans fin qui allait durer jusqu'à sa mort. Cinq ans plus tard, il a pris plus de cent livres, il a de la difficulté à se déplacer, il tombe parfois dans de courts comas diabétiques, mais il ne flanche pas : trois fois par jour, parfois plus, il s'installe devant les délicieux mets que lui a préparés sa Bebette, il grogne, il ahane, il éructe, la plupart du temps seul en présence de sa femme parce qu'il ne veut pas imposer ça à qui que ce soit, surtout pas à ses enfants et à ses petits-enfants, et, si on le lui demandait, il déclarerait sans doute qu'il est heureux.

Son cœur n'éclate pas dans sa poitrine, il n'a aucun problème de digestion, la vie lui fait le cadeau d'une santé de fer malgré ce cancer qui le ronge petit à petit sans toutefois le faire souffrir, c'est tout ce qu'il demande.

Tout est délicieux, mais la présence de ce gros homme qui ne respecte aucune des règles de comportement que ses grands-parents lui ont inculquées – pas de coudes sur la table, pas de bruit en mastiquant, ne jamais parler la bouche pleine – lui coupe un peu l'appétit et Rhéauna mange moins qu'elle ne devrait. Elle avait pourtant très faim en entrant dans la salle à manger. Et ça sentait si bon ! Mais pourquoi sa grand-tante Bebette laisse-t-elle son mari se comporter de cette façon ? Rhéauna devine une raison mystérieuse, un secret qu'eux seuls peuvent connaître, et elle s'efforce pendant tout le repas de ne pas trop regarder en direction de son grand-oncle pour ne pas le gêner.

Pendant ce temps, sa grand-tante essaie de meubler la conversation en racontant des anecdotes toutes moins intéressantes les unes que les autres au sujet de sa famille, les maladies, les mots d'enfants, le succès de ses fils, les bons mariages de ses filles. Elle parle aussi de la lutte de Saint-Boniface pour rester francophone dans l'océan anglais de l'Ouest canadien. Comme Maria, en Saskatchewan, mais en plus gros, en plus influent, avec l'espoir d'un vrai droit de parole au Parlement, et en français ! Ils vont y arriver ! Un bon jour, ils vont y arriver ! Mais elle se rend vite compte que sa petite-nièce ne l'écoute pas et elle finit par se taire. Elle mange en silence, ce qui ne lui arrive pas souvent, pendant que Rhéauna se contente de grignoter son poulet au céleri, une de ses grandes spécialités, pour lequel elle a l'habitude de ne recevoir que des compliments et qui se heurte ce soir, pour la première fois, à de l'indifférence. Ce n'est tout de même pas normal que cette enfant mange si peu. La fatigue du voyage, peut-être. Elle regarde en direction de son mari. Ou le dégoût. Elle voulait prévenir Rosaire avant le repas, lui demander de faire un peu attention à ses manières devant leur petite-nièce, mais elle a oublié. Après tout, ce serait à lui d'y penser, non ? Elle lui en veut, tout à coup, et s'en veut de lui en vouloir. Pauvre homme. Les dernières nouvelles de sa santé sont moins bonnes, il faut le ménager...

Au dessert, elle se souvient tout à coup que Rhéauna est née quelque part à la fin de l'été. Bon, enfin un sujet qui va intéresser la petite...

« C'est pas ta fête, ben vite, toi ? »

Rhéauna relève la tête de son assiette où elle vient de piquer le bout de sa fourchette dans la tarte aux framboises encore tiède, même si elle n'a pas l'intention d'y goûter. Sa grand-mère lui a pourtant toujours dit de ne pas jouer avec son manger, que ce n'était pas poli. Et c'est bien la première fois qu'elle n'a pas le goût de se jeter sur son dessert...

« Oui, c'est vrai, j'avais oublié. C'est le 2 septembre.

— Le 2 septembre ! Mais c'est la semaine prochaine !

— Oui, ça tombe toujours la semaine de la rentrée des classes... »

Bebette s'est levée de sa chaise, a posé ses poings sur ses hanches comme si elle était fâchée, Rhéauna se demande bien pourquoi.

« Pis tu vas être tu-seule avec ta mère à Morial ?

— Ben, ça doit... »

Elle n'avait pas pensé à ça non plus. C'est vrai, elle va être toute seule avec sa mère le jour de sa fête. Pas de cadeaux de la part de ses deux sœurs, enveloppés en cachette et brandis à bout de bras comme des trophées, pas de gâteau renversé à l'ananas en boîte et aux cerises marachino en pot, son favori, pas de sandwiches *fancy* sans croûte coupés en triangles. Elle va pleurer, elle sent qu'elle va pleurer, mais il ne faudrait pas parce qu'elle refuse que sa grand-tante sache à quel point elle n'a pas le goût de se rendre à Montréal. Ni demain, ni jamais.

« Mais ça a pas de bon sens ! Quel âge tu vas avoir ?

— Onze ans.

— Onze ans, pis tu-seule à ta fête avec ta mère qui sait peut-être pas pantoute comment faire un gâteau parce qu'a'l'a passé sa vie dans une facterie de coton ! Ça a pas de bon sens… Entends-tu ça, Rosaire ? La petite va avoir onze ans mardi prochain pis a' va être exilée à Morial, tu-seule avec Maria Desrosiers qui est probablement pas capable de faire bouillir de l'eau ! »

Il est assez évident que Rosaire n'écoutait pas et il relève à peine la tête de son assiette.

« On va t'en faire un, un party, nous autres, Nana ! Aimerais-tu ça, avoir un beau party de fête ? »

Rhéauna voudrait protester, elle n'a surtout pas l'intention de revoir du monde ce soir, elle veut se coucher, oublier le gros mononcle et la montagne de nourriture qu'il vient de dévorer, ne pas penser à son long voyage en train du lendemain, dormir. Si elle y arrive…

Bebette a déjà décroché le téléphone mural.

« Connais-tu le numéro de téléphone de ta mère, à Morial ? J'vas l'appeler, on va retarder ton voyage, on va te faire un party demain soir, ça a pas de bon sens… »

Il faut qu'elle fasse quelque chose pour empêcher sa tante Bebette d'appeler sa mère, de retarder son départ, de préparer un party, elle n'a pas envie d'être fêtée ! Il n'y a pas de quoi fêter ! Il n'y aura plus jamais de quoi fêter !

Bebette fouille dans un carnet pendu au mur, sous le téléphone.

« Y me semble, pourtant, que je l'avais écrit dans mon carnet... Ah, le v'là ! »

Rhéauna se lève de table à son tour, se dirige vers sa grand-tante qui tourne déjà comme une forcenée la manivelle qui va la mettre en contact avec l'opératrice locale du *Bell Telephone*.

« Laissez faire, ma tante, laissez faire ! Y faut que je parte demain... Peut-être que ma mère va m'emmener au restaurant pour ma fête... Y paraît qu'y en a beaucoup, des restaurants, à Montréal... »

Bebette lui fait signe de se taire.

« Allô, madame Gendron ? Bebette Roy, ici ! Comment ça va ? Moi aussi, merci. Écoutez, je voudrais appeler longue distance à Morial, ça serait-tu long ? Ah bon ! Mon Dieu, vous êtes rendus modernes, au Bell téléphone ! Ben, vous allez me signaler le Amherst 2361, à Morial... C'est un gros numéro de téléphone, ça, c'est pas comme ici ! Vous savez comment ça marche ? Y faut-tu que vous écriviez le mot Amherst au complet ? Ah, juste les deux premières lettres... Ben coudonc, faites ça, pis j'attends votre appel... »

Elle raccroche, tout excitée.

« Imagine-toi donc que ça prendra pas plus que deux minutes, ça a l'air... Pis j'ai lu quequ'part que ben vite on va pouvoir signaler les numéros nous autres mêmes ! C'est quand même incroyable de penser qu'on peut parler quand on veut à quelqu'un qui est à l'autre bout du monde connu, hein ? »

Rhéauna a repris sa place à table. Elle ne peut pas empêcher Bebette de parler à sa mère, mais il faut qu'elle trouve un moyen de la convaincre de ne pas donner suite à son projet fou.

« J'aimerais vraiment mieux partir demain pour Ottawa, ma tante... Sinon, le voyage va être trop long, j'vas arriver là-bas trop fatiguée... »

Bebette lui pince les joues en riant. Ça fait mal.

« Tu parles comme une grande personne, Nana ! Arrête donc d'être trop raisonnable, pis laisse-toi donc fêter ! Ça va être le fun ! T'aimes pas ça, les partys ? D'habitude, les enfants adorent ça ! Moi, quand j'étais petite, y a rien que j'aimais autant que les partys de fête ! »

Le téléphone sonne. Bebette sursaute, esquisse une pirouette étonnante pour une personne de son âge et de sa corpulence, se lance sur l'appareil.

« Allô, madame Gendron ? Ah, c'est toi, Maria ! »

Sa mère est là, au bout du fil ! Une coulée d'émotion déferle dans la poitrine de Rhéauna, la secoue, elle sent les larmes lui monter aux yeux, elle a de la difficulté à respirer.

« C'est ta tante Bebette ! Comment ça va, pauvre tite fille ? J'espère que je te dérange pas dans ton souper ! Hein ? Comment ça, t'as fini depuis longtemps ! Hein ! Comment ça y est une heure plus tard chez vous ! C'est quoi, ça le décollage horaire ? Y fait déjà noir chez vous ? Voyons donc, toi ! »

Sa mère est là, au bout du fil ! Elle peut même entendre sa voix, sans toutefois comprendre ce qu'elle dit. Elle pourrait lui parler ! Elle pourrait prendre le récepteur, le coller à son oreille, approcher sa bouche du cornet et parler à sa mère !

« Oui, oui, est arrivée ! J'te dis que t'as une belle petite fille, chanceuse que t'es ! J'sais pas comment t'as faite pour t'en passer si longtemps ! Ah oui, tu y parleras, après... »

Sa mère veut lui parler ! Toute sa fatigue s'envole, le dégoût qui l'a secouée pendant le repas disparaît, sa mère qu'elle n'a pas vue depuis si longtemps veut lui parler ! Bebette lui fait signe de s'approcher tout en continuant son bavardage.

« Écoute, j'te parlerai pas longtemps, là, j't'appelle longue distance pis ça coûte les yeux de la tête, mais je voulais juste te dire que Nana va rester une journée de plus avec nous autres, si ça te fait rien. J'viens de réaliser que c'était sa fête la semaine prochaine pis qu'a' serait tu-seule avec toi à Morial, ça fait que j'ai décidé d'y organiser un gros party de fête pour demain soir. On va fêter ça en gang, saperlipopette ! J'vas réunir toute ma famille. J'm'occupe aussi de changer ses billets de train, celui jusqu'à Ottawa, pis celui jusqu'à Morial... Inquiète-toi pas, on va en prendre soin ! Pis j'espère que ça va ben pour toi à Morial... Bye ! »

Elle tend le récepteur à Rhéauna qui est restée paralysée au milieu de la salle à manger.

« Tiens, mais fais ça vite, c'est un longue distance... »

Rhéauna est incapable de bouger. Ses deux pieds sont collés au plancher, son cœur bat à tout rompre, elle a l'impression qu'elle va s'évanouir.

« Saperlipopette, Nana, décide-toi ! Si tu veux pas y parler, je raccroche, là, le temps passe ! »

Elle trouve le courage de faire quelques pas, de tendre le bras.

« Pis dis-y qu'y a probablement un train qui arrive d'Ottawa tou'es jours à la même heure... »

Rhéauna place le récepteur sur son oreille. Sa mère est là, au bout du fil, en personne, comme si elle se trouvait à côté d'elle.

« Allô, moman ?

— Comment ça va, chère tite-fille ? »

C'est bien sa voix. Elle n'a pas changé. Elle est telle que dans son souvenir, chaude avec une note de gaieté qui la fait trembloter. C'est la voix qu'elle a entendue si souvent dans ses rêves. Et qui lui a tant manqué.

« Ça va ben... »

Elle ne trouve rien d'autre à dire. Elle regarde les numéros de téléphone que sa grand-tante Babette a inscrits sur le mur en dessous du téléphone et ne trouve rien à ajouter.

Bebette lance un soupir d'exaspération.

« Vite, parle, dis quequ'chose, saperlipopette, n'importe quoi, demandes-y au moins comment a' va... Ça fait des années que tu l'as pas vue, tu dois ben avoir quequ'chose à y dire ! »

Rhéauna réussit à ouvrir la bouche.

« Pis vous ? »

C'est tout. Elle entend une respiration au bout du fil. Sa mère attend qu'elle ajoute quelque chose. Mais quoi ? Il y a trop à dire en trop peu de temps... Elle appuie sa tête contre le mur.

« J'ai ben hâte de vous voir... »

C'était faux il y a cinq minutes, mais là, tout à coup, c'est vrai. Elle souhaiterait déjà être à Montréal, se serrer contre sa mère, sentir son odeur, lui pleurer dans le cou, se moucher dans sa robe, lui dire qu'elle l'aime et à quel point elle s'est ennuyée d'elle. Lui reprocher, aussi, de les avoir abandonnées, elle et ses sœurs, la frapper, même, la griffer. La griffer et l'embrasser !

« Moi aussi, ma pitoune, j'ai hâte de te voir. Mais ça a ben l'air qu'on va t'être obligées d'attendre une journée de plus... Ta grand-tante Bebette m'a même pas demandé ce que j'en pensais... Mais j'pense c'est une bonne idée de te fêter là-bas, à Saint-Boniface, parce que je travaille le soir, ici, pis que ça aurait été difficile... Écoute, y a une belle chambre qui t'attend, pour toi tu-seule, tu vas être ben, ici... Mais raccroche, là, sinon ça va coûter trop cher à Bebette. Bye, chère tite-fille... J'ai hâte de te voir. »

Un déclic. Rhéauna éloigne le récepteur de son oreille, le regarde. Elle sent une main sur son épaule, puis sur sa nuque.

« A' pouvait pas te parler plus longtemps... »

Bebette prend le récepteur, le remet en place.

« T'es peut-être trop petite pour comprendre ça, mais les longues distances, faut payer ça à la minute, pis... »

Rhéauna la coupe en relevant la tête.

« Si je vous donne l'argent qu'y me reste pour mon voyage jusqu'à Montréal, la rappelleriez-vous ? J'ai pas eu le temps d'y dire que je l'aime... »

Son oreiller est trempé, son mouchoir inutilisable depuis un bon moment, elle-même épuisée d'avoir trop pleuré. Elle se trouve à la fois au milieu de son voyage et prise entre deux pôles : elle s'ennuie déjà à mourir de la Saskatchewan, mais, depuis quelques heures, souhaiterait pourtant se retrouver auprès de sa mère, à Montréal. Elle ne peut pas avoir les deux, elle le sait, elle est même convaincue que la Saskatchewan a disparu de sa vie pour toujours, et déteste ce tiraillement qui lui fait pour la première fois désirer deux choses opposées en même temps. Elle a essayé de se consoler en se disant qu'elle va sans doute retrouver ses sœurs bientôt ; la perte définitive de ses grands-parents, cependant, l'a fait pleurer à grands sanglots mouillés, comme si elle venait d'apprendre leur décès. Elle le savait, bien sûr, que cette séparation était définitive, mais elle a l'impression qu'elle vient de le *comprendre*, que ce n'est plus juste une idée, que c'est un fait accompli irrévocable. Elle est en deuil de ses grands-parents qui sont pourtant toujours vivants.

Et ce party qu'on lui prépare pour le lendemain l'enrage. La grand-tante Bebette aurait pu au moins lui demander son avis, s'informer si elle avait le goût d'être fêtée ou non, si c'était important pour elle d'avoir onze ans ! Et, surtout, qu'on le souligne ainsi avec des ballons, des flûtes, des confettis de toutes les couleurs et des *Happy birthday to you* chantés en chœur ! Elle n'a pas du tout envie de voir revenir les dix-huit hystériques qui sont venus l'accueillir plus tôt à la gare et de jouer celle qui est ravie qu'on s'occupe d'elle, la pauvre enfant qui fait tant pitié et qui se retrouverait toute seule le jour de son anniversaire si on ne s'occupait pas d'elle ! Elle n'a pas envie qu'on s'occupe d'elle, elle préférerait qu'on passe son anniversaire sous silence, qu'on oublie son passage à Saint-Boniface ou qu'on en garde le vague souvenir d'une gentille petite-cousine qui a discrètement traversé leur vie sans les déranger pour ensuite disparaître sans laisser de traces.

Mais non.

Elle a entendu la terrible Bebette hurler au téléphone une bonne partie de la soirée, donner des ordres, commander un gâteau rose et vert – eh oui, jusqu'aux couleurs ! – à sa fille Gaétane et des sandwiches de party à une autre qu'elle appelait Lolotte et qui pouvait tout aussi bien se prénommer Colette que Charlotte, protester quand on lui répondait qu'on ne pourrait peut-être pas assister à la fête, menacer à grands coups de saperlipopette assourdissants, promettre à mots voilés des sévices dont on se souviendrait longtemps si on n'était pas présent et fier de l'être, rire d'excitation quand lui venait une idée nouvelle. Rhéauna commence d'ailleurs à se demander si sa grand-tante Bebette prépare bien cette fête pour elle ou, au contraire, si elle ne fait pas tout ça pour elle-même, pour passer le temps, pour meubler une soirée, pour s'occuper parce qu'elle n'a rien d'autre à faire dans la vie que de nourrir son obèse de mari. Il n'est quand même pas normal qu'une femme de cet âge ait besoin à ce point-là de préparer un party de fête pour une enfant de onze ans ! Après tout, elle n'est que la sœur de son grand-père, pas sa grand-mère !

Rhéauna donne quelques coups de poing dans son oreiller, essaie d'en trouver un bout qui ne soit pas mouillé de larmes. Elle ne dormira pas de la nuit, elle le sent, et cette fête d'anniversaire, demain soir, sera un cauchemar encore pire que ce qu'elle peut imaginer. D'ailleurs, elle n'a pas vu beaucoup d'enfants, cet après-midi. Est-ce que ça veut dire qu'en plus ce sera un party d'adultes, un party de vieux, une fête d'enfants sans enfants, un truc ennuyant et sans fin où tout le monde fait semblant de s'amuser alors qu'on s'ennuie à mourir ? Est-ce que les invités vont manger les sandwiches de fantaisie du bout des lèvres dans l'espoir que la maudite fête finisse le plus vite possible et que la maudite enfant disparaisse enfin ?

Tout ce qui manque au projet de Bebette voué au désastre, c'est qu'elle pense à déguiser son Rosaire en clown, quoique l'idée du gros Rosaire habillé en bouffon est plutôt réjouissante ! Rhéauna sourit malgré elle, s'en veut d'avoir une pensée aussi méchante, ramène ses genoux sur son ventre et se met à chantonner comme elle le faisait, à Maria, quand elle avait de la peine. Ça soulage un peu, mais pas assez pour qu'elle s'endorme.

Une chose que lui a dite sa mère lui revient soudain à l'esprit. Une chose qui ne l'a d'abord pas frappée mais qui prend tout à coup une grande importance. Elle se déplie, se tourne sur le dos, regarde le plafond où la lumière qui provient du réverbère devant la maison et le vent de la nuit dessinent des fantômes de rideaux.

Sa mère lui a dit qu'elle travaille le soir. Quand est-ce qu'elles vont se voir si elle va à l'école le jour et que sa mère travaille le soir ? Pourquoi la faire venir à Montréal si elles ont un horaire différent ? Un drôle de soupçon, une inquiétude diffuse s'insinue dans sa tête. Elle ne pourrait pas dire ce que c'est, elle sait toutefois que c'est inquiétant, peut-être même menaçant.

Sa mère ne l'a pas fait venir auprès d'elle parce qu'elle s'ennuyait ; elle a une autre raison qu'elle ne veut pas avouer. Un secret. Elle a besoin d'elle mais elle ne peut pas dire pourquoi. Comme dans les romans.

Dans son entourage, on avait d'abord cru que Bebette Desrosiers avait été placée sur Terre pour faire la joie des autres. Vive, amusante, généreuse, elle assumait son rôle d'aînée des filles Desrosiers en organisatrice-née et donna très tôt des ordres à la place de leur mère – une femme à la santé fragile et que la naissance de son dernier enfant, Régina-Cœli, avait failli tuer – qui lui faisait confiance parce qu'elle était structurée et responsable. Mais elle avait vite pris son rôle un peu trop au sérieux. Tout en restant la Bebette drôle qu'on connaissait – elle se servait d'ailleurs de son sens de l'humour pour se tirer des situations difficiles dans lesquelles elle se trouvait souvent plongée –, elle s'était mise à tout régenter dans la maison, les horaires et les tâches de chacun autant que l'organisation des repas et le budget familial. Elle continuait de faire rire tout le monde, comme toujours, tout en faisant preuve d'une assurance étonnante. Et se montrait tranchante quand elle trouvait bon de l'être, c'est-à-dire à peu près tout le temps.

C'est ainsi qu'elle s'était transformée sans trop s'en soucier en tortionnaire de cette petite sœur qu'elle considérait davantage, à l'instar des autres membres de la famille, comme la servante de la maisonnée que comme la fille cadette des Desrosiers. Bebette commandait, Régina obéissait. Ce n'était inscrit nulle part, c'était juste une chose qu'on acceptait sans discuter. Et qui avait duré des années.

Les deux sœurs n'avaient donc jamais été proches l'une de l'autre. Une animosité ouverte s'était même établie entre elles du fait qu'elles étaient toutes les deux soupe au lait et qu'un rien les faisait éclater en colères souvent exacerbées par la frustration chez l'une, par la susceptibilité chez l'autre : Régina-Cœli en avait régulièrement ras-le-bol de se faire bardasser d'un bord et de l'autre par tout le monde en général et Bebette en particulier, même si c'était là le rôle qu'elle assumait depuis longtemps, et sa sœur aînée n'acceptait aucune résistance à ses ordres souvent péremptoires ou à ses critiques cruelles et parfois injustes. S'ensuivaient des engueulades monstres et sans fin toujours couronnées de portes qui claquaient ou de repas ratés. Régina avait beau se plaindre à leur père, un fermier alcoolique qui, depuis le début de la maladie de sa femme, préférait la compagnie de ses animaux à celle de ses enfants, rien ne changeait : Bebette restait le boss incontesté de la tribu Desrosiers, Régina la domestique.

Le côté comique de sa sœur énervait aussi beaucoup Régina, maigre et sèche, démunie de tout sens de l'humour, et elle le laissait savoir. Les deux sœurs grandirent donc chacune de leur côté sans essayer de se comprendre, Régina dévouée malgré elle au bien-être des autres, Bebette croulant sous des responsabilités trop importantes pour une fille de son âge.

Bebette avait pourtant connu une enfance lumineuse faite de discrets furetages et de découvertes étonnantes parce que tout l'intéressait, ce que font les animaux pour se reproduire, ce qui fâche la nature au point qu'elle fabrique des tempêtes de neige et des orages électriques, ce qui fait voler les oiseaux et ramper les couleuvres. Et rire les êtres humains. Elle avait aimé rire et faire rire dès son plus jeune âge, elle avait joué les bouffons pour stimuler les réunions de famille, consulté des livres d'histoires drôles qui avaient appartenu à son père et dont elle apprenait de larges extraits par cœur, elle aimait qu'on soit de bonne humeur et que ça paraisse. Elle faisait rigoler les religieuses, à l'école, et même, c'était arrivé à quelques reprises, les prêtres à confesse. C'était un vivifiant rayon de soleil que tout le monde adorait.

Jusqu'à l'arrivée de Régina-Cœli, en tout cas, alors qu'elle s'était du jour au lendemain retrouvée chef de famille avec des obligations d'adulte et des problèmes qu'elle ne comprenait pas toujours. Elle essaya pendant des années de tout régler avec son sens de la repartie, elle arrivait à boucher tout le monde tout le temps, personne n'osait lui répondre et tous pliaient l'échine devant elle, elle obtenait toujours tout ce qu'elle voulait à l'aide d'une plaisanterie bien placée, d'un bon jeu de mots, d'un coup de gueule, elle régnait, on la craignait mais, à son grand dam, elle se rendit compte un jour qu'elle n'était pas sûre qu'on la respectait.

C'est alors qu'elle était devenue un dragon. Pour se faire respecter.

Son sens de l'humour avait disparu d'un seul coup comme si elle s'était réveillée un matin transformée par miracle et avait oublié qui elle était la veille. Finies les plaisanteries, disparus les jeux de mots et les faces de clown, Élisabeth Desrosiers était désormais un chef de famille sérieux, et ceux à qui ça pouvait ne pas plaire n'avaient qu'à bien se tenir.

Sitôt son nouveau personnage trouvé – ses frère et sœurs avaient d'abord cru à une plaisanterie pour vite se rendre compte que c'était sérieux, définitif, et qu'il fallait faire avec –, elle était partie à la recherche d'une chose qui lui appartiendrait en propre, un détail personnalisé, une expression qu'on n'associerait qu'à elle, dont on pourrait dire, lorsque qu'on le voyait ou l'entendait, qu'on ne pouvait s'empêcher de penser à Bebette Desrosiers. Comme les bonnets de dentelle de la reine Victoria. Ou la robe bleue de la Sainte Vierge. Elle avait essayé toutes sortes de choses, des chapeaux extravagants qu'on repérait à deux coins de rues ou, au contraire, des tenues à ce point sévères qu'on l'aurait crue entrée dans une communauté religieuse ; la voix de stentor, aussi, qu'elle avait été obligée de développer en tant que chef de famille et qu'elle rendait plus menaçante encore ou, ce qui ne lui ressemblait pas du tout, une voix douce à travers laquelle on pouvait cependant sentir une froideur qui donnait des frissons dans le dos et jusqu'à des jurons qui n'étaient pas des sacres mais qui en imposaient. *Tabarnouche*, par exemple, un dérivé du *tabarnac* québécois, vite jugé trop vulgaire, ou bien *citron vert*, qu'elle trouvait insignifiant même s'il avait la qualité d'être original, ou un gros *flûte* bien placé, à son avis trop court pour être efficace. Lorsqu'elle eut trouvé ce qui allait faire d'elle une célébrité et même une légende à travers Saint-Boniface – son fameux saperlipopette –, elle garda toutefois les chapeaux voyants et la voix de stentor, celle-ci renforçant l'effet dévastateur de l'interjection bien placée, ceux-là lui conférant un port de tête qui en imposait.

Elle avait donc déniché son saperlipopette dans un vieux roman français publié en feuilleton au milieu du dix-neuvième siècle et dont un exemplaire avait atterri, allez savoir comment, à Saint-Boniface. C'était une expression qu'utilisait un gendarme ridicule, l'élément comique de l'histoire, qui le servait à toutes les sauces et dans toutes les occasions. Elle avait tout de suite trouvé ce mot intéressant parce qu'il comprenait *cinq* syllabes sur lesquelles on pouvait appuyer en alternance selon les besoins : *sa*perlipopette !, saper*li*popette !, saper*li*popette *!,* etc., et l'avait testé, de façon plutôt timide, sur les membres de son entourage. Sans grand résultat. Ils l'avaient regardée en fronçant les sourcils, certains avaient pouffé de rire – Régina-Cœli, par exemple, insulte suprême à son autorité –, Méo lui avait même demandé d'où ça sortait, ce mot-là qu'on n'avait jamais entendu et qui partait dans tous les sens.

Elle ne s'était pas laissé décourager pour autant et l'avait peaufiné devant son miroir, le soir – depuis quelque temps elle avait droit, en tant qu'aînée des filles, à sa chambre à elle toute seule –, en mimant des mines querelleuses et en essayant de le faire claquer comme un coup de fouet, l'index pointé, les sourcils tricotés serrés. Elle s'était rendu compte qu'en détachant les deux premières syllabes et en précipitant les trois autres – sa-per-lipopette ! – tout en prenant une voix caverneuse et inquiétante, elle arrivait à un résultat assez satisfaisant qui l'impressionnait elle-même.

Elle l'avait d'abord servi au jeune livreur de l'épicerie : « Sa-per-lipopette, Tancrède, tu peux pas faire attention avec tes bottines crottées ! » qui était ressorti de la maison blême de terreur. Bon, c'était toujours ça de gagné, au moins, ça faisait peur aux enfants. Elle l'avait ensuite lancé à la tête de la postière du boulevard Provencher qui avait sursauté comme si on l'avait frappée et avait tenté d'excuser le système postal canadien défaillant pour ce retard inexplicable – le paquet demandé n'avait jamais existé, Bebette voulait juste essayer son juron auprès de quelqu'un qu'elle ne connaissait pas pour juger de son efficacité –, puis au boucher qu'elle avait accusé, à grands coups de saperlipopette soi-disant scandalisés, de tricher en posant son pouce sur la balance lorsqu'il pesait la viande. Il s'était excusé – c'était donc vrai ! – et l'avait lui-même reconduite à la porte après lui avoir fait le cadeau de trois énormes rognons de porc qui ne valaient pas grand-chose et dont personne ne voulait, sauf la famille Desrosiers qui, chose curieuse, en était friande. Quant au facteur, il avait réagi devant son saperlipopette comme s'il s'était trouvé aux prises avec un chien enragé qui allait lui arracher une partie de son pantalon en même temps qu'un beau grand lambeau de chair saignante.

Elle avait toutefois attendu avant de le ressortir devant sa famille. Convaincue de tenir enfin le bon filon pour terroriser son entourage, elle ne voulait surtout pas revivre le flop de sa première tentative. Elle attendait le moment propice, l'occasion gagnante.

L'événement définitif, le moment où l'on pourrait dire qu'elle avait enfin trouvé le personnage redoutable qu'elle se cherchait, s'était produit à l'issue d'un de ces repas, un souper du dimanche soir, où tout semble concourir à ce qu'un malheur éclate. Dès le début, la soupe, en plus de ne pas goûter grand-chose, avait été servie tiède, ce que le père Desrosiers avait toujours détesté. Bebette en avait profité pour se montrer sarcastique avec sa sœur. Son père lui avait fait un sourire de connivence; ça avait été là sa récompense, il ne souriait qu'à de très rares occasions. Sans doute parce qu'il était presque toujours paqueté. Et enragé. Régina-Cœli s'était excusée, prétextant que les plus vieux – Méo, donc, et Bebette elle-même – avaient trop tardé à s'approcher de la table, qu'elle avait dû crier à plusieurs reprises que la soupe était trempée et que ça allait refroidir. Bebette avait ravalé le reproche en se disant que Régina-Cœli ne perdait rien pour attendre. Ensuite, le rôti de veau avait été jugé trop cuit, carbonisé, avait déclaré Bebette, les patates mottonneuses, le *gravy* trop clair et le dessert, un pâté aux bleuets, pourtant une spécialité de Régina, trop sec et pas assez sucré. Celle-ci, de plus en plus déprimée, servait, desservait, tête penchée, dos rond; elle s'accrochait dans les fleurs du tapis et n'arrêtait pas de s'excuser.

Pendant tout le repas, on avait senti la tension monter entre Bebette et Régina-Cœli. Régina pliait devant les reproches de sa sœur, cette dernière exagérait un peu son exaspération pour préparer son explosion finale, l'entrée officielle de ce saperlipopette retentissant et meurtrier qu'elle préparait depuis si longtemps et qui allait enfin la confirmer, du moins l'espérait-elle, dans son rôle de chef de famille, puisque son père était trop lâche pour l'assumer et sa mère trop malade pour prendre la relève.

L'occasion se présenta au café, du vrai bubusse, selon Bebette, une lavasse insipide qu'on n'oserait même pas servir au quêteux qui passait pendant le temps des fêtes, une fin catastrophique pour couronner un repas abominable.

Jusque-là, Régina-Cœli avait tout enduré sans presque rien dire, se contentant de secouer la tête devant les remarques désobligeantes de sa sœur ou se réfugiant à la cuisine pour cacher sa rancœur. Mais elle prit très mal la critique au sujet de son café. Parce qu'elle y avait goûté, à son café, et qu'elle l'avait trouvé savoureux. En tout cas aussi bon que celui du matin qui ne lui avait pourtant attiré aucun commentaire désobligeant. Peut-être même un peu meilleur. Bebette n'avait donc pas fini sa phrase dénigrant son prétendu bubusse que Régina, qui allait quitter une fois de plus la salle à manger sans demander son reste, s'était retournée sur le pas de la porte, était revenue dans la pièce et s'était appuyée de ses deux mains contre la table en se penchant sur sa sœur aînée.

« J'en ai ben enduré, à soir, Bebette, pis pendant tout le repas, mais tu viendras pas critiquer mon café dans ma face ! Y est bon, mon café ! Pis j'te défends de prétendre le contraire ! »

Ravie de l'opportunité qui lui était offerte comme qui dirait sur un plat d'argent, Bebette s'était alors levée, royale, avait donné une grande tape sur la table du plat de la main, une seule mais retentissante, et avait lancé son premier SA-PER-LIPOPETTE de légende, livré comme elle l'avait si souvent répété devant son miroir, en grande actrice sûre de son effet : les deux premières syllabes bien détachées, *sa-per*, puis les trois dernières en rafale, *lipopette*. Il était tombé comme un couperet sur l'histoire de la famille Desrosiers : il y aurait désormais la période d'avant le saperlipopette et celle d'après, celle de Bebette et de son terrorisant juron qui faisait peur à tout le monde, mettait fin à toute discussion et réglait tout à son avantage à elle.

Tous avaient figé dans la pièce. Un caricaturiste de talent aurait eu le temps de croquer chacun des membres de la famille, yeux ronds, bouche ouverte, tant leur immobilité se prolongea. La foudre venait de s'abattre sur la maison. Bebette les· dévisagea un à un pour bien marquer son point, même ses parents qui, eux aussi, baissèrent la tête. En terminant par Régina-Cœli, qui fut la première à bouger en se sauvant à la cuisine où on l'entendit bientôt bardasser la vaisselle sale dans l'évier. Le repas se termina dans un silence presque religieux et Bebette quitta la table sans saluer qui que ce soit. Dans sa chambre, plantée devant son miroir, elle s'était permis un énorme rictus victorieux. Merci, Régina.

C'est ainsi que la légende du saperlipopette de Bebette Desrosiers prit naissance pour se propager ensuite à une vitesse folle à travers d'abord la paroisse puis, ensuite, dans tout Saint-Boniface. Bebette devint celle qu'on ne voulait pas entendre crier saperlipopette – il faisait hurler les enfants, pleurer les vieux, trembler les adolescents –, à tel point qu'on finit par faire tout ce qu'elle voulait pour l'éviter. Lorsqu'elle s'avançait dans la rue avec ses invraisemblables chapeaux, la tête haute, le regard provocateur, on changeait de trottoir pour ne pas avoir affaire à elle. Le boucher ne se servit plus jamais de son pouce sur la balance, la postière tremblait devant elle quand elle se présentait devant sa cage de métal, Tancrède faisait des crises pour éviter de livrer les commandes de la famille Desrosiers.

Ce n'est pas du respect que Bebette a inspiré toute sa vie, c'est de la peur. Mais elle n'a jamais fait la différence.

Un seul homme y résistera, cependant, à son saperlipopette, un chef de chantier du Canadian Pacific Railway, un géant qui ne se laissera jamais impressionner par le dragon des Desrosiers, qui l'aimera, même, comme rarement un dragon aura été aimé. Et elle le laissera faire, lui, elle n'essaiera jamais de lui asséner des saperlipopette assassins parce qu'elle saura que ce serait inutile, qu'ils n'auraient aucune emprise sur lui. Sans se laisser complètement dominer – elle en serait bien incapable –, elle lui permettra, à son Rosaire adoré, de lui résister, de discuter de la justesse de ses décisions, de la retenir, parfois, quand elle aura tendance à aller trop loin dans le chantage émotif et la manipulation. Par amour. Par dévotion. Par admiration. Mais ça, c'est une autre histoire...

Il en impose encore aujourd'hui, ce saperlipopette, toujours à Saint-Boniface, en 1913, des années et des années plus tard. Il est célèbre à travers toute la ville, on en discute, on le craint, il est le sujet de légendes loufoques ou terribles, Bebette ayant depuis longtemps remplacé le loup-garou et le bonhomme Sept-Heures dans les cauchemars des habitants de la ville.

En tout cas, Rhéauna, qu'il n'impressionne toutefois pas outre mesure, peut-être parce qu'elle n'est pas de Saint-Boniface et ne se sent pas l'obligation de jouer le jeu, l'entend à tout bout de champ au cours de la soirée, parfois murmuré, pour convaincre, parfois hurlé, pour terroriser. Toujours au téléphone. Et ça semble marcher puisque le maudit party de fête du lendemain prend forme, peu à peu, au fil des heures. En plus du gâteau rose et vert – Gaétane – et des sandwiches en triangle – Lolotte –, il y aura, semble-t-il, d'énormes plateaux de légumes crus (céleri, carottes, radis) agrémentés de fromage jaune orange au piment – Olivine –, des olives fourrées, du jus de tomate et du jus d'orange à volonté, des pinottes salées – Camille – et même des chapeaux de fantaisie et des sacs de confettis – Bebette elle-même.

Rhéauna est désespérée.

Elle a l'impression d'être invisible pendant toute la journée du lendemain. On n'a pas le temps de s'occuper d'elle, on est trop tracassé par la préparation de son party d'anniversaire ! Bebette est hystérique, des tas de gens entrent et sortent de la maison, transportant d'énormes paquets qu'ils posent un peu n'importe où mais surtout à la cuisine. Bebette s'exclame de joie comme un enfant ou lance des critiques acerbes – lorsque Gaétane éclate en sanglots, Rhéauna devine que son gâteau rose et vert n'est pas une grande réussite –, des femmes de tous âges courent et crient, des enfants s'accrochent à leurs jupes sans même jeter un regard en direction de celle qui sera fêtée. Rhéauna, qui ne peut s'empêcher de penser à Noël, s'attend plus ou moins à voir arriver d'un moment à l'autre un sapin coupé du matin – est-ce qu'il y a des forêts autour de Saint-Boniface ? – ou surgir un homme déguisé en père Noël hilare. Elle se rend vite compte, cependant, qu'elle n'est qu'un prétexte : Bebette aime rassembler son monde, fêter n'importe quoi, c'est évident ; elle n'est heureuse que lorsqu'il y a de la vie autour d'elle et saute sur n'importe quel prétexte pour organiser une réunion de famille. S'il n'y a pas de raison, elle en invente une, comme elle le fait aujourd'hui avec une énergie un peu ridicule qui frôle le désespoir. Personne d'autre qu'elle n'a besoin de cette fête, personne n'en veut, alors pourquoi s'acharne-t-elle ainsi ? Pour passer le temps ? Pour porter son attention ailleurs que sur son énorme mari ? Rhéauna voudrait supplier sa grand-tante de tout arrêter. Sachant que ce serait inutile, que Bebette ne l'écouterait pas, elle se contente d'appréhender ce qui l'attend le soir même, un repas sans doute excellent mais dont elle se passerait volontiers, des surprises préparées trop vite pour présenter un véritable intérêt, une agitation inutile autour d'une petite fille triste qui n'en demande pas tant.

Vers une heure de l'après-midi, Bebette pousse devant Rhéauna une grande fillette toute pâle qui semble avoir de la difficulté à se tenir sur ses deux jambes, tant elle est gracile, et qui garde avec obstination les yeux baissés sur les motifs usés jusqu'à la corde du tapis du salon.

« Nana, j'te présente ton arrière-petite-cousine Ozéa, a' va s'occuper de toi jusqu'à soir... Tu vas voir, est ben fine... »

Elle est surtout ennuyante comme la pluie, peut-être à cause de cette timidité maladive qui l'empêche d'affirmer quoi que ce soit et qui lui fait tout exprimer sous forme de questions plutôt bêtes :

« Ça te tente-tu de jouer à quequ'chose ? À quoi ? As-tu ben des catins, chez vous, à Maria ? En as-tu une qui rouvre pis qui ferme les yeux ? Parles-tu anglais ? C'est-tu vrai que t'es t'une fausse orpheline qui s'en va retrouver sa mère pour l'aider à travailler dans une maison de riches de Morial ? »

Habituée aux propositions de jeux énergiques de ses sœurs, à leurs enthousiasmes, à leur saine agressivité, à l'intérêt qu'elles portent à toutes les choses de la nature, animaux, plantes, insectes, même les plus repoussants, Rhéauna reste interdite devant cette citadine habillée comme une poupée au milieu de la semaine, trop propre, trop tranquille et qui n'a qu'une idée en tête : ne pas se salir.

« Non, j'peux pas jouer aux billes, ma mère veut pas que je me roule dans la terre, a' dit que c'est bon pour les petites filles de la campagne... »

Rhéauna aurait plus envie de la frapper que de jouer avec elle. On lui avait dit que les enfants de la ville étaient délurés, frondeurs, plus savants, aussi, parce qu'ils fréquentaient souvent l'école plus longtemps, au lieu de quoi elle se retrouve avec une espèce de petite fille peureuse un peu attardée – elle est née à Saint-Boniface, une grosse ville, elle a treize ans et n'a jamais entendu parler de la comtesse de Ségur, l'ignorante ! – qui ne s'intéresse à rien d'autre qu'à sa petite personne.

La journée se révèle donc bien longue. Et éprouvante.

Rhéauna erre d'une pièce à l'autre en compagnie de l'anémique Ozéa pendant que tout le monde s'agite dans la maison. Elle essaie de lire – un roman tiré de sa valise, qu'elle a lu plusieurs fois et dont elle ne se fatigue pas –, mais sa petite-cousine la regarde comme si elle venait d'une autre planète.

« T'aimes pas ça lire, Ozéa ?

— J'aime ça quand chus tu-seule. »

Elle comprend le message, pose le livre.

« Ben, faudrait jouer à ququ'chose, d'abord... À quoi vous jouez, en ville, l'après-midi ? »

Autre regard d'incompréhension.

« On se promène. En tout cas, moi, j'aime ça me promener...

— Bon, ben, allons nous promener...

— Grand-moman Bebette veut pas qu'on sorte de la maison... C'est pas mon quartier. On pourrait se perdre.

— On ira pas loin... Va y demander, dis-y qu'on ira pas loin, qu'on va rester sur sa rue... Dis-y que j'ai le sens de l'orientation...

— A' veut pas. »

Il y a quelque chose de définitif dans cette réponse ; Rhéauna comprend que toute négociation est impossible : si Bebette a décrété qu'elles ne sortiraient pas de la maison parce qu'Ozéa est trop épaisse pour ne pas se perdre dans Saint-

Boniface, elles ne sortiront pas de la maison, fin de la discussion.

Une banderole en papier crêpé rouge sur laquelle on peut lire *Happy Birthday* en lettres dorées fait son apparition dans la salle à manger vers le milieu de l'après-midi. Un grand-oncle, ou une grand-cousine, ou un petit-cousin, ou un arrière-petit-cousin, la pose tout en beuglant, trop fort pour que ce soit sincère, une chanson qui rappelle *Partons, la mer est belle* mais qui lui ressemble bien peu tant elle est massacrée. Il lui lance même des clins d'œil qui se veulent de connivence, auxquels elle refuse cependant de répondre. Elle ne va tout de même pas montrer un enthousiasme qu'elle ne ressent pas pour une banderole en anglais !

Elle regrette toutefois peu à peu son obstination à refuser d'être fêtée devant la frénésie dont fait preuve l'entourage de Bebette. Une espèce de culpabilité naissante lui barbouille le cœur. Alors elle décide de prendre son mal en patience. Elle se dit que tout ça, après tout, ces préparatifs, cette excitation, se fait autour de sa présence, pour elle, pour fêter son anniversaire, que tout vient de l'intention fort louable de la part de ces gens généreux qui insistent pour souligner le passage dans leur vie d'une fillette qui sera toute seule le soir de sa fête en compagnie de sa mère qu'elle connaît à peine, et qui font leur possible pour le lui faire oublier.

Elle passe de longues minutes assise au salon à côté d'Ozéa qui ne fait rien pour rompre le silence. Elle n'ose plus lire pour ne pas froisser la susceptibilité de sa petite-cousine, elle s'ennuie à mourir, persuadée que la journée ne se terminera jamais. Elle regarde par la fenêtre. Rosaire est assis dans sa chaise. Il ronfle, une assiette vide posée à côté de lui.

À un moment donné, Ozéa se lève sans prévenir et se met à esquisser sur le tapis des pas de danse plutôt malhabiles. Elle veut sans doute montrer à sa petite-cousine de la campagne qu'elle suit des cours de ballet qui coûtent une véritable fortune et qui font d'elle une véritable demoiselle, mais elle ne réussit qu'à se rendre encore plus ridicule parce qu'elle n'a aucun talent pour la danse. Rhéauna cache un fou rire derrière sa main. Elle ne connaît rien à la danse, mais elle sait que ce qu'elle a devant les yeux est grotesque. Elle se dit qu'au moins il se passe enfin quelque chose! Vite épuisée, Ozéa arrête sa démonstration de savoir-faire aussi vite qu'elle l'a commencée et se rassoit à sa place en jetant à Rhéauna un sourire de triomphe, l'air de dire essaye donc d'en faire autant, ce n'est pas dans le fin fond de la Saskatchewan que tu pourrais apprendre ça! Rhéauna a envie de lui raconter son aventure dans le champ de blé d'Inde pour la terroriser un peu...

Puis il ne se passe plus rien d'intéressant et l'après-midi retrouve sa torpeur. Rhéauna finit par s'endormir – la fuite dans le sommeil – et se réveille avec un torticolis parce que son cou était plié à un angle inconfortable.

Un petit miracle s'est produit : il est presque six heures, l'après-midi a fini par s'écouler. Ozéa a collé son oreille contre le gramophone d'où émerge une voix de femme écorchée vive. On dirait que tout le monde a oublié son existence. Mais la vraie épreuve va bientôt avoir lieu.

Ça commence par Bebette qui entre en trombe au salon, un immense tablier autour de la taille, les cheveux en bataille, rouge d'excitation :

« Ça sera pas long que ça va être prêt! Personne du côté de Rosaire a répondu à l'invitation, mais c'est pas grave, on a pas besoin d'eux autres! Pis y te connaissent même pas, Nana. De toute façon, c'est des insignifiants. Sont plates pour mourir. Surtout dans les partys! Nous autres, on sait comment avoir du fun. Pas eux autres. Des faces d'enterrement avec des chapeaux pointus sur la tête, ça nous intéresse pas! Y a juste la petite Gabrielle que j'aurais aimé que tu connaisses... Elle pis sa mère. Eux autres, y ont du bon sens ! A' a juste quatre ans, la petite vlimeuse, pis est déjà capable d'écrire son nom ! A' va aller loin, c't'enfant-là, tu sauras me le dire... Mais tu sais même pas de qui y est question, pauvre toi... »

Elle parle trop et trop vite parce qu'elle est nerveuse, c'est évident. Rhéauna a envie de lui dire de se calmer un peu, de prendre une grande respiration, que tout va bien aller même si elle n'en est pas elle-même convaincue.

« As-tu eu du fun avec ta cousine Ozéa ? Est fine, hein, j'te l'avais dit ! »

Terrifiée, ladite Ozéa rentre la tête dans les épaules. Elle a peur que Rhéauna ne la dénonce, qu'elle révèle à sa grand-mère à quel point elle s'est montrée ennuyante. Elle est si pâle que Rhéauna a peur qu'elle perde connaissance au milieu d'une phrase de Bebette. Qui continue son monologue.

« As-tu une belle robe, quequ'chose, à te mettre su'l dos pour à soir ? Vite, va te changer, le monde vont arriver. J'leur s'ai dit d'arriver de bonne heure parce que c'est un party d'enfants. On fait ça l'après-midi, d'habitude, les partys d'enfants, mais là, c'est un jour de semaine pis le monde travaillent... »

Rhéauna comprend tout à coup qu'Ozéa a perdu un après-midi d'école pour l'accompagner. Elle aurait pu laisser faire.

« Vite ! Vas-y, saperlipopette, va te changer ! Pis toi, Ozéa, cours aider ta mère à mettre la table ! C'est-tu ta robe pour à soir, ça ? T'en as pas une plus *swell,* je sais pas, moi, une qui fait plus party de fête, plus danseuse de ballet ? »

Elle a disparu avant qu'Ozéa ne trouve quelque chose à répondre.

Rhéauna la plaint un peu d'avoir sans cesse affaire à cette femme-là. Et se retire dans sa chambre pour se changer.

Dès les premiers invités arrivés, l'hystérie s'empare de la maison. Ils sont une bonne douzaine, Rhéauna ne sait pas s'ils forment une seule famille ou plusieurs parce qu'ils sont de tous âges – deux vieux adultes, à peine plus jeunes que Bebette et Rosaire, lui semble-t-il, d'autres, dans la trentaine, qui pourraient avoir l'âge de ses parents, puis des adolescents, des enfants, un bébé; ils parlent sans arrêt, ils rient à tout bout de champ, ils lui souhaitent bonne fête à plusieurs reprises chacun. Ils s'agitent à tel point que la maison semble déjà pleine alors que le party vient à peine de débuter. D'autres arrivent sur leurs talons, encore plus bruyants si la chose est possible, puis d'autres encore. Une parade sans fin de longues robes froufroutantes et de chapeaux couverts de tulle et d'oiseaux de toutes les couleurs envahit la maison, des propos saccadés qui ne s'adressent à personne en particulier sont lancés sans espoir de réponse, des cris inarticulés et des rires dont on ne sait pas d'où ils viennent s'élèvent un peu partout, tout ça dans un va-et-vient étourdissant qui ne cesse d'augmenter de minute en minute. Ils portent des noms impossibles, Althéode, Olivine, Euphrémise, Télesphore, Frida, Euclide, qu'ils font claquer à grands coups de tapes dans le dos ou entre deux embrassades. Les femmes courent en tous sens pour dresser la table, les enfants braillent parce qu'ils ont faim, une chanson à répondre – déjà ! – éclate dans le salon mais sans trouver d'écho, ce qui est plutôt bizarre : le refrain, rythmé, bien sûr à double sens, est crié à pleins poumons par un gros homme rougeaud, puis plus rien, personne ne le reprend, la fille dans l'étang à canards derrière la maison, au milieu du bois, digue dondaine et digue dondé, reste sans réponse et le mononcle qui chantait en battant les bras au milieu du salon a l'air d'un maudit fou. Il se le fait d'ailleurs dire par une toute petite femme, sèche et bête, sans doute son épouse, peut-être sa sœur, qui ne pèse pas ses mots en le pointant de l'index. Il ravale sa salive, arrondit le dos et rejoint les rangs des hommes qui vont s'ennuyer toute la soirée sur le pas de la porte parce que, franchement, un party organisé pour le onzième anniversaire d'une petite qu'on ne connaît pas est loin de correspondre à leur conception d'une soirée amusante. Ils vont se réfugier dans la boisson forte, comme toujours – de l'alcool « folâtré », selon Bebette – avant de commencer à lutiner les petites-nièces en âge de l'être. Et de déclencher le premier drame de la soirée. Ils vont entourer Rosaire, les aînés vont parler du Canadian Pacific Railway, du bon temps passé sur les chantiers, sans femmes pour les embêter, les plus jeunes vont leur envier une fois de plus cette vie de liberté au milieu de la nature indomptée. Bebette est partout et nulle part à la fois : partout où on ne l'attend pas – elle surprend des petites filles en train de rire d'une de leurs cousines qui porte des barniques depuis quelque temps et leur crie tellement d'injures et de saperlipopette qu'elles en éclatent toutes en sanglots – et nulle part quand on a besoin d'elle : « Est où, ma tante Bebettte ? On trouve pas les chandelles pour mettre su'l gâteau ! Ma tante Bebette ! Ma tante Bebette ! Oùsqu'y sont, les chandelles pour mettre su'l gâteau ! Ma tante Bebette ! Ma tante Bebette ! » Une demi-heure s'est à peine écoulée depuis l'arrivée des derniers invités que la maîtresse de maison crie : « À table ! Faut manger pendant que c'est chaud, sinon ça va fredir dans l'assiette ! » Tout le monde se garroche dans la salle à manger où a été montée une immense table en forme de U. On a en plus dressé deux tables pour les enfants dans la cuisine, mais l'espace se révèle vite insuffisant et c'est un peu partout dans la maison que seront dévorées dans le temps de le dire les montagnes de victuailles fournies par tout le monde et fabriquées à la hâte le jour même par les femmes du clan, qui n'ont pas lésiné sur le sucre ni le gras. On se croirait à la fois à Noël – tourtières, tartes aux pommes, dinde farcie, ragoût de pattes de cochon – et à Pâques – énorme jambon tranché d'avance et étalé sur deux immenses assiettes de porcelaine blanche entouré de plats de patates dans tous leurs états (en purée, bouillies, cuites au four, rôties), fesse de porc que le mari de la dénommée Lolotte a fait fumer lui-même il y a quelques mois et qu'il réservait pour une occasion spéciale, tartes au sirop d'érable, pets-de-sœur à la cannelle. Sans compter les plats de légumes crus et les inévitables épis de blé d'Inde bouillis. Tout est délicieux, bien sûr, abondant, il va sans dire. On mange beaucoup, et vite. Au début, on croirait qu'il y a trop de nourriture, mais ils sont presque quarante à se passer les plats entre deux bouchées et les femmes finissent par avoir peur d'en manquer. Mais tout le monde y trouve son compte, même les plus gourmands. La grande oubliée dans tout ce tohu-bohu est la fêtée, l'héroïne de la soirée, qu'on a abandonnée à son sort après l'avoir embrassée parce qu'il y avait des choses plus urgentes à faire, un peu comme si la réception elle-même était plus importante qu'elle, qui passe une grande partie du repas toute seule au bout de la table des adultes à les observer manger, rire, crier. Aussitôt qu'ils ont fini leur assiette, les enfants quittent la cuisine et se répandent dans la maison en hurlant. Certains montent à l'étage pour jouer à la cachette et, qui sait, peut-être même au docteur. Après les plats principaux, ragoûtants et bourratifs, alors qu'un nombre incalculable de salades apparaissent comme par enchantement, les hommes, qui s'étaient retenus depuis le début du repas en se contentant de dévorer tout ce qu'ils trouvaient devant eux, se dégèlent un peu, commencent à fredonner, à taper du pied. Les chansons à répondre obtiennent enfin une réponse, les femmes rougissent et se cachent derrière leurs mains quand les allusions deviennent trop scabreuses – « A' dit woup, Farlantine, des pétates pis d'la poutine, range ton mmm., ton mmm. su'l bord du mien ! » – puis, après un couplet particulièrement salé, Bebette se lève et crie à la cantonade : « Le chantage pis le dansage, là, c'est pour le temps des fêtes ! À soir, c'est un party d'enfants, ça fait que retenez-vous un peu ! En attendant, on a quequ'chose de plus important à faire, si vous voyez ce que je veux dire... » Tous les regards se tournent vers Rhéauna qui comprend aussitôt que la cérémonie du gâteau de fête est sur le point de commencer. Elle aurait bien continué à se faire oublier tout en les observant, ils sont si amusants, à écouter le reste de la chanson à répondre, aussi, mais c'est un party de fête, et qui dit party de fête dit gâteau de fête, on n'y échappe pas... Elle force un sourire qui se veut innocent, fait celle qui ne comprend pas ce qui se passe, soupire, résignée. Il va lui falloir jouer l'étonnement, écouter la chanson, souffler les chandelles. Un vent de complicité descend sur la table dévastée. Des coups de coudes sont échangés, des fous rires d'excitation dissimulés derrière des mains. Les enfants surgissent comme par miracle. Quelqu'un a dû les prévenir, ou alors leur instinct leur a fait deviner que le gâteau s'en venait. Les lumières s'éteignent dans la salle à manger. Deux femmes entrent dans la pièce en transportant le fameux gâteau rose et vert sur lequel onze bougies tremblotent. L'inévitable *Bonne fête, Rhéauna* monte dans l'obscurité, chanté faux et n'importe comment, mais sincère, vibrant, joyeux. La dernière partie est étirée comme le veut la tradition : « Boooonne fêêête, Rhééééééauuuuuunaaaaa ! » Des cris suivent, des applaudissements sans fin, on lui dit de tous côtés de faire un vœu avant de souffler les bougies. Elle s'exécute de bonne grâce en se disant que c'est juste un mauvais moment à passer, que tout sera bientôt terminé. Lorsque les bougies sont éteintes, les autres enfants veulent savoir ce qu'elle a souhaité, les adultes leur disent qu'elle doit garder le secret pour elle-même, sinon son vœu ne se réalisera pas. Un moment de calme s'installe autour de la table pendant la dégustation du gâteau. C'est vrai qu'il ne paie pas de mine, il est plutôt informe et le glaçage a déjà commencé à dégouliner ; il se révèle cependant délicieux. Et comme le dit si bien Gaétane, sans doute pour s'excuser : « Y est peut-être pas beau, mais le principal c'est qu'y goûte le gâteau… » L'ingestion de gras et de sucre commence peu à peu à faire son effet, le ton de la conversation s'en ressent. Pendant qu'on sert le café, les femmes, la main sur le cœur, parlent du *Titanic* qui a coulé l'an passé dans l'Atlantique Nord, un événement qui les a d'autant plus traumatisées qu'elles sont loin de tout océan – un phénomène de la nature qu'elles ont d'ailleurs quelque difficulté à imaginer du fond de leurs plaines démesurées où l'eau salée n'existe pas – et qu'elles n'ont jamais vu de gros bateau. Puisqu'on en est aux choses sérieuses, Bebette en profite alors pour glisser l'histoire mille fois rabâchée de son oncle éloigné, l'orgueil de la famille Desrosiers, qui a combattu aux côtés de Louis Riel et qu'on a pendu avec son chef, à Regina, en 1885. Elle s'essuie les yeux comme si elle avait bien connu le martyr ou assisté à sa pendaison, ses enfants rient un peu d'elle. « Franchement, môman, vous l'avez jamais rencontré de votre vie pis vous parlez de lui comme si vous aviez élevé les cochons avec ! » Elle leur sert un petit saperlipopette de protestation, se mouche, puis jette un regard en direction de Rhéauna. « C't'enfant-là a un long voyage à faire, demain... Jusqu'à Ottawa, en passant par Toronto. Ça va y prendre toute la journée... Faut qu'a' se repose un peu. » Ils la regardent en hochant la tête. « Tant qu'à ça... » « Faut qu'a' dorme. » « Pauvre t'enfant. » « J'cré ben qu'on va y aller. » « Bon, ben, on va en faire un boute, là, nous autres... »

Et là, sous ces regards de commisération, après cette étonnante démonstration de gentillesse, de générosité envers quelqu'un qu'ils connaissent à peine et dont ils ont voulu célébrer les onze ans, un peu tard mais avec une telle intensité qu'elle en frissonne – c'est court, ça dure à peine quelques secondes, c'est parti aussitôt que commencé –, Rhéauna, tout d'un coup, sans savoir d'où ça vient, se sent heureuse. C'est aussi violent que c'est bref. C'est complet, c'est rond, c'est chaud. Elle les prendrait tous dans ses bras l'un après l'autre pour leur demander pardon de ne pas avoir su apprécier à sa juste valeur cette belle fête improvisée juste pour elle, elle les embrasserait sur les deux joues, même l'oncle Rosaire qui s'est endormi aussitôt ses trois portions de gâteau avalées, elle leur dirait qu'elle ne les oubliera jamais, que plus tard, quand elle sera grande, quand elle aura des enfants, elle racontera les larmes aux yeux cette soirée unique, elle dirait à Bebette que ces festivités resteront parmi les plus belles de sa vie, mais elle sait que c'est impossible en raison de sa grande timidité et se contente de leur glisser un petit « Merci beaucoup, pour tout » avant de quitter la table.

Seule Bebette se rend compte de son désarroi.

Tard le soir, la grand-tante Bebette est venue s'asseoir sur le bord de son lit, lui a pris la main. Elle lui parle les yeux baissés, comme si elle avait quelque chose à se reprocher.

« On a pas eu le temps de te préparer de cadeaux, j'espère que tu comprends. Si on l'avait su avant, t'aurais été couverte de cadeaux, t'aurais eu toutes sortes de belles surprises, mais là, comme ça, à la dernière minute… »

Lui dire que ce n'est pas grave, que le party était suffisant, que, de toute façon, elle n'en demandait pas tant ; lui faire comprendre que leur générosité l'a touchée, qu'elle en gardera un souvenir lumineux… Mais rien ne vient, elle reste immobile, sa main prisonnière de celle de Bebette, incapable d'exprimer sa reconnaissance. Elle ne comprend pas pourquoi. Si c'était sa grand-mère qui se tenait à côté d'elle, elle se jetterait à son cou, elle l'embrasserait, elle lui décrirait le party en détail comme si elle n'y avait pas assisté, elle passerait des commentaires sur chacun des invités… Mais voilà, elle ne les connaissait pas, justement, ils restent pour elle une espèce d'entité multiple dont les éléments individuels n'ont pas de personnalité propre. Elle n'a fait la connaissance, et de façon plutôt sommaire, que de trois d'entre eux, la tante Bebette, l'oncle Rosaire et la cousine Ozéa, les autres sont des personnages costumés affublés de noms invraisemblables qui ont passé dans son champ de vision sans vraiment laisser de traces : ils ont chanté, ils ont mangé, ils ont ri, puis ils sont repartis après avoir beuglé *Bonne fête, Rhéauna* à l'unisson. C'est tout. Elle sait pourtant que les femmes ont travaillé toute la journée pour elle, qu'elles ont boulangé, grillé, rôti, décoré, mais aucune d'entre elles n'est venue lui parler. Elles ont gravité autour de Bebette, leur mère ou leur grand-mère ou leur belle-mère, sans vraiment se préoccuper de la personne qu'elles fêtaient, et tout ce que Rhéauna pourrait en dire, c'est qu'elles ont été bien généreuses. Même ça, elle n'arrive pas à l'exprimer.

Sa tante relève la couverture jusqu'à son menton. On dirait qu'elle va l'embrasser. Non, elle se retient elle aussi.

« Essaye de dormir, à c't'heure, ton voyage va t'être ben long, demain... Saperlipopette, presque dix-huit heures en train ! Tu seule, en plus ! Tu pars de bonne heure, demain matin, pis tu vas arriver à Ottawa juste tard, demain soir... J'ai parlé à Ti-Lou, a' m'a dit qu'a' va s'arranger pour aller te chercher au train... A'l' a besoin de le faire, sinon a' va avoir affaire à moi ! Mais a'l' a jamais été ben ben fiable, a' serait capable de t'envoyer un taxi... J'veux ben croire que c'est la fille de ma sœur, mais je te dis que c'est tout un numéro... Méfie-toi d'elle, Nana, crois pas tout c'qu'a' va te conter, a' dit souvent n'importe quoi. C'est ce qu'on appelle une femme de mauvaise vie, ta grand-mère a dû te le dire, pis ces femmes-là sont dangereuses... Si on avait pu éviter que t'arrêtes chez eux, on l'aurait fait, mais le voyage aurait été trop long de Winnipeg à Montréal juste d'une traite, on voulait pas que tu passes une nuit dans un train... Pis on connaît personne, à Toronto, on n'a pas de parenté là-bas, qui c'est qui aurait pu s'occuper de toi si on avait décidé de te faire coucher là ? Personne aime ça, Toronto, dans notre famille, ça fait qu'on l'évite le plus qu'on peut... Mais chus là que je parle, que je parle, c'est moi qui t'empêche de dormir... J'vas te préparer des restants du repas d'à soir pour le train... Tu vas avoir deux repas à prendre, pis leur nourriture doit pas être ben bonne... Dors, en attendant, chère tite-fille... »

Une main, légère, lui frôle le front, puis la lumière s'éteint et la porte de la chambre se ferme. Il fait très noir, elle ne sait plus trop où se trouve le haut et le bas, on dirait qu'elle flotte. Sa grand-mère prétendrait qu'elle est trop fatiguée pour dormir. Il faudrait qu'elle dorme, pourtant, elle a besoin d'une bonne nuit de sommeil, mais des bribes de la soirée lui reviennent, des images un peu floues tant elles sont remplies de mouvement, des odeurs fortes de cuisine bourrative et de corps qui ont chaud, des sons discordants de voix dissonantes, un tourbillon de sensations fortes qui lui donnent l'impression de voler au-dessus de son lit.

Elle finit par s'endormir en pensant aux archanges qui ont peuplé son rêve entre Regina et Winnipeg.

Le jour vient à peine de se lever lorsqu'elles se présentent à la gare.

Elles sont seules, cette fois ; pas de famille énervée, pas de course folle à travers la salle des pas perdus. Rhéauna est même obligée de traîner sa valise pendant que sa tante se débat avec le gros sac de victuailles qu'elle a préparé. Bebette tire Rhéauna de l'autre main, comme si elle avait peur de la perdre dans la foule aussi dense et hystérique que l'avant-veille malgré l'heure matinale. On les bouscule sans s'excuser, on leur reproche à quelques reprises d'être dans le chemin, de ne pas avancer assez vite. Bebette lance deux ou trois saperlipopette bien placés et, chaque fois, un chemin s'ouvre devant elle comme par enchantement.

« Ta grand-mère m'a dit qu'y avait quelqu'un qui était supposé de prendre soin de toi, sur le train...

— Oui, oui. Sur le train de Regina, y s'appelait Jacques pis y était ben fin...

— C'est peut-être encore lui qui va t'être sur ce train-là...

— J'pense pas... y s'en allait jusqu'à Montréal, pis y repartait pour Vancouver... Y fait ça deux fois par semaine pendant ses vacances d'été. Pis je suppose que ça va être son dernier voyage pour cette année... Si on le croise, y va être dans l'autre sens... Dans le train qui s'en va vers l'ouest. »

La locomotive lance déjà sa plume de fumée, le moteur gronde, une vapeur blanche s'échappe d'entre les roues des wagons aux portes ouvertes.

« Tiens, c'est celle-là, ta wagonne... T'es chanceuse, c't'une neuve... Où c'est que tu le rencontres, ton gars ?

— Je le sais pas, y doit être dans le wagon... Jacques m'attendait juste à la porte, en haut des marches...

— Y me semble que c'est quand même pas normal de confier ses enfants à des inconnus, comme ça... En tout cas, j'espère qu'y est différent des gars avec qui mon mari a travaillé toute sa vie sur les chantiers... J'te dis que je leur s'aurais pas confié ma fille, à ces gars-là, moi... En fait, j'ai jamais confié mes filles à personne, je les ai jamais laissées voyager, y avait assez de leur père qui était toujours parti, pis chus ben contente !

— C'est leur métier de s'occuper des enfants qui voyagent, ma tante... en tout cas, ça fait partie de leur métier...

— J'veux ben croire, mais j'espère qu'y font une enquête, au CPR, avant d'engager ces gars-là ! Y a assez de fous furieux qui parcourent le pays...

— C'tait un étudiant, y va devenir un docteur... Inquiétez-vous pas, ma tante...

— Les étudiants aussi peuvent être fous, tu sais ! Si j'm'étais pas inquiétée dans la vie, ma tite-fille, j's'rais pas rendue oùsque chus là ! »

Elle aperçoit soudain quelqu'un qu'elle connaît, plus loin sur le quai, pose son sac de provisions à côté de sa petite-nièce et part en courant.

« Reste là, ça sera pas long... »

Épuisée, Rhéauna s'assoit sur sa valise et jette un coup d'œil dans le sac. Ça sent bon le rôti de porc frais et le jambon. Et la moutarde. En se levant, une heure plus tôt, elle n'avait pas faim, mais là, tout de suite, elle plongerait bien la main dans le monceau de nourriture pour en tirer un sandwich sans croûte à la mie tout humide. Porc ou jambon, peu importe, elle adore les deux. Elle doit attendre à midi, toutefois, ou alors d'être seule dans le wagon, sans son dragon de tante pour l'empêcher de manger.

Cette dernière vient d'ailleurs d'aborder une très grande et très mince dame toute de noir vêtue qui semble se préparer à prendre le train elle aussi. Elle se tient droite, l'air sévère, les mains croisées sur le ventre. Vue de loin, elle n'a pas l'air commode. Quelque chose comme une Régina du Manitoba, mais en beaucoup plus grand. Tout ce que Rhéauna espère, c'est de ne pas faire ce long voyage en compagnie d'une personne aussi triste… Le chapeau de la dame en question, une bataille de corneilles au-dessus d'un nid de tulle bouillonnant, n'est pas sans rappeler ceux de Bebette ; elles doivent être amies ou, en tout cas, fréquenter le même chapelier. Rhéauna sait qu'il est question d'elle parce qu'elles regardent toutes les deux dans sa direction. En gesticulant. Elle devine qu'elle n'aura pas un mais bien deux gardiens pendant son trajet entre Winnipeg et Toronto, puis Toronto et Ottawa.

Les deux femmes s'approchent. Bebette arbore un air soulagé ; Rhéauna se dit qu'elle a deviné juste. Sa tante l'époussette presque de la tête aux pieds avant de la présenter, comme si elle était la fillette la plus sale en ville, alors que tout ce qu'elle porte est flambant neuf.

« Rhéauna, j'te présente madame Robillard. Madame Isola Robillard. C'est une amie à moi. A'l' a accepté de s'occuper de toi pendant le voyage…

— Mais ma tante, y a déjà quelqu'un qui est supposé de le faire !

— Deux personnes valent mieux qu'une, saperlipopette… Surtout quand on en connaît une des deux… »

Madame Isola Robillard lui sourit. C'est un beau sourire, peut-être un peu froid, mais non dénué de bonté. Rhéauna espère cependant qu'elle ne l'accaparera pas trop pendant le voyage… Elle veut lire, manger selon son rythme, dormir si elle en a envie ; elle n'a pas du tout l'intention de réciter son pedigree au grand complet pour une étrangère qu'elle ne reverra jamais, juste pour lui faire passer le temps.

« Vous vous en allez à Ottawa vous aussi ? »

La femme se penche sur elle – elle se casse en deux, en fait –, alors que Rhéauna n'est pas si petite. Et elle parle comme si elle avait affaire à un enfant de quatre ans. Rhéauna se dit que le voyage va être long !

« Non, j'arrête à Toronto. J'm'en vas rejoindre mon garçon. C'est un docteur.

— Vous êtes malade ?

— Non, non, pas du tout ! Est-tu drôle, elle ! J'm'en vas y rendre visite parce que ça fait longtemps que je l'ai vu. Comme y peut pas se déplacer à cause des opérations qu'y fait tous les jours, c'est moi qui vas le voir. »

Elle se redresse, regarde Bebette.

« J'aime pas ben ça, Toronto, mais qu'est-ce que vous voulez… c'est le prix que j'ai à payer pour voir mon garçon ! »

Bebette se saisit de la valise de sa petite-nièce et du sac de provisions.

« Bon, vite, faut monter dans le train, y vont partir. Vous vous conterez tout ça pendant le voyage ! Pis arrête de poser des questions, Nana ! Madame Robillard est assez fine pour accepter de s'occuper de toi, mais faut pas que tu la déranges ! As-tu compris ? Le voyage va durer toute la journée pis peut-être qu'a' veut se reposer… »

Isola Robillard lui pose une main sur le bras.

« Moi aussi, je viens de me lever, madame Roy, j'ai pas pantoute besoin de me reposer. »

Rhéauna se dit que madame Isola Robillard n'aime sans doute rien mieux que de se faire poser des questions au sujet de son fils, de ses œuvres et de ses pompes, et décide d'éviter le plus possible le sujet.

Bebette pousse Rhéauna dans le petit escalier de métal, monte derrière elle.

« J'vas aller t'installer… On va essayer de te trouver une place tranquille… »

Un jeune homme corpulent et rougeaud se présente et Rhéauna comprend que son nouveau Jacques est là. Mais il ne parle pas un traître mot de français et son anglais à elle, tout en étant potable, ne lui permettra pas de soutenir une vraie conversation. Elle devra donc se rabattre sur madame Isola Robillard si elle a besoin de quelque chose. Et sans doute endurer jusqu'à ce que mort s'ensuive les louanges de son fils docteur à Toronto.

Bebette, de son côté, même si elle parle avec un accent à couper au couteau, arrive à très bien se faire comprendre de Devon, un autre drôle de nom, et les directives qu'elle lui donne en ce qui concerne Rhéauna sont précises, longues et détaillées.

Il a beau protester – est-il en train de lui dire qu'il connaît son métier et de se mêler de ses affaires ? –, elle ne se laisse pas impressionner et parle pendant cinq bonnes minutes sans discontinuer. Elle a même trouvé une façon de prononcer saperlipopette à l'anglaise, ce qui donne quelque chose de tout à fait ridicule dont elle parsème malgré tout ses conseils et avertissements.

Au moment où les portes vont se fermer, Bebette fait un geste qui étonne Rhéauna. Le sifflet du train s'est déjà fait entendre à deux ou trois reprises, l'inévitable *All aboard !* a retenti plusieurs fois, Devon pousse Bebette vers la porte en lui disant qu'elle va se casser le cou si elle attend trop longtemps pour sauter du train lorsque, sans prévenir, la vieille dame se jette sur sa petite-nièce, la prend dans ses bras, la serre sur son cœur en lui embrassant le dessus de la tête.

« Bye, chère tite-fille ! Prends soin de toi ! Fais attention à ta cousine Ti-Lou pis laisse-toi pas faire par ta mère ! »

De grosses larmes lui coulent le long des joues pendant qu'elle plaque deux énormes baisers bien sonores et gras sur celles de Rhéauna.

« Les Roy ont faite ce qu'y pouvaient pour toi, saperlipopette, faut que tu te débrouilles tu seule, à c't'heure... Mais t'es capable... T'es capable. »

Le wagon a commencé à bouger, Bebette se jette en bas des marches, se retourne, envoie la main, un air d'enterrement imprimé sur le visage.

Isola Robillard se frotte un lobe d'oreille après avoir enlevé un pendentif en pierres du Rhin façon diamants.

« C'te femme-là est ben exaltée. »

Rhéauna lui réplique aussitôt :

« C'est la sœur de mon grand-père ! Pis hier a' m'a fait un party de fête même si ma fête est juste la semaine prochaine !

— C'est ben ça que je dis... c't'une exaltée. »

L'échange s'arrête là.

Ce qui ne veut pas dire que madame Robillard en profite pour se taire. Les conversations à sens unique ne semblent pas l'inquiéter outre mesure, et si Rhéauna, l'avant-veille, a été étourdie par le monologue de sa grand-tante pendant le souper, celui de madame Robillard la cloue sur place. C'est un flot incessant de paroles inutiles, une inépuisable logorrhée de clichés éculés, d'une grande bêtise et répétée à l'infini. Elle parle en retirant son chapeau, en enlevant ses gants, en posant son fessier pointu sur la paille de la banquette, en replaçant les plis de sa longue jupe noire, en ouvrant une petite valise qui contient ses cosmétiques et ses médicaments – elle se prétend malade en roulant de gros yeux globuleux –, en se mouchant. Même le geste de se moucher et de s'essuyer le nez quand c'est terminé ne l'empêche pas de parler.

Sa grand-tante Bebette aurait pu la prévenir qu'elle aurait affaire à un moulin à paroles !

Il est bien sûr question du dévouement d'Isola pour son fils unique, des sacrifices qu'elle a dû s'imposer pour le mener là où il est aujourd'hui, dans un des plus grands hôpitaux de Toronto. Elle parle aussi de la femme de son garçon qui n'est pas digne de lui et qui ne sait pas comment le mener – ce sont là ses propres mots –, des enfants qu'elle ne lui a pas donnés, la privant elle-même de petits-enfants et d'arrière-petits-enfants. À quoi ça sert, la vieillesse, pouvez-vous bien me dire, quand on n'a pas de petits-enfants ! Puis elle attaque le sujet des nombreuses causes de charité pour lesquelles elle se démène depuis des années et qui sont bien chanceuses de l'avoir, parce que sans elle... Elle parle de gens que Rhéauna n'a jamais rencontrés comme si c'était des connaissances qu'elle avait vues la veille ou dont elle se mourait de recevoir des nouvelles. Dans la première demi-heure du voyage, alors que le train quitte lentement Winnipeg et sa banlieue, madame Robillard nomme des dizaines et des dizaines de personnes par leurs prénoms sans jamais expliquer qui ils sont, tenant sans doute pour acquis que tout le monde connaît les mêmes personnes qu'elle et que Rhéauna saura bien se débrouiller.

Pas une fois elle ne demande à la fillette comment elle se sent, si elle a besoin de quelque chose à boire ou à manger, si elle a envie de faire pipi, comment elle prend cette obligation d'aller rejoindre sa mère à Montréal, ville inconnue, ville dangereuse. Le seul moment où elle fait mention de cette ville, d'ailleurs, c'est pour raconter une anecdote d'un mortel ennui qui date de plusieurs décennies, alors que Denis – c'est le nom de son fils – et elle avaient visité cet endroit détestable en pleine canicule, et qui se termine par une diatribe d'une rare violence, une condamnation sans appel :

« Tu penses que c'est chaud, dans l'Ouest, en été ? Ben, si tu veux connaître ça, les canicules, chère tite-fille, va à Montréal en juillet. C'est vrai que tu vas y être, en juillet prochaine... En tout cas, tu sauras me dire que j'avais raison ! C'est pas

215

chaud, c'est gluant ! En tout cas, moi, je voudrais pas vivre là pour tout l'or du monde ! Surtout pas en été ! On est ben, à Saint-Boniface, pis on le sait pas ! C'est ce que je leur dis tout le temps, mais on dirait que personne m'écoute. Chus pourtant pas avare de mes conseils ! Mais non. Y font comme si y m'entendaient pas. Personne. *Nobody ! Nobody listens to me ! Ever ! Not even my own son !* »

Rhéauna ne l'écoute plus depuis un bon bout de temps. Elle a posé sa tête contre la vitre et regarde dehors en essayant d'incorporer la voix de madame Robillard au bruit – tchac-tchac, tchac-tchac, tchac-tchac – que produit le frottement des roues du train contre les rails de métal. Un motif répétitif de plus.

Le paysage qui se déroule sous ses yeux est d'ailleurs aussi répétitif que le soliloque de madame Robillard et que le bruit du train. Rhéauna se demande quand elle va sortir de ces tunnels sans issue. Elle n'arrivera à Toronto qu'à l'heure du souper, à Ottawa que très tard le soir. Madame Robillard va-t-elle parler comme ça jusqu'à Toronto ? Sans jamais s'arrêter ?

Des champs, encore des champs, toujours des champs. Le Canada n'est-il qu'un immense champ de céréales ? Sans horizon ? On lui a promis une montagne, à Montréal, mais Montréal se révélera-t-elle n'être qu'un champ de blé d'Inde comme les autres, un gros Maria-de-Saskatchewan avec une montagne dans le milieu pour faire un peu différent ? Perdue dans une plaine ? Est-ce qu'on peut entendre le blé d'Inde pousser, à Montréal ?

Devon est venu la voir à quelques reprises, mais elle ne comprend rien de ce qu'il lui dit et se contente de hocher la tête. Comme une imbécile. Isola Robillard s'est offerte à faire la traduction ; Rhéauna a refusé en prétendant qu'elle comprenait très bien tout ce que lui disait Devon.

Son premier repas dans le train – avalé en troisième vitesse pendant qu'on traversait une assez grosse ville dont elle n'a pas pu lire le nom – est donc accompagné des commentaires décousus de la vieille chipie qui passe du coq à l'âne sans même sembler s'en apercevoir. Pour meubler le temps, se dit Rhéauna, ou parce qu'elle est incapable de supporter le silence. Rhéauna se boucherait bien les oreilles ; elle ne le fera pas, elle sait que ce serait impoli. Alors elle laisse madame Isola Robillard cancaner tout son soûl en essayant de fixer son attention sur ce qui se passe à l'extérieur. Ce qui se révèle plus difficile qu'elle ne l'aurait cru. Après tout, certaines histoires qu'elle entend sont bien tristes, certains destins franchement tragiques, tout ça est plutôt intéressant, elle ne peut pas se le cacher – des maladies, fulgurantes et vilaines, des accidents invraisemblables, des ruptures loufoques –, et, surtout, elle ne croyait pas qu'une personne pouvait connaître à elle seule autant de destins malheureux. Mais cette accumulation de calamités sans issue et de catastrophes irréversibles finit, à la longue, par l'assommer.

Elle est sur le point de s'endormir, elle se sent engourdie, ses paupières se ferment d'elles-mêmes – le délicieux mais si lourd sandwich au porc frais garni de graisse de rôti qu'elle vient de manger y est sans doute pour quelque chose – lorsqu'un scintillement, au loin, un mouvement presque imperceptible derrière les arbres qui courent le long de la voie, un miroitement sur ce qui semble être une énorme surface plane attire son attention. Elle colle son front à la fenêtre du wagon.

De l'eau ! C'est de l'eau ! À perte de vue ! Là ! Tout près, juste derrière la lisière des arbres ! Elle n'a jamais vu autant d'eau de toute sa vie ! Du moins depuis qu'elle a quitté le Rhode Island, mais c'est trop loin dans le temps, elle a tout oublié du Rhode Island. Ça chatoie, ça rutile, ça éclate en lignes brisées de vagues qui viennent s'écraser au bord de la rive et de rayons de soleil cassés en mille morceaux qui semblent flotter sur tout ça par pur amusement.

Elle se met debout sur la banquette – au diable les bonnes manières – et pose les mains sur la vitre.

« La mer, madame Robillard ! La mer ! »

Celle-ci jette un coup d'œil par la fenêtre, hausse les épaules.

« La mer ! Franchement ! Rhéauna ! On est en plein milieu du continent ! Y a pas de mer au milieu du Canada ! Qu'est-ce qu'y a, au milieu du Canada, Rhéauna ? »

Elle se penche par-dessus l'espace qui sépare leurs banquettes.

« J'te le demande, Rhéauna, qu'est-ce qu'y a au milieu du Canada ! Tu dois ben le savoir, on a ben dû t'enseigner ça dans ton trou perdu de la Saskatchewan !

— Les Grands Lacs. Y a les Grands Lacs, au milieu du Canada.

— Pourquoi tu dis que c'est la mer, d'abord ?

— Y a tellement d'eau, Madame Robillard ! Ça peut pas être juste un lac ! Y faut que ce soit une mer ! Un lac, c'est petit, on peut se baigner dedans, ça sèche en été, ça devient une mare à canards ! Ça... Ça... Y a pas moyen de faire sécher ça, y a trop d'eau, c'est trop grand, c'est trop beau !

— Ça s'appelle pas les Grands Lacs pour rien, pauv' tite-fille... On vient de dépasser Thunder Bay, là, ça doit être le lac Supérieur. Celui qui est le plus au nord. Y en a cinq, j'pense. C'est le lac Supérieur, que tu vois là, pis l'eau est pas salée pantoute. C'est pas une mer. Les mers sont ben loin, en avant pis en arrière du train. Ben loin. J'les ai jamais vues parce que je veux pas aller si loin, ni vers l'est, ni vers l'ouest. On va tourner à droite, dans pas longtemps, pis on va descendre vers Toronto. Arrivée ici, j'peux dire que chus rendue à la moitié de mon voyage... »

Et de reprendre son monologue là où elle l'avait laissé : sa belle-sœur Aline est venue prendre une tasse de thé, l'autre soir, pour lui raconter l'histoire rocambolesque d'un voyageur de commerce excentrique, un certain Michel Blondin, qui...

Prétextant une urgente envie de faire pipi, Rhéauna descend de sa banquette et se précipite en direction des toilettes. Elle croise Devon qui lui demande où elle va. Elle essaie de le lui expliquer en anglais, mais il ne comprend pas et elle finit par lui montrer la porte des cabinets de toilettes. Il rougit jusqu'à la racine des cheveux, la laisse passer.

Mais elle n'entre pas dans la petite pièce, qui doit d'ailleurs sentir le diable. (Sa grand-mère l'a prévenue de ne jamais entrer dans les toilettes d'endroits publics, même quand elle sera rendue à Montréal, parce qu'on ne sait pas qui vient d'en sortir et ce qu'ils ont pu y laisser de sale et de dangereux. Des bibittes, des maladies sans nom et au moins mortelles... Sans compter les odeurs. C'est ben beau d'endurer les odeurs de sa propre famille, ça fait partie de la nature, mais pas celles des étrangers, là, écoute, franchement !)

Il y a une porte juste devant la petite pièce qu'elle veut éviter. Rhéauna s'y appuie, approche son front de la vitre rectangulaire.

Que c'est beau !

Le train s'est rapproché de l'eau, une ouverture s'est pratiquée dans le rideau d'arbres, la voie de chemin de fer longe maintenant l'immensité du lac Supérieur.

Elle a rêvé depuis sa petite enfance aux océans décrits dans les livres qu'elle a lus, elle a passé des heures devant des illustrations en noir et blanc de vagues déchaînées ou de mers étales, garnies de bateaux ou non. Tout ça était magnifique et vous donnait envie de partir, d'aller voir sur place l'eau salée qui se soulève et se choque au moindre coup de vent, les ciels qui se déversent en torrents d'eau colossaux et destructeurs, les navires qui essaient de se frayer un chemin pour aboutir où, ils ne le savent jamais, mais rien de tout ça ne l'avait préparée à ce qu'elle a devant elle. Au mouvement. Surtout au mouvement. L'oscillation de l'eau, la gigantesque mobilité, la titanesque respiration qu'elle aurait été bien incapable d'imaginer lorsqu'elle barbotait dans les petits plans d'eau si calmes autour de Maria.

Le train suit le littoral, et les vagues, aussi peu impressionnantes soient-elles, en réalité, lui semblent des montagnes en mouvement, elle qui n'a jamais vu que de toutes petites langues d'eau lapant des bords de rives qui n'étaient même pas des plages.

Elle a posé ses deux mains contre la vitre, y a collé son visage. Elle voudrait se débarrasser de ses vêtements, de sa peau, même. Elle ignore ce que ça peut signifier, mais elle ressent tout à coup cette envie irrésistible d'enlever d'abord son costume de petite fille sage et obéissante – le manteau trop grand pour elle, le chapeau ridicule, la robe vert d'eau toute neuve qu'elle trouve pourtant si jolie, les bas, les souliers, le caleçon de coton blanc – pour se retrouver toute nue au bord du lac Supérieur. Elle retirerait ensuite sa peau qui est aussi un costume, une espèce de déguisement qui cache quelque chose de plus important, *elle*, qui la cache elle, elle en est convaincue. Elle plierait ses os, les mettrait dans sa valise et laisserait ensuite ce qui resterait d'elle... quoi ? son âme ?... c'est du moins ce que le gros curé de Sainte-Maria-de-Saskatchewan prétendrait, oui, elle laisserait son âme plonger dans la mer. Parce que c'est une mer, une mer intérieure, non salée, mais bel et bien une mer. Son âme coulerait à pic parmi les roseaux, les quenouilles, les cailloux, les poissons, et elle irait vivre avec eux, plantée dans la vase au centre exact de son voyage entre Maria et Montréal. Un endroit qu'*elle* aurait choisi. Du fond de l'eau, elle regarderait une fois par jour le train passer en direction de l'est et se dirait qu'elle a failli, une fois – oh ! il y a de ça si longtemps –, se rendre jusqu'au bout de la voie ferrée, jusqu'à une ville mythique, là-bas, dans la province de Québec, une île dotée d'une vraie grosse montagne, où tout le monde parle français et où l'attendait sa mère.

Elle souhaiterait que le train s'immobilise, que le panorama qu'elle a sous les yeux se fige, que le temps s'arrête. Pour permettre à une petite fille perdue de se retrouver. Au fond de l'eau.

Puis le train négocie un léger virage en direction du sud pour amorcer sa descente vers Toronto, et le coucher du soleil envahit tout. Le ciel passe du calme au feu.

Elle en a pourtant vu, des couchers de soleil. Installée sur les genoux de grand-papa Méo, elle s'est souvent pâmée sur les jaunes et les orangés qui flottaient au-dessus des champs de céréales, derrière la maison, leurs deux têtes tendues vers l'ouest où, prétendait Méo, le jour finissait dans les remous du Pacifique après s'être accroché les pieds dans les Rocheuses. Méo disait aussi que c'était le plus beau moment de la journée, de toutes les journées, l'heure bénie où il fallait se taire devant une telle orgie de splendeur et regarder ça en remerciant la Providence – il n'aimait pas le mot Dieu – de l'avoir inventé pour le seul plaisir des yeux. Pour que le fermier qui a travaillé comme un animal toute la journée se dise que sa journée n'a pas été perdue.

Mais un *double* coucher de soleil, quelle aubaine ! D'abord le coucher du soleil lui-même, magique, sublime, puis, en plus, son propre reflet brouillé par le mouvement des vagues, ses couleurs transfigurées par l'eau, le rouge devenu or strié de vert, l'or devenu vert bariolé de rouge, les nuages qui se regardent le ventre, qui se comparent et se jaugent les uns les autres en faisant les importants, qui rivalisent de lumière, tout ça mêlé, brassé, culbuté, inversé, la moitié supérieure solennelle, impressionnante, la moitié inférieure furieuse et folle. Une fin du monde silencieuse, une symphonie sans musique.

Elle veut rester là ! Ici ! Maintenant ! Que ce moment ne s'achève jamais. Que le train n'avance plus. Que le soleil ne bouge plus. Que la fillette qui contemple tout ça n'existe plus que plongée dans la folie de couleurs. Un tableau. Qu'on ne pourrait accrocher nulle part parce qu'il serait trop beau.

Une main sur son épaule. Le parfum de vieille madame propre d'Isola Robillard, sa voix exaspérante.

« J'commençais à m'inquiéter, j'trouvais que ça te prenait du temps. J'avais peur que tu trouves pas les toilettes. »

Puis elle jette à son tour un coup d'œil par la fenêtre en portant une main à son cœur.

« N'empêche que c'est vrai que c'est beau, hein ? »

Et enchaîne sans même reprendre son souffle.

« C'est justement ce que je disais à ta grand-tante Bebette, l'autre jour, quand est venue me rapporter ma grande chaudronne pour faire mes binnes... Madame Roy, que j'y disais, à votre avis, là, dites-lé franchement, on est entre nous autres... y a-tu quequ'chose de plus beau au monde que... »

Isola Robitaille sait bien qu'elle parle trop. On l'a traitée de pie, de moulin à paroles, on l'a menacée à d'innombrables occasions de la faire taire par la force, elle a fini par créer le vide autour d'elle – son fils et sa belle-fille, à Toronto, sont d'ailleurs terrorisés par son arrivée –, mais elle parle, encore et encore, sans fin, à elle-même comme à tout le monde, non pas parce qu'elle a peur du silence, ce serait trop facile, il lui suffirait de sortir de la maison, de se jeter dans la foule et d'écouter le vacarme incessant de la ville, non, la raison est ailleurs.

Pour tout dire, elle a peur d'être ennuyante. Et chaque jour de sa vie, depuis la mort de son mari, elle devient agaçante pour éviter d'être invisible. Si au moins elle l'ignorait, si les autres se cachaient pour parler de sa névrose, si on riait d'elle dans son dos, mais non, elle le sait, on le lui répète sans arrêt. « Allez-vous vous taire, madame Robillard ! » (son boucher qui se met à sacrer chaque fois qu'il la voit entrer dans sa boutique); « Ma tante Isola, arrêtez donc de parler, là ! » (ses quelques neveux et nièces qui restent encore en contact avec elle); « Vas-tu te la fermer une fois pour toutes avant que je t'étripe ! » (ses frères et sœurs qui font tout pour l'éviter mais qu'elle réussit toujours à trouver où qu'ils se cachent). Elle ne peut juste pas s'empêcher de parler, c'est plus fort qu'elle. Elle est convaincue qu'elle va disparaître dans le décor si elle ne parle pas, qu'on va oublier son existence, regarder au travers d'elle, la contourner sans jamais lever un seul regard dans sa direction, qu'elle va rester isolée au fond d'un trou de silence – Isola l'isolée, l'idée lui vient vingt fois par semaine –, déconnectée de tout, folle de solitude. Ennuyante comme la pluie. La vieille insignifiante qui n'a rien à dire.

Elle n'a pas été une personne passionnante, ça aussi elle le sait. Elle n'avait pas de conversation, ou peu, elle ne se préoccupait pas de ce qui se passait à l'extérieur de son monde immédiat, sa famille, ses petites affaires, ses problèmes si peu originaux. Son mari lui ressemblait, ils ont passé des décennies à se suffire à eux-mêmes, à élever des enfants qui se sont vite détournés d'eux à cause de leur manque de curiosité, alors à la mort d'Ernest – son Ernest, la prunelle de ses yeux, son homme –, elle s'est butée à un mur de silence, seule dans sa maison avec rien à dire. À personne. Alors elle s'est mise à dire n'importe quoi à n'importe qui pour qu'on se rende compte qu'elle existait toujours, pour éviter qu'on la trouve plate parce que trop discrète ou trop timide. Sinon… Elle a depuis longtemps choisi de ne pas y penser. Peut-être la folie. En tout cas le désespoir.

Elle regarde la fillette assise en face d'elle maintenant que la nuit est tombée, elle sait qu'elle l'embête avec son continuel bavardage, mais quelqu'un la regarde, l'écoute ou, du moins, fait semblant ! C'est mieux que rien. Si elle ne parlait pas à cette petite fille, elle aurait l'impression de ne pas exister tout le temps du trajet entre Winnipeg et Toronto, alors, et presque sans prendre le temps de respirer, elle lui raconte n'importe quoi sur n'importe qui, elle s'étourdit, elle saute du coq-à-l'âne, elle rit à des plaisanteries qu'elle sait laborieuses, elle noie la pauvre enfant sous une avalanche de noms et d'anecdotes sans intérêt pour se convaincre qu'elle est toujours vivante, pour éviter d'être à ses propres yeux la personne la plus ennuyante de la Création.

Elle est pire qu'ennuyante, elle est insupportable, mais, au moins, quelqu'un sait qu'elle existe !

Devon est venu lui porter quelque chose à manger. Qu'elle a mis de côté aussitôt qu'il lui a tourné le dos pour se lancer sur le dernier sandwich – laitue-jambon-moutarde – de sa grand-tante Bebette. La viande est hachée menu et goûte le clou de girofle (*le cou de girafe*, aurait dit la femme du boucher, à Maria, une Anglaise qui répète le français comme elle l'entend, c'est-à-dire mal), le pain sans croûte s'est imbibé de moutarde, il y a même un soupçon de beurre; c'est succulent. Après toutes ces heures de babillage inutile, Rhéauna a enfin réussi à faire abstraction de la voix de la vieille femme et, tout en mastiquant, regarde les fermes illuminées, parfois même à l'électricité, passer à toute vitesse dans son champ de vision. Des piqûres de lumière jaune sur un rideau de soie noire. C'est une nuit sans lune, on peut donc apercevoir des millions d'étoiles à travers la barrière de sapins qui frôle, et de très près, la voie ferrée. Le lait que lui a apporté Devon est un tantinet trop chaud à son goût, mais elle ne s'en formalise pas et avale de longues gorgées en prenant bien soin de ne rien laisser couler sur son menton ou sur ses joues. La dernière portion du gâteau vert et rose avalée – il était resté plus de crémage que de gâteau et elle en a été ravie –, elle replace dans le sac désormais vide les papiers gras, les miettes de pain et de gâteau, la serviette de papier sur laquelle elle vient de s'essuyer la bouche, et se lève pour aller à la recherche d'une poubelle plus grande que celle qui est suspendue sous la fenêtre.

Au même moment, madame Robillard se penche, pose une main en visière au-dessus de ses yeux en se collant le nez à la vitre.

« On arrive à Toronto. R'garde comme c'est beau. »

Rhéauna pose le sac sur la banquette, revient vers la fenêtre.

Quelque chose qui ressemble à un gigantesque bateau jaune se profile au loin. Un long ruban de lumière, comme le reflet du ciel étoilé, mais dans des teintes d'or et de cuivre. Ça couvre bientôt tout l'horizon, ça se rapproche, puis ça disparaît parce que le train tourne vers la droite. La nuit noire revient, le ciel retombe, envahit tout; Rhéauna a l'impression qu'elle vient d'avoir une hallucination, qu'elle n'a pas vraiment aperçu le ruban de lumière jaune, que c'était un reflet éloigné, peut-être une aurore boréale au beau milieu de l'été… Une aurore boréale au sol plutôt que dans le ciel? Non, c'est impossible. C'était bien Toronto. Puis ça revient, plus près encore, presque inquiétant tant c'est éblouissant. Elle n'a jamais vu autant de lumières électriques en un même endroit; c'est plus que beau, c'est sublime. Et si imposant que ça fait peur. Le train – un papillon téméraire devant une lampe à huile – est vite avalé par ce frémissement de lumière dorée. Et, pour la première fois, il est éclairé de l'extérieur : l'éclairage qui vient de dehors est plus fort que celui qu'il projette dans la nuit. Il est maintenant noyé de lumière, ça va vite, ça court de chaque côté, des maisons passent à toute allure, des rues illuminées aussi, des viaducs qui enjambent la voie ferrée. Trois coups de sifflet prolongés, le train commence à ralentir. Des hangars tout neufs se rapprochent, une gare, encore plus imposante, encore plus gigantesque que celle de Regina, que celle de Winnipeg, une lanterne aux proportions inimaginables, engloutit le train désormais cerné de centaines et de centaines de rails parallèles formant un réseau inextricable de chemins croisés qui vont dans tous les sens avant d'aboutir à un nombre incalculable de quais de ciment.

Madame Robillard a bien sûr péroré pendant tout ce temps-là, mais, cette fois, Rhéauna ne l'a pas entendue, plongée qu'elle était dans le bain de lumière.

Le quai est bondé de gens qui attendent de monter à bord. Le tronçon entre Toronto et Ottawa est très fréquenté et le train a pris un peu de retard. Alors les voyageurs, impatients, la valise à la main, étirent déjà la tête à la recherche de wagons pas trop occupés.

Madame Robillard met son manteau, son nid de corneilles, ses gants, tout en commentant ce qui se passe dehors. Elle décrit à Rhéauna ce qu'elles peuvent très bien voir toutes les deux, la niaiseuse ! Puis elle conclut en se plaçant toute droite devant la fillette.

« J'te dis que tu seras pas tu seule jusqu'à Ottawa, pauvre enfant... J'espère que Devon va ben s'occuper de toi... C'est le soir, c'est pas le même monde que le jour, on sait jamais avec qui on voyage... En tout cas, bonne chance. Tu diras bonjour à ta mère. Je l'ai jamais rencontrée, mais j'ai ben entendu parler d'elle... »

Pas d'embrassades, pas de poignée de mains, elle a tourné le dos, elle s'éloigne, droite comme un piquet de clôture peint en noir.

Devon apparaît, l'air affairé, et fait signe à Rhéauna de rester où elle est, sans doute pour lui faire comprendre qu'elle n'est pas rendue à Ottawa. Comme si elle ne le savait pas. Puis il disparaît avec le sac dont elle voulait se débarrasser.

Les nouveaux passagers sont plus bruyants que ceux qui viennent de quitter le train. Certains, cramoisis, essoufflés, sentent la boisson à plein nez et Rhéauna espère qu'elle n'aura pas affaire à une bande de mononcles paquetés qui vont parler fort et conter des histoires qu'elle ne comprendra pas tout en continuant de téter en cachette leur quarante onces de gin. Mais Devon se présente avec ce qui semble être une famille, un père, une mère, deux enfants – des garçons –, des gens qui parlent français, en plus, et qu'il installe à ses côtés. Les garçons la regardent en fronçant les sourcils, presque de travers; elle choisit de les ignorer en faisant semblant de dormir.

Et s'endort pour de vrai avant même que le train ne quitte le quai de la gare de Toronto.

LE RÊVE
DANS LE TRAIN POUR OTTAWA

Cette fois, elle ose.

Elle saute à l'eau. À pieds joints.

C'est froid. Pas trop, cependant. L'eau fait onduler la lumière autour d'elle, mais, à son grand étonnement, elle n'est pas entourée d'algues ni de poissons. Au fond de l'eau vivent des poissons et poussent des algues, tout le monde sait ça, et évoluent une multitude de bêtes qui, semble-t-il, ne sont pas nécessairement des poissons – la baleine, par exemple, un animal vivant sous l'eau tout en étant quand même un animal. Ici, non. La mer, ou le lac Supérieur, ou la simple mare dans laquelle elle vient de sauter est vide.

Et elle peut y respirer !

Elle lève une main à son cou, vérifie si quelque branchie ne lui a pas poussé à son insu. Elle a beaucoup aimé le cours sur les branchies, à l'école de rang de Sainte-Maria-de-Saskatchewan, elle a ri, elle a imaginé pouvoir respirer sous l'eau, ne pas avoir à tout le temps refaire surface, passer des heures, des jours, sa vie sous l'eau. Nager entre les rayons de soleil. Filtrer l'oxygène à l'aide de ses branchies. Jouer avec ses sœurs, elles aussi devenues des animaux qui vivent sous l'eau sans être des poissons.

Alors que là, maintenant que c'est possible, elle se retrouve seule au milieu des rayons de soleil, sans ses sœurs, sans poissons, sans algues, sans air…

Elle manque d'air ! Il faut qu'elle remonte à la surface ! Elle manque d'air ! Non, ça y est, elle a respiré. Quelque chose qui n'était pas de l'air. De l'eau du fond de l'océan. Ou du lac. Ou de la mare.

Mais qu'est-ce qu'elle va devenir, toute seule dans l'eau vide ? Ça risque d'être long, non ? Elle ne va pas rester comme ça, les mains esquissant une petite valse devant elle dans les rayons ondulants du soleil, avec rien à faire et personne à qui parler ?

Le monde est à la fois vide et rempli de liquide. Et elle n'est même pas capable de se noyer... Parce qu'elle peut respirer. L'eau. Parce qu'elle peut respirer l'eau. Malgré elle.

Puis, au loin, se dessine une silhouette.

Elle a aussi beaucoup aimé l'histoire de la petite sirène amoureuse d'un humain et à qui poussent deux belles jambes lui permettant d'évoluer sur la terre ferme, au grand dam de son père, le roi des Tritons. C'est peut-être elle qui s'en vient. La petite sirène du conte d'Andersen vient à la rencontre de son contraire, la petite fille humaine sans branchies mais capable de respirer sous l'eau. Elle regarde ses pieds. Non, pas de queue de poisson non plus. Elle n'est pas devenue une sirène.

Mais la silhouette qui s'approche n'est pas celle d'une jeune fille délicate aux cheveux roux vêtue d'une robe de coquillages et à la queue de poisson couverte d'écailles brillantes vert émeraude. C'est celle d'une femme. D'une beauté stupéfiante. Au sourire irrésistible. Et qui lui fait un signe de la main comme si elles se connaissaient, comme si elles se retrouvaient après une longue séparation. Une amie, une grande amie, qui pourrait peut-être remplacer ses sœurs, avec qui elle pourrait jaser à son goût, confier ses secrets d'enfant au milieu de l'eau vide. Non, personne ne peut remplacer Béa et Alice, et personne ne doit savoir quels sont le chagrin et le malheur où elle est plongée. Surtout pas une étrangère, aussi belle, aussi sympathique, aussi sirène soit-elle !

La petite sirène devenue adulte ouvre la bouche, parle. Mais ce qu'elle dit est incompréhensible.

La nouvelle sirène essaie de se retourner, de s'éloigner, mais ses pieds sont pris dans la vase. Elle bat des bras, elle veut s'en aller, elle n'arrive plus à respirer, elle ne peut plus respirer sous l'eau sans branchies... La dame-poisson s'approche, lui touche l'épaule, la secoue.

Rhéauna se réveille en sursaut. Devon est penché sur elle. Il lui dit quelque chose en lui montrant la fenêtre. Elle comprend qu'ils ont dû arriver à Ottawa pendant son sommeil. Il lui dit sans doute qu'elle doit descendre du train. Elle est trempée, une sueur froide lui coule sur le front, jusque dans le cou. Elle a peur de faire de la fièvre. Non, son front est frais. C'est juste un reste de peur. De mourir. Venue de son rêve. Ça va passer. Ça passe. C'est terminé.

Elle remercie Devon dans son anglais approximatif.

QUATRIÈME PARTIE

TI-LOU

Elle n'a jamais vu une aussi belle femme de toute sa vie. Ni aussi élégante.

En feuilletant le catalogue d'Eaton's, elle a souvent admiré des dessins de madames chic prenant des poses avantageuses sous leurs chapeaux incroyables de fantaisie et de couleurs, une ombrelle à la main, la taille serrée dans des corsets trop petits pour elles (c'est grand-maman Joséphine qui disait ça), des femmes parfaites qui, toujours selon grand-maman, n'existent pas dans la vraie vie. Rhéauna les admirait en souriant, passait l'index sur le dessin, rêvait de porter un jour autant d'oiseaux sur la tête ou des gants aussi longs tout en se doutant que c'était bien peu probable. Grand-maman Joséphine lui avait aussi expliqué que ces femmes-là ne servaient qu'à vendre des produits, robes, chapeaux, souliers, accessoires, sous-vêtements, qu'on ne pouvait pas avoir l'air de ça et se promener dans la rue :

« Te vois-tu, chère tite-fille, essayer de marcher sur notre trottoir de bois en plein hiver habillée de même ? Avec des bottes légères comme ça ? Ou traverser la route au mois d'avri' ? Dans la crotte de cheval ? Même sur le perron de l'église, après la messe du dimanche, tu ferais rire de toi ! Même en plein été quand la terre est sèche parce qu'y a pas plu depuis des semaines ! Non, non, non, ces femmes-là, c'est juste des femmes de catalogue ! »

Elle en a pourtant une devant elle, encore mieux habillée que dans les annonces, moins élancée, c'est vrai, plus en chair, mais belle comme il n'est pas possible d'être belle, avec un sourire radieux à peine dissimulé par une voilette noire toute picotée de minuscules papillons de soie mauve, les yeux brillants, la taille – presque aussi étroite que la sienne – prise dans une robe de coton lilas qui traîne juste un peu sur le quai. Et parfumée à faire monter les larmes aux yeux. Ça sent des fleurs que Rhéauna ne connaît pas, venues du tréfonds de pays exotiques, qui poussent dans des forêts tropicales où il fait chaud et où il pleut à longueur d'année. Des fleurs de romans qui n'existent pas non plus dans la vraie vie.

De la voir si radieuse à côté du train, on dirait qu'elle se prépare à faire le tour du monde. Ou qu'elle en arrive.

Aussitôt qu'elle l'aperçoit, la femme si belle se dirige vers elle d'un pas assuré, se penche un peu pour lui parler.

« C'est toi, Rhéauna, hein ? La fille de Maria ? J't'ai reconnue tu-suite parce que tu y ressembles… J'ai pas vu Maria depuis des années, mais je reconnaîtrais ces yeux-là n'importe quand ! C'est pas des yeux que t'as là, c'est deux morceaux de charbon ! Moi, c'est Ti-Lou. »

Trop impressionnée pour parler, ou même pour tendre la main comme il faut le faire quand on rencontre des étrangers, Rhéauna rougit jusqu'à la racine des cheveux en baissant les yeux.

Cette fois, la madame se plie presque en deux pour lui parler.

« T'as pas peur de moi, toujours ? Chus la cousine de ta mère, la fille de sa tante Gertrude, la sœur de sa mère, ta grand-mère Joséphine… Mais c'est peut-être un peu compliqué pour une petite fille fatiguée comme toi, hein ? Tu vas venir passer la nuit chez nous… Ça va être une visite courte, parce qu'y est presquement minuit ! »

Elle remercie Devon en anglais, lui tend un billet de banque. C'est à son tour à lui de rougir. Il bafouille, il tremble un peu en empochant l'argent. Ti-Lou se contente de sourire comme si elle était habituée à provoquer cette réaction chez les hommes.

Un monsieur arrive avec une espèce de barouette en métal qui fait un bruit d'enfer, y pose la valise de Rhéauna et repart sans rien dire. Devant les yeux affolés de la fillette, Ti-Lou lui pose une main sur l'épaule.

« C'est un porteur… y va porter ta valise pour toi, y se sauvera pas avec, aie pas peur ! Dis bonsoir au monsieur qui a pris soin de toi dans le train, là, dis-y merci, aussi, pis on va y aller… »

Rhéauna remercie Devon. En anglais. Il a l'air ravi, lui répond quelque chose d'incompréhensible parce qu'il parle trop vite et s'éloigne en se dandinant.

La fillette n'a pas le temps de contempler les beautés, pourtant nombreuses, de la magnifique gare d'Ottawa. Ti-Lou et Rhéauna la traversent en moins de trente secondes sur les pas du porteur dont la barouette couine plus que jamais.

Elles sortent dans la nuit collante. Pas de circulation importante non plus. Ni de bataille entre tramways et voitures. Une petite place vide. Éclairée à l'électricité. Rhéauna hésite entre l'étonnement et la déception.

« T'arrives de loin. Tu dois t'être morte de fatigue ! »

Rhéauna arrive à peine à sortir quelque chose qui ressemble à une petite protestation. Ti-Lou s'arrête pile au milieu de l'entrée de la gare.

« Écoute. Va ben falloir que tu finisses par me parler ! Es-tu toujours muette de même, coudonc ? »

Rhéauna n'a qu'une idée en tête, demander à madame Ti-Lou le nom de son parfum, en tout cas celui des fleurs qui le composent. Peut-être qu'elle trouverait des mots qu'elle connaît, qu'elle trouve beaux, comme gardénia, par exemple, ou jasmin. Mais elle est trop impressionnée.

Ti-Lou soupire, la reprend par la main, la traîne avec elle. Au bas des marches, elle lève le bras droit avec une négligence étudiée. Et le plus beau carrosse du monde vient se placer devant elles. Il est petit, tout noir, très haut, carré, d'une élégance folle. Les chevaux qui le tirent, noirs eux aussi, luisent dans la nuit tellement ils ont été bien étrillés. Même celui de Bebette, pourtant extraordinaire, aurait l'air d'un carrosse de pauvre à côté de celui-là !

Rhéauna peut enfin s'exclamer :

« Mais y est ben beau, votre carrosse, ma tante Ti-Lou ! »

Ti-Lou la regarde comme si elle venait de dire une énorme bêtise.

« C'est pas juste un carrosse, tu sauras ! C'est un phaéton ! »

Elle lui donne une petite poussée dans le dos pour la faire monter dans ledit phaéton.

« Pis dans pas longtemps, c'est en automobile que j'vas me déplacer ! »

Ça sent le cuir neuf, la peinture fraîche, c'est confortable, la nuit est douce ; Rhéauna en oublie sa fatigue. Noyée dans le parfum de Ti-Lou, elle appuie sa tête contre le dossier de son siège et envie cette cousine éloignée qui a les moyens de se payer… un quoi, déjà, un fa quelque chose, comment ça se dit, au juste, et comment ça peut bien s'écrire ? Elle sait que ce sera à l'avenir un de ses mots favoris. Pas tellement à cause de sa consonance – ça sonne plutôt drôle –, mais à cause de son odeur. Cuir neuf et gardénia.

Elles traversent une petite ville endormie et silencieuse. Rhéauna n'arrive pas à croire que c'est là la capitale de son pays, un des plus vastes du monde, un des plus beaux, un des plus influents. Du moins selon son grand-père. Peu de lumières, des rues désertes, le bruit des sabots qui se répercute sur des demeures imposantes mais qu'on dirait abandonnées. Un gros Maria-de-Saskatchewan après minuit. Elle s'attend presque à voir le magasin général de monsieur Connells surgir à quelque coin de rue ou entendre la voix du père Lacasse, le soûlon du village, qui ne chante que la nuit pour être bien sûr de déranger tout le monde.

Elle détache enfin son manteau neuf qu'elle a mis avant de descendre du train, malgré la chaleur, pour faire bonne impression. Elle se sent détendue, elle a envie d'en savoir plus au sujet de Ti-Lou. On ne peut pas être belle à ce point et ne pas avoir une histoire intéressante !

« Vous êtes chanceuse de pouvoir vous promener là-dedans ! Votre mari est-tu riche ? »

Ti-Lou éclate d'un beau rire perlé qui monte dans la nuit pour aller se perdre quelque part parmi les étoiles.

« Chus même pas mariée, Rhéauna... Tu penses qu'y faut absolument avoir un mari riche pour se payer un phaéton ?

— Ben... oui.

— Ben, détrompe-toi ! J'ai pas pantoute besoin d'un mari pour me payer tout ce que je me paye, laisse-moi te le dire !

— Ben, qui c'est qui paye, d'abord ?

— J'viens de te le dire. C'est moi. Moi tu-seule ! »

Rhéauna passe sa main sur le cuir de la banquette, en apprécie la douceur, la mollesse.

« Vous devez travailler fort ! Vous travaillez ici, en ville ? Dans quoi ? »

Le rire de Ti-Lou s'élève encore, plus long cette fois, avec une finale renâclée beaucoup moins jolie que la cascade de trilles de tout à l'heure.

« Quel âge que t'as, Rhéauna ?

— J'vas avoir onze ans la semaine prochaine...

— Tu dois t'être assez vieille pour comprendre ça... As-tu déjà entendu le mot guidoune ? »

Rhéauna l'a entendu. À de nombreuses reprises. Surtout au sujet de madame Cantin qui habite une maison isolée à la sortie de Maria et dont on dit qu'elle gagne sa vie juste après le coucher du soleil. Et sur le dos. Mais ses grands-parents ont toujours refusé de lui en expliquer la signification. Et elle ne peut pas imaginer comment on peut gagner sa vie le soir tombé. Et étendue dans son lit.

« Oui, je l'ai déjà entendu. Y en a une, une guidoune, à Maria. Mais je sais pas ce qu'a' fait dans la vie, au juste... »

Cette fois, Ti-Lou ne rit pas. Elle pose sa main sur celle de Rhéauna, la presse avec une grande douceur.

« Une guidoune, Rhéauna, c'est une femme indépendante. »

Rhéauna ne voit pas du tout ce que ça peut bien vouloir dire, mais hoche quand même la tête pour que sa cousine ne la trouve pas trop niaiseuse.

« Pis une femme indépendante, c'est jamais très bien vu... Tu comprends pas plus, hein ? »

À quoi bon le cacher ? Rhéauna secoue la tête.

Ti-Lou lance un soupir, regarde la petite rivière qui coule sur leur gauche et qui semble couper la ville en deux.

« Ben, c'est pas à moi à t'expliquer ça. Surtout pas à soir. Un jour, tu vas comprendre, pis tu pourras te vanter d'en avoir rencontré une dans ta vie, une des meilleures, une des plus professionnelles, une des plus consciencieuses, la grande Ti-Lou, la louve d'Ottawa. »

La louve d'Ottawa ? Rhéauna ouvre de grands yeux. Une louve ! Elle vient de se comparer à une louve !

Ti-Lou lui passe la main dans les cheveux.

« C'est une façon de parler, Rhéauna. Ça aussi, tu vas le comprendre un jour. »

Elle se penche, l'embrasse sur la joue.

« En attendant, je sais pas ce que je donnerais pour avoir ces yeux-là, moi... »

Le phaéton bifurque vers la gauche, monte un chemin de grosses briques arrondies comme Rhéauna n'en a jamais vu... et s'arrête devant un palais situé exactement en face de la gare !

Rhéauna lève le bras, tend l'index.

« On avait juste la rue à traverser ? »

Ti-Lou cache son embarras en secouant sa voilette.

« Ben oui !

— Pourquoi vous êtes pas venue me chercher à pied, d'abord ? »

Ti-Lou a un haut-le-corps, comme si Rhéauna l'avait giflée.

« Tu sauras, ma petite fille, que la louve d'Ottawa sort jamais à pied ! Même pas pour traverser la rue ! Je voulais te montrer de quoi a l'air Ottawa avant que t'ailles te coucher. »

Rhéauna se tourne vers l'édifice devant lequel le phaéton vient de s'immobiliser. C'est une construction si énorme que même les illustrations de ses contes de fées pâliraient à côté. C'est un gigantesque bâtiment en pierres et en briques, avec des tours, des lucarnes, des fenêtres innombrables et tout illuminées. C'est le seul édifice du quartier, peut-être même de la ville, à montrer un peu de vie à cette heure avancée de la nuit. Un gros bateau de pierre posé sur une butte. Immobile dans la nuit. Un monsieur déguisé, debout à la porte principale, s'approche de leur carrosse, en ouvre la portière, lui tend la main pour l'aider à descendre. Lui souhaite la bienvenue. Bien sûr en anglais.

Ti-Lou lui glisse un billet comme elle l'a fait plus tôt avec Devon, se penche sur Rhéauna.

« Bienvenue au Château Laurier, Rhéauna. »

C'est donc un vrai château ! Elle va passer la nuit dans un vrai château !

« C'est ici que vous restez ? »

Ti-Lou sourit, se dresse bien droite, relève la tête avec un air de défi.

« Depuis l'année passée. Depuis l'ouverture. J'étais là à l'inauguration. En présence de monsieur Sir Wilfrid Laurier lui-même en personne !

— C'est pas un vieux château ?

— Y est tout neuf ! Y sent encore la peinture pis la colle à tapis !

— Mais on dirait qu'y sort d'un conte de fées...

— C'est ça l'idée, pauvre enfant. Le Château Laurier a été bâti pour faire rêver. Pour que ceux qui sont au pouvoir – les corridors en sont pleins, ça va, ça vient à toute heure du jour et de la nuit, ça complote, ça discute, ça décide; tu comprends, c'est ici que la plupart des ministres tiennent leurs quartiers –, pour que ceux qui sont au pouvoir, donc, pensent qu'y sont arrivés là où y sont arrivés pour toujours, que ça finira jamais, qu'y sont installés dans un château, un vrai château pis que personne, jamais, pourra les en déloger ! Pis moi, ben, chus la *damsel in distress* qu'y faut sauver, la Belle au bois dormant qu'y faut réveiller, la petite fille aux allumettes qu'y faut protéger... ou la louve qu'y faut essayer de dompter. Le gros lot, quoi. Bande de naïfs ! »

Dans le hall d'entrée – presque plus grand que la gare d'Ottawa –, tout le monde les salue. Rhéauna se demande d'ailleurs ce que ces gens font là en pleine nuit. Ils sont chic, affairés, certains se tiennent raides comme des barreaux de chaise derrière des comptoirs de marbre qui ne sont pas sans lui rappeler les guichets des gares qu'elles a visitées depuis trois jours. Ils n'ont pourtant rien à vendre. Elle devine qu'ils sont trop polis pour être sincères et tous, sans exception, saluent Ti-Lou bien bas en l'appelant par son prénom précédé d'un madame : « Rebonsoir, madame Ti-Lou », « Vous avez pas été partie longtemps, madame Ti-Lou », « *Your cousin is very cute*, madame Ti-Lou ».

Rhéauna se dit que sa petite-cousine doit être une femme bien importante pour que tout le monde la salue comme ça. Ti-Lou enlève ses gants avec une nonchalance étudiée, s'arrête devant un immense miroir après avoir soulevé sa voilette, semble apprécier ce qu'elle y voit.

« Avant que tu me le demandes, Rhéauna, non, le Château Laurier m'appartient pas. J'loue juste une *sweet* au dernier étage. »

Rhéauna lève la tête.

« Une *sweet* ? C'est quoi, une *sweet* ? »

Ti-Lou hausse les épaules.

« Une suite, une suite, j'voulais dire une suite, Rhéauna, si tu veux absolument parler français.

— C'est quoi, une suite ? »

Ti-Lou le lui explique en la poussant vers les ascenseurs. Rhéauna, qui ne connaissait pas l'existence des ascenseurs, reste interdite quand Ti-Lou lui explique que cette cage de métal remplace l'escalier, que ça monte tout seul, que ça va les amener au dernier étage de l'hôtel Château Laurier en quelques secondes, là où est nichée sa *sweet*. La *sweet* royale.

Elles se trouvent donc dans un hôtel. Certains romans qu'elle a lus contenaient des descriptions d'hôtels, là-bas, bien loin, en Europe ; elle a aussi vu des reproductions dans des vieux périodiques, mais jamais elle n'aurait imaginé que ça pouvait être à ce point imposant. Un vrai château où l'on peut louer des chambres ! Et des *sweets* !

Un vieux monsieur ganté ouvre la porte pour elles, les laisse entrer, en se courbant un peu, dans le compartiment carré décoré dans le même style que le train que vient de quitter Rhéauna : métal luisant et bois travaillé. Ti-Lou lui fait un grand sourire.

« Vous êtes encore là, monsieur Lapointe ? Vous êtes pas allé vous coucher, y est passé minuit, là, y a pas de liftier, la nuit... »

Le vieux monsieur rougit, tousse dans son poing.

« Vous m'aviez dit que vous seriez pas partie longtemps, madame Ti-Lou... J'vous ai attendue pour vous faire faire votre dernier voyage de la journée... J'vous souhaite la bonne nuit, madame Ti-Lou. »

Ti-Lou pose une main sur son épaule. Il rougit encore plus. Rhéauna a même l'impression qu'il risque de perdre connaissance entre deux étages. Juste parce que Ti-Lou l'a touché ? Cet homme est bien malade...

Le corridor dans lequel elles s'engagent en quittant l'ascenseur est large, silencieux, très peu éclairé. Ti-Lou sort une clef tarabiscotée de son sac. Elles s'arrêtent devant une porte ; ça sent déjà bon.

La suite en question – elle porte le numéro 809 – est une caverne de tapis épais, de soieries chamarrées, de dentelles immaculées posées un peu partout avec une négligence savante, de lourds rideaux de brocart et de tableaux représentant des dames peu habillées ou franchement nues en train de danser devant des hommes hilares, eux-mêmes vêtus de pied en cap, ou de leur servir à boire.

Et tout ça sent si bon – la même odeur qui suit Ti-Lou partout, bien sûr, et que Rhéauna a décrété être du gardénia, mais toutes sortes d'autres choses, aussi, plus lourdes, qui montent à la tête, qui chatouillent le nez d'une drôle de façon – que la fillette s'arrête sur le pas de la porte en se demandant si elle va pouvoir supporter ça pendant toute la nuit sans étouffer.

« Entre, aie pas peur, j'te mangerai pas ! »

Ti-Lou jette son sac, son chapeau et ses gants sur le premier sofa rencontré, enlève ses souliers – des bottillons en cuir souple d'une couleur qui n'est ni du noir ni du brun –, se laisse tomber dans un fauteuil à oreillettes recouvert de satin vert d'eau.

« Tu sais pas ce que tu me coûtes, ma petite fille… Ma soirée coupée en deux, ma nuit annulée… Mais je devrais pas te dire ça, c'est pas fin de ma part… Excuse-moi… »

Rhéauna ne sait pas de quoi elle parle et se contente de hausser les épaules.

« Chus contente de te voir, Rhéauna, pis chus contente de pouvoir rendre service à Maria… »

Rhéauna a posé sa valise dans un coin et reste debout devant la porte fermée.

« Le monde m'appelle Nana… Personne m'appelle par mon nom au complet… »

Ti-Lou lui fait signe de s'approcher, l'aide à enlever son manteau.

« Pourquoi, t'aimes pas ton nom ? C'est un nom rare, pourtant, tu devrais en être fière…

246

— Non, c'est pas ça... Nana, c'est plus simple...

— Bon, O.K., Nana, éloigne-toi un petit peu que je te regarde comme y faut... »

Elle la détaille des pieds à la tête. C'est un regard embarrassant, inquisiteur, celui de quelqu'un qui s'y connaît et qui ne laisse rien passer. Il s'attarde sur son visage qu'il détaille avec attention.

. « Tu vas être pas mal belle, Nana. Mais faudrait que t'arrêtes de manger des affaires engraissantes... »

Comment fait-elle pour savoir ça ? Rhéauna penche la tête, regarde ses bras, ses jambes.

« Ça paraît pas encore. Mais y faut que tu fasses attention.

— Oui, je le sais, grand-maman me le dit tout le temps.

— Comment a' va, ma tante Joséphine ? Je l'ai pas vue depuis que j'étais tout petite... »

Les minutes qui suivent se passent en nouvelles de Maria, de Regina, de Winnipeg, de la parenté perdue dans la prairie, de gens que Ti-Lou s'est depuis longtemps efforcée d'oublier et que cette si belle fillette ressuscite avec son joli accent de l'Ouest et son langage imagé. Des parfums d'enfance lui reviennent, Ti-Lou se voit en visite chez Bebette ou chez Joséphine, à l'époque où sa mère, Gertrude, se faisait un devoir de prendre le train au moins une fois par année pour aller visiter ses sœurs, son frère et leurs familles. Ou s'éloigner de la tyrannie de maître Wilson, son mari. La simplicité. La simplicité de tout ça. La bêtise, aussi. L'ignorance. Du monde extérieur. De la richesse. Du pouvoir. Une petite vie imposée sans réel besoin de connaître autre chose. Tout ce que sa cousine Maria, par exemple, a rejeté pour se lancer dans le vaste monde. Au début de sa carrière, quand les choses n'allaient pas assez vite à son goût, elle se surprenait à les envier, cette famille d'errants disséminés à travers le continent, avec leur existence discrète faite d'humbles gestes répétés à l'infini dans le seul but de se procurer de quoi manger et des vêtements à se mettre sur le dos. Pourquoi ne pas adopter cette paix lymphatique et insouciante au milieu des champs de blé d'Inde ? Mais elle se reprenait vite en main, se secouait, refusait de se laisser aller à ce genre de rêvasserie inutile – comment peut-on choisir de vivre pauvre quand on est né dans la bourgeoisie d'Ottawa, comme elle, qu'on a toujours connu l'argent, le luxe, qu'on a goûté au champagne et mangé du caviar ? – et replongeait avec une fausse désinvolture dans la masse d'hommes en rut qui traînait toujours derrière elle et qui risquait de faire sa fortune.

D'abord timide, Rhéauna se détend au fur et à mesure qu'elle parle. Enflammée par les détails qu'elle apporte à ses descriptions de Maria et de ses habitants, elle s'approche peu à peu de sa petite-cousine, s'assoit avec prudence dans un canapé jaune citron qui luit presque dans la demi-obscurité. Elle enlève elle aussi ses souliers, se frotte les pieds comme le fait Ti-Lou. Ses gestes sont gracieux, son vocabulaire étonnant pour son âge ; Ti-Lou l'écoute avec ravissement. Son récit terminé, Rhéauna croise ses mains sur ses genoux, penche la tête.

« C'est tout. Pis chus pas mal fatiquée. J'aimerais ça me coucher… »

Ti-Lou a préparé des draps, un oreiller, une couverture qu'elles installent sur le canapé jaune citron. Rhéauna sort sa robe de nuit de sa valise.

« C'est où, la chambre de bains ? Y faudrait que je me brosse les dents… »

La salle de bains est encore plus impressionnante que le reste de la suite : de la porcelaine blanche partout, des robinets qu'on dirait en or, des miroirs sur les quatre murs, des appliques électriques qui imitent des chandeliers, des serviettes – roses, lilas, mauves, framboise écrasée – grandes comme des draps. Elle n'a hélas pas le temps de s'y attarder…

Sa toilette terminée, elle revient au salon, se glisse sous le drap – du satin, un peu froid à son goût mais tellement doux ! – et dit bonsoir à Ti-Lou qui est venue s'asseoir près d'elle sur le canapé.

« Merci beaucoup de me recevoir, ma tante Ti-Lou, pis excusez-moi si je vous dérange... »

Ti-Lou lui passe la main dans les cheveux, se penche pour l'embrasser sur le front. L'odeur de gardénia devient presque suffocante.

« Tu me déranges pas, Nana. Pantoute. Pis, s'il te plaît, appelle-moi pas ma tante ! On est cousines ! Cousines éloignées, mais cousines quand même ! Mais appelle-moi pas cousine non plus, ça fait vieille fille, appelle-moi juste Ti-Lou. Ti-Lou tout court. »

Elle semble hésiter à partir. C'est son tour de croiser ses mains sur ses genoux et de pencher la tête. Elle se décide, regarde Rhéauna droit dans les yeux.

« Tu pars de la campagne pour aller t'installer dans une grande ville... Fais attention, Nana. Je sais que ta grand-mère a dû te prévenir, mais ma tante Joséphine a jamais habité une grande ville, a' sait pas ce que c'est vraiment... »

Elle hésite encore, cherche ses mots, fait le geste de se lever, se ravise.

« Ce que je veux dire... T'as l'air d'une fille intelligente, Nana, pis tout ce que je peux te dire, c'est de faire attention de pas te laisser avoir... Je sais que c'est pas à moi à te dire ces affaires-là, que c'est à ta mère, mais ta mère est brusque, des fois, pis tout ça pourrait sortir tout croche et te faire peur. J'veux pas te faire peur, moi, j'veux juste t'avertir... »

Rhéauna, qui était sur le point de s'endormir, ouvre les yeux.

« M'avertir de quoi ? »

Ti-Lou lui fait un grand sourire dans lequel Rhéauna voudrait se perdre à tout jamais, le retrouver, chaque soir avant de s'endormir, en rêver, s'en nourrir pour passer à travers les moments difficiles qu'elle va sans doute connaître dans la grande ville, en faire son refuge. Pour toujours.

« En grandissant, tu vas te rendre compte qu'on vit dans un monde fait par les hommes, pour les hommes... pis souvent contre les femmes... C'est comme ça depuis la nuit des temps, on peut rien y changer, pis celles qui essayent de changer quequ'chose font rire d'elles... Elles ont beau se promener dans les rues avec des banderoles pour exiger le droit de vote, par exemple, tout le monde rit d'elles... même les autres femmes... Tu comprends, on a juste trois choix, nous autres : la vieille fille ou ben la religieuse – pour moi c'est la même chose –, la mère de famille, pis la guidoune. J'te dis pas que c'est des mauvais choix, j'te dis seulement qu'on en a pas plus que trois. Le reste leur appartient à eux autres. Les hommes. Pis quand viendra le temps de faire ton choix... Je sais pas pourquoi j'te dis ça, t'es trop petite pour tout comprendre... j'veux juste... J'veux juste... »

Elle essuie une larme avec un mouchoir qu'elle vient de retirer d'une manche de sa belle robe de coton lilas. Rhéauna étire un bras, pose sa main sur le genou de sa petite-cousine. Qui continue son monologue.

« Voyons donc, qu'est-ce qui me prend, donc, moi, à soir... J'devrais te laisser dormir, t'es morte de fatigue... Mais t'es au commencement de ta vie, Nana, pis y faut que quelqu'un te dise ces affaires-là... Quand tu vas repenser à moi, plus tard, quand tu vas comprendre ce que je fais pour gagner ma vie, j'voudrais que tu saches que j'ai choisi d'être c'que j'suis, que j'en suis fière parce que les deux autres choix m'intéressaient pas pis que c'est ma façon à moi de me battre... Contre eux autres. En les manipulant. Mais chus là que je parle de moi, pis c'est de ton avenir qu'y faudrait que je parle... Écoute, c'est ça que je veux te dire : quand va venir le temps de faire ton choix, Nana, penses-y. Penses-y comme faut. Réfléchis, laisse-toi pas mener par la vie, laisse-toi pas influencer par tout le monde, deviens juste ce que toi tu veux devenir... Une bonne sœur ? Pas de problème, d'abord que tu sais ce qui t'attend pis que c'est ton choix. La même chose avec la mère de famille. Tant qu'à devenir mère de famille, deviens une mère de famille exemplaire. Mais juste si ça t'intéresse. Laisse-toi pas imposer ça par qui que ce soit si t'en veux pas. Pis le troisième choix, ben... Si jamais ça t'intéresse, tu viendras me voir, j'ai des connexions pis j'ai de l'expérience. Pis si tu deviens aussi belle que je le pense, tu pourrais ben faire des ravages, à Ottawa. Comme moi... Ou alors trouve-toi une quatrième voie, tu m'as l'air assez intelligente pour ça... Essaye, en tout cas... »

Rhéauna commence à se douter de la signification du mot guidoune. C'est flou, mais elle devine que ça concerne ces choses dont sa grand-mère ne lui a pas encore parlé au sujet des relations entre les hommes et les femmes, ce comportement bizarre et plutôt dégoûtant qu'elle a souvent vu chez les animaux et qui sert, semble-t-il, à faire des bébés. Des bébés animaux ou des bébés humains. Le métier de sa petite-cousine Ti-Lou consiste donc à faire des bébés avec les hommes ?

Elle regarde autour d'elle.

« C'est comme ça que vous payez tout ça ?

— Oui.

— C'est-tu difficile ?

— Des fois...

— J'aimerais-tu ça ? »

Ti-Lou ne peut pas s'empêcher de rire. Cette fois, cependant, son rire ne se perd pas dans le ciel étoilé mais dans les lambris du plafond et les plis des rideaux.

« Tu le sauras pas avant un bon bout de temps. En attendant, y est presquement deux heures du matin pis tu repars en début d'après-midi... Dors, là, pense pas à tout ça, j'aurais pas dû te parler de tout ça, j'aurais dû te laisser dormir... »

Rhéauna bâille à s'en décrocher les mâchoires, ferme les yeux.

Ti-Lou remonte le drap, se penche encore une fois pour l'embrasser.

Ah, le gardénia ! Rhéauna s'endort en s'enivrant de gardénias.

Le téléphone sonne à plusieurs reprises au cours de la nuit. Rhéauna entend vaguement la voix de Ti-Lou qui se fait d'abord sévère, puis menaçante, mais tout ça est mêlé à ses propres rêves de jardins de gardénias d'un blanc crémeux à l'odeur entêtante et de châteaux tout neufs qui se donnent des airs d'antiquités alors qu'ils viennent à peine d'être inaugurés. Plus tard, quelqu'un frappe à la porte de la suite, une voix, suppliante, pleurnicheuse, avinée, monte dans le corridor : « Ti-Lou ! Ti-Lou ! Tu peux pas me faire ça ! On avait rendez-vous ! » Rhéauna croit deviner des pas furtifs sur le tapis du salon, le bruit d'une porte qu'on entrouvre, une femme qui chuchote : « Vous êtes vraiment pas raisonnable, monsieur le ministre, ma petite-cousine dort dans le salon… » Les pas reviennent vers la chambre, une odeur de boisson et de cigare se mêle à celle du gardénia. La petite-cousine Ti-Lou n'est plus seule. Elle va faire des bébés avec ce ministre que Rhéauna entend dire en riant d'une drôle de façon – cette fois elle est tout à fait réveillée : « Ta cousine est-tu en âge ? A' peux-tu se joindre à nous autres ? » Le claquement d'une gifle. Un homme qui rit. Le reste, elle ne pourrait pas l'interpréter. Ça dure un certain temps, l'homme semble souffler comme s'il venait de courir deux milles, il couine tel un cochon qu'on égorge. Il pleure et il rit en même temps. Rhéauna referme les yeux, essaie de se rendormir. C'est difficile parce que le ministre en question crie de plus en plus fort. Mais le sommeil finit par l'emporter et la voix du monsieur fou se mêle à l'odeur des fleurs exotiques et à la vision du Château Laurier, refuge, on dirait bien, des héros bizarres d'un bien étrange conte de fées.

Louise Desrosiers, dite Ti-Lou, la louve d'Ottawa, a très tôt rechigné à porter le nom de son père, Wilson. Déjà, à la petite école, elle demandait qu'on la considère comme une Desrosiers, nom de jeune fille de sa mère, geste plutôt audacieux de la part d'une enfant de la fin du dix-neuvième siècle élevée dans une société stricte et ô combien provinciale. Mais elle n'a jamais eu froid aux yeux, a toujours eu ce que son père appelait une tête de cochon, ce qui lui a d'ailleurs permis, en pleine adolescence, d'échapper à l'emprise de sa famille et aux lois de la bonne société d'Ottawa grâce à un stratagème presque diabolique.

Lorsqu'on lui demandait pourquoi elle voulait changer son nom, elle se contentait de répondre que Wilson était un nom anglais, qu'elle était fière de ses racines françaises et de la beauté de celui de sa mère, mais certaines religieuses, moins naïves que les autres, avaient vite deviné que quelque chose de louche se passait dans cette famille riche et influente – maître Wilson se trouvait être l'un des avocats les plus respectés d'Ottawa –, sans toutefois intervenir, par pudeur, héritage de la religion catholique où tout se tient toujours caché, ou par lâcheté, leurs trois vœux, pauvreté, chasteté, obéissance, les exemptant de toute intervention, tout en leur laissant bonne conscience.

Louise endurait donc les sévices de son père sans rien dire – elle n'était pas sa seule victime, tous les membres de sa famille avaient à subir les insultes et les coups de maître Wilson, surtout leur mère –, elle se contentait de renier son nom et de vouloir porter celui de sa mère. Lorsqu'il l'avait appris à cause d'une indiscrétion commise par l'une de ses compagnes de classe, Louise avait reçu la volée de sa vie. Avec le bout métallique d'une ceinture de cuir, arme favorite de James Wilson quand il avait trop bu ou qu'on le mettait en colère. Soins urgents, médecin, points de suture. Mais personne à Ottawa ne se serait risqué à dénoncer maître Wilson, et les choses en étaient restées là : un accident bête, une chute dans un escalier, une petite fille imprudente qui court trop vite dans une maison aux planchers trop bien cirés. Et Louise, à son corps défendant, avait dû accepter une fois pour toutes de porter le nom de Wilson. Et les stigmates qui venaient avec.

Cette loi du silence au sein de sa famille et même de la haute société d'Ottawa était l'une des choses qui la choquaient le plus. L'hypocrisie, la veulerie, la peur. Malgré le grand amour qu'elle portait à Gertrude, sa mère, et à ses frères et sœurs, elle n'arrivait pas à comprendre que personne ne se révoltât jamais devant les agissements de son père – elle-même, étant la plus jeune de la famille, se trouvait impuissante à intervenir – et avait très tôt décidé de les lui faire payer un jour. Pas de façon violente, non, les ceintures de cuir à bout de métal ne l'intéressaient pas le moins du monde. Autrement. Comment ? Le destin se chargerait bien de trouver une solution.

Mais elle avait rongé son frein pendant des années sans jamais voir se dessiner à l'horizon quelque échappatoire que ce soit. Tout restait pareil. James W. Wilson régnait toujours par la terreur et la violence sur sa famille, la ville au complet, du moins son élite, le savait, et personne n'osait rien faire. Il était roi et maître chez lui, il avait tous les droits et en abusait sans vergogne. Louise avait fini par se dire à son grand désespoir qu'Ottawa était peut-être en fin de compte remplie de James Wilson, des tortionnaires sans morale exonérés par une société qu'ils avaient inventée selon leurs besoins sadiques, que la vie était ainsi faite, injuste jusqu'à la cruauté, et que ce n'était pas elle, une pauvre petite fille, qui pouvait y changer quoi que soit.

Puis, à l'âge de seize ans, elle avait lu *La dame aux camélias,* un roman scandaleux venu de France qu'une amie lui avait donné en lui disant de ne le montrer à personne parce que c'était un livre défendu, un livre *à l'index*, une histoire scabreuse qui se passait dans le milieu des courtisanes parisiennes, les femmes les plus perverses du monde. Et les plus belles.

La lecture de la vie dissolue, des malheurs si émouvants et de la mort tragique de Marguerite Gautier avait sidéré Louise. Tout dans ce livre avait bouleversé son âme de jeune fille à qui rien n'était permis et qui ne connaissait aucune liberté : Paris au milieu du siècle, ses fastes, son immoralité, ce romantisme exacerbé qui jamais n'avait réussi à se percer un chemin jusqu'à Ottawa, ville morte confite dans son hypocrisie. Elle aurait voulu faire partie de ce milieu de demi-mondaines puissantes, de ce monde de guidounes idéalisées, de femmes puissantes parce que belles et délurées, qu'on respecte, qu'on adule, qu'on décore et qu'on porte à son bras au lieu de les mépriser, connaître jusque dans ses moindres recoins cette antithèse de la vie imposée à tout un pays par deux religions basées sur l'humiliation et le déni de toute sensualité, voir s'afficher enfin cette ouverture d'esprit, cette insouciance, cette existence sans barrières faite de partys incroyables de richesse noyés dans le champagne, de nuits agitées qui se terminaient dans de vastes lits odorants, d'amours impossibles entre un fils de famille sans argent et une courtisane prête à tout pour le garder auprès d'elle, tout cela couronné par un sens du devoir dont personne, à sa connaissance, n'avait jamais fait preuve dans son entourage, surtout pas son père. Elle trouvait dans ce livre tout ce qui lui était interdit et s'en repaissait.

Elle voulait être Marguerite Gautier, vivre comme elle et, s'il le fallait, mourir comme elle, jeune mais expérimentée. Et, surtout, vengée. Elle crut avoir trouvé sa porte de sortie, tenir sa vengeance. Impensable pour une fille de sa condition qui n'aurait même pas dû être tenue au courant de son existence, le destin de Marguerite Gautier devint pour elle l'exemple à suivre, le but à atteindre : rien ne pourrait en effet offenser son père autant que d'apprendre que sa fille n'avait plus sa vertu, qu'elle s'était même fait un métier du commerce de son corps.

Mais comment s'y prendre, surtout dans une ville aussi secrète qu'Ottawa où jamais, ou presque, on ne prononçait le mot guidoune, ou prostituée, à peine, à de très rares occasions et du bout des lèvres, les expressions « fille de mauvaise vie » ou « fille perdue », le nez plissé et la main sur le cœur ?

Était-ce bien là ce qu'elle voulait devenir, d'ailleurs, une « fille de mauvaise vie » ? Trop jeune pour peser toutes les conséquences, elle s'empêchait d'y réfléchir et se concentrait sur la vengeance qu'elle voulait assouvir, la honte de son père devant le fait accompli et l'éclaboussure indélébile qui lui feraient payer ses invectives injustifiées et la ceinture de cuir à bout métallique. Elle refusait de voir plus loin que la vengeance, sans doute par peur de manquer de courage ou d'avoir à en payer le prix : le quotidien d'une prostituée d'Ottawa, sans doute bien différent de celui d'une héroïne de roman.

Non, elle préférait se repaître du romantisme le plus sirupeux et s'y noyer plutôt que d'affronter le prévisible mélodrame que risquait de devenir sa vie pour avoir risqué un geste irrévocable.

Elle commit donc l'irréparable pendant une nuit collante de 1892, avec une bravoure dont elle ne soupçonna jamais l'audace. C'était un comportement à la fois planifié – elle en avait longtemps rêvé – et irréfléchi – la chose se fit sur un coup de tête –, brave et suicidaire et qui, comme elle le souhaitait, bouleversa sa vie.

En ce qui concernait la sexualité, Louise était à peu près ignorante, comme la plupart des jeunes filles de bonne famille de son époque. Elle avait bien eu cette conversation obligée avec sa mère, vers l'âge de quinze ans, mais elle n'en était pas sortie beaucoup plus renseignée. Quelques allusions à la mécanique de la chose, les précautions d'hygiène à prendre avant et après, la douleur et, surtout, le traumatisme répété qu'il fallait endurer parce que c'était son devoir... Rien de clair, des allusions, des phrases inachevées, tout ça livré les yeux baissés et le rouge au front. Gertrude Wilson aurait préféré, tout autant que sa fille, être ailleurs, c'était assez évident. Louise en avait conclu que le sexe était une occupation des plus désagréables et décidé qu'elle essaierait de l'éviter le plus possible. Elle était loin de se douter qu'elle en ferait bientôt un métier et qu'il deviendrait la source d'une assez impressionnante fortune. Tout en faisant d'elle la honte de sa famille.

Ce soir-là, son père la frappa donc une fois de trop, sans ceinture de cuir, cependant, une simple gifle parce qu'elle avait encore osé lui tenir tête. Elle claqua la porte de sa chambre, se jeta sur son lit et, au milieu de ses larmes, décida que c'était maintenant ou jamais : le moment de retourner la monnaie de sa pièce à son père, de l'humilier sans qu'il puisse jamais s'en remettre, était venu. Pourquoi à cette occasion-là en particulier ? Elle ne put jamais se l'expliquer avec précision, mais sut toujours gré à son instinct de ce moment de pure folie qui allait la jeter dans ce que son milieu prétendait exécrer le plus, la sensualité – c'était vrai chez les femmes, faux chez les hommes, Louise s'en doutait et comptait bien en profiter, même si elle ne savait pas tout à fait ce que ça voulait dire –, et faire d'elle la femme la plus adulée de la ville en même temps que la plus honnie.

Une jeune fille de son milieu ne sortait jamais seule le soir, c'était mal vu, même si Ottawa était une ville plutôt tranquille où le danger ne courait pas les rues. Les réputations se défaisaient vite, les cancans poussaient comme de la mauvaise herbe, des fiançailles étaient rompues pour des vétilles : les règles étaient d'autant plus sévères que les familles qui comptaient étaient peu nombreuses dans cette toute petite capitale d'un immense pays, les fortunes assez importantes et les enjeux presque toujours teintés de l'hypocrisie vénale qui marque tout ce qui touche la politique. Les jeunes filles étaient une monnaie d'échange, dans cette société victorienne de province, et la monnaie d'échange doit briller.

Le geste qu'elle posa en cette soirée chaude et humide de juillet fut donc d'une intrépidité folle.

Elle avait remarqué que le capitaine McDonald, le chef de police, reluquait les jeunes filles dans les réceptions officielles ou les bals donnés à l'occasion de l'annonce d'un mariage, de l'anniversaire d'un quelconque chef de famille, de l'élection d'un notable à un poste qu'il ne méritait pas. Plus il avait bu, plus il devenait entreprenant, en prenant soin, cependant, de glisser ses insinuations libidineuses à l'oreille des demoiselles et de couler sa main autour de leur taille dans des coins reculés de salons trop meublés où il était facile de se dissimuler ou derrière des portes de bureaux peu éclairés.

Les pères de famille s'en doutaient-ils, les mères le surveillaient-elles ? Bien sûr. Mais il était le chef de police, il était craint, et rien de bien grave ne s'était jamais produit, alors on le laissait faire dans l'espoir qu'il allait disparaître aux prochaines élections. Mais les maires d'Ottawa se succédaient et le capitaine McDonald, au demeurant très efficace dans sa chasse aux malfaiteurs de tout acabit, restait en poste. De toute façon, il n'était pas le seul à lutiner les jeunes demoiselles durant les réceptions et les mères passaient de longues soirées à chercher leurs filles ou à guetter les manœuvres de leurs maris. On mettait tout ça sur le dos de la maudite boisson, on faisait semblant que c'était sans conséquence – les hommes seront toujours des hommes – et les réceptions se terminaient dans le sourire, satisfait chez les mâles, forcé chez leurs épouses.

Louise connaissait l'emplacement du club privé que fréquentait presque chaque soir le capitaine McDonald. Ainsi que son père. Et tous les hommes importants d'Ottawa. Les femmes n'y avaient pas accès, c'était là le refuge – inspiré de Londres, la ville la plus civilisée et la plus hypocrite du monde – où les hommes se retiraient pour boire et fumer le cigare en faisant les fanfarons, se vantant de fredaines qui n'étaient pas toujours vérifiables et d'incartades souvent imaginaires. Ils se faisaient croire pour quelques heures qu'ils étaient les moteurs essentiels d'une grande cité, se pétaient les bretelles, se soûlaient et rentraient chez eux contents.

Elle connaissait aussi l'existence de ce que son père appelait l'« antichambre », un salon aménagé dans un coin discret du club Saint-James où les femmes, les légitimes comme les autres, surtout les autres, les légitimes préférant mourir plutôt que d'être vues dans cet endroit maudit, pouvaient discrètement venir attendre leurs hommes en prenant le thé. (Autre secret de polichinelle : tout le monde savait que ce qui était servi dans des tasses à thé n'en était pas.) Comme des chambres étaient disponibles à l'étage pour les vieux messieurs fatigués qui n'étaient pas en état de rentrer chez eux, les buveuses de thé n'avaient qu'un escalier à monter pour dispenser les services qu'on attendait d'elles. Mais cela, Louise l'ignorait.

Après avoir séché ses larmes, elle sortit de la maison alors qu'on la croyait endormie dans son lit, humiliée et repentante, et se dirigea tout droit vers le club Saint-James. Son cœur battait à tout rompre : elle allait côtoyer des femmes de mauvaise vie, prendre du thé qui n'en était pas, s'offrir, oui, s'offrir au chef de police sans lui révéler qui elle était par simple besoin de vengeance ! Et en espérant qu'il ne la reconnaisse pas parce qu'ils s'étaient croisés à de nombreuses reprises. L'énormité de la chose qu'elle s'apprêtait à faire la faisait trembler pendant qu'elle grimpait les quelques marches qui menaient au balcon à colonnes du club Saint-James. Les deux religions pratiquées dans la maison Wilson, celle de son père, celle de sa mère, la condamneraient sans appel, elle serait marquée à vie, l'avenir qu'on planifiait pour elle détruit à tout jamais... Pas de mari, pas d'avenir. Qu'à cela ne tienne, tant pis pour elle, tant pis pour les autres, ils allaient voir, tous, qui elle était et ce dont elle était capable !

Ce qui se produisit ensuite fut si rapide qu'elle n'eut pas le temps de réfléchir ou de changer d'idée. Elle croisa le capitaine McDonald accompagné d'un pasteur anglican, monsieur Glasco, qui s'apprêtaient à rentrer chez eux après une soirée bien arrosée. Elle n'eut donc pas à attendre dans la fameuse antichambre au milieu des buveuses de thé, qu'elle ne vit même pas, et aborda le chef de police au beau milieu du hall du club privé en prenant un air effaré.

L'histoire qu'elle avait préparée était invraisemblable, ridicule, un ramassis de ses lectures interdites – Marguerite Gautier n'était pas loin –, mais pour ces deux hommes soûls à la libido émoustillée, l'arrivée inattendue de cette magnifique jeune fille en pleurs qui se jetait sur eux pour leur raconter ses malheurs – le père violent, la fuite dans la nuit (la vérité s'arrêtait là), l'autobus pris au hasard, l'arrivée à Ottawa en pleine nuit, la réputation du Saint-James, de son antichambre, de ses buveuses de thé – représentait une aubaine en or à ne pas rater. À travers les vapeurs de l'alcool, ils ne virent pas les trous, pourtant énormes et nombreux, dans son récit mélodramatique, ni ses vêtements trop élégants pour une pauvre fille d'Alexandria, ils ne remarquèrent pas non plus son langage choisi, son vocabulaire étendu. Ils n'aperçurent que la proie facile dont ils ne feraient qu'une bouchée, bavochèrent devant la possibilité qui s'offrait à eux, lui firent des gentillesses qui se transformèrent bientôt en propositions à peine voilées. Deux hommes pourtant intelligents et aguerris tombèrent ainsi dans ce piège énorme tendu par une jeune fille sans expérience par pure concupiscence de mâles avinés. Ils se comportèrent en goujats profiteurs sans même ressentir le moindre soupçon de culpabilité : ils étaient puissants, ils se savaient frappés d'immunité et ils agirent en conséquence. À leur habitude.

Ils lui parlèrent des chambres disponibles à l'étage, lui offrirent de lui en fournir une pour la nuit, le temps qu'elle se remette de ses émotions, de l'accompagner, même, si elle sentait qu'elle avait besoin de protection...

Louise Wilson perdit sa virginité deux fois cette nuit-là. D'abord sous les assauts agressifs mais brefs du chef de police de la ville d'Ottawa, puis dans les bras tremblants d'un homme d'Église. Ils allaient d'ailleurs tous deux devenir des visiteurs assidus des appartements, puis des maisons qu'elle allait tenir, des protecteurs attentionnés, des piliers de sa clientèle, mais cette nuit-là, ils s'autorisèrent des gestes indignes et elle planifia de les leur faire payer.

Elle subit la chose elle-même – la douleur, moins cuisante qu'elle ne l'aurait cru, les ébats, la sueur, les odeurs – en se concentrant sur le profit qu'elle pourrait en tirer, déjà maîtresse d'elle-même, contrôlant ses émotions, égarée dans son besoin de vengeance. Elle s'amuserait plus tard à prétendre qu'elle était devenue guidoune professionnelle en quelques heures.

Elle rentra chez son père au petit matin, s'assit devant lui, très calme, et lui raconta tout. Elle espérait le voir mourir d'une crise d'apoplexie, elle se retrouva devant l'image même de la vertu victorienne offensée : index pointé, l'autre main sur le cœur, il la traita de fille indigne et lui montra la porte de son bureau en lui disant qu'il ne voulait plus jamais la revoir. Il jouait très bien l'indignation outrée, il y était habitué en tant qu'avocat véreux qui avait fait une partie de sa fortune dans des causes plus ou moins douteuses. Il aurait pu la tuer, il en aurait eu le droit, ou l'enterrer dans un couvent, ou encore l'enfermer dans sa chambre à tout jamais, il se contenta de la condamner à disparaître de sa vue. Il se savait impuissant devant le chef de police qui l'avait assez souvent aidé à se sortir de situations délicates – la plupart du temps des histoires de femmes – et dont il se considérait le débiteur ; quant au prêtre anglican, elle ne lui donna pas son nom. Mais il savait très bien de qui il s'agissait, ayant lui-même profité, et à de nombreuses reprises, de la naïveté des jeunes filles en compagnie du monsieur Glasco en question, ministre de sa paroisse. Il n'allait pas exiger réparation à ses compagnons de débauche ! Louise n'était donc plus sa fille, elle n'avait jamais existé, elle pouvait aller refaire sa vie ailleurs.

Mais Ottawa était une petite ville, Louise aurait de multiples occasions de se rappeler à la mémoire de son père. Surtout qu'elle allait souvent fréquenter les mêmes endroits que lui.

Elle prit sa petite valise, son exemplaire de *La dame aux camélias,* et retourna frapper à la porte du club Saint-James. Elle joignit les rangs des buveuses de thé, attendant son tour de monter à l'étage pour honorer ces messieurs, mais pas pour longtemps. Parce que son ascension fut fulgurante : belle, intelligente, drôle, elle se fit avec une rapidité folle une réputation des plus flatteuses à travers la capitale et même au-delà. Son goût pour les tenues extravagantes, son humour cinglant, le professionnalisme dont elle faisait preuve dans l'exercice de son métier en firent en peu de temps la reine des nuits secrètes de la pudique capitale du Canada. Et elle passa de Louise à Loulou, puis de Loulou à Ti-Lou. La louve d'Ottawa vint plus tard, quand ses exigences pécuniaires devinrent exorbitantes et ses caprices fameux.

Au début, sa famille prétendit qu'elle était partie en Europe, plus précisément en Suisse, puis qu'elle y avait trouvé mari, fortune, bonheur. Un faux voyage fut même organisé autour de son faux mariage et les Wilson disparurent pour quelques mois. En fait, ils passèrent l'été au bord de la mer, à Cape Cod, dans le Massachusetts. Personne n'en fut dupe, sans toutefois oser dire quoi que ce soit : on pouvait voir la soi-disant nouvelle mariée déambuler en carrosse dans les rues d'Ottawa chaque après-midi, mais jamais on n'aurait osé contredire maître Wilson, même en son absence. Alors on la traitait comme si elle venait d'arriver en ville et qu'on ne savait pas qui elle était.

Mais si quelqu'un qui ne la connaissait vraiment pas lui demandait d'où elle venait – les étrangers de passage étaient nombreux et souvent friands de chair fraîche dans cette minuscule ville gouvernementale où les occasions de s'amuser se faisaient rares –, elle partait de son célèbre grand rire de gorge et disait :

« Chus la fille de l'avocat James W. Wilson, ici, à Ottawa. Le connaissez-vous ? Si non, tenez-vous éloigné, si oui, méfiez-vous de lui, c'est la pire crapule de la ville ! »

Ils y étaient tous passés : les curés catholiques comme les pasteurs protestants, les dignitaires venus de contrées éloignées autant que les notables locaux, des têtes couronnées, de faux nobles, de vrais mafiosi, un ou deux quidams sans argent ni brillante situation mais beaux à damner et qu'elle se gardait pour la fine bouche. Un cardinal. Mais pas de pape, comme l'avaient laissé entendre les auteurs de ragots croustillants qui ne savent jamais où s'arrêter. Et tous, sans exception, étaient tombés sous son charme. Sa culture égalait son savoir-faire, sa conversation son style. Elle régnait dans les bals, était souveraine au lit. Elle faisait rire après avoir fait geindre. Elle pansait les blessures d'amour-propre quand un client ne se montrait pas à la hauteur – l'alcool avait alors le dos large et elle s'en servait comme prétexte avec délicatesse – et savait congratuler ceux dont la performance trouvait grâce à ses yeux. Jamais elle ne décevait. Qui que ce soit. Elle était le joyau caché – mais à peine – d'Ottawa et on venait de loin pour l'honorer. Mais pas de Rome, non, un pape n'aurait tout de même pas porté la témérité jusqu'à traverser l'Atlantique deux fois pour rencontrer une simple guidoune ! Quoique...

Des légendes, toutes plus invraisemblables les unes que les autres, naquirent donc autour de sa personnalité, comme celle du pape, justement, et elle laissa faire parce qu'elle savait que c'était excellent pour sa réputation.

Elle regretta une seule chose, et y pensa le reste de sa vie : elle avait visé son père, c'est sa mère qu'elle avait tuée. En effet, Gertrude était morte de chagrin au bout de quelques mois après avoir supplié en vain son mari de revenir sur la condamnation de leur fille et tenté un rapprochement avec Louise. Tous deux refusèrent. Bien sûr, Louise n'osa pas se présenter à ses funérailles et pleura toute seule. Et ne se pardonna jamais ce qu'elle allait considérer comme la seule mauvaise action de toute son existence.

Lorsque, en 1912, le Château Laurier était devenu le nouveau Saint-James, ses corridors sans cesse parcourus par toute la racaille politique influente d'Ottawa, des sénateurs les plus sérieux aux jeunes députés ambitieux mais encore verts, la louve d'Ottawa y installa ses pénates dans une suite qui allait bientôt devenir le salon le plus fréquenté de la ville. Salonnière émérite, idole autant des artistes que de la classe politique, elle put enfin y jouer les Marguerite Gautier à sa guise. Et, comme elle, elle plaça chaque mois un bouquet de camélias rouges dans l'entrée de sa *sweet*. Le parfum qu'elle répandait autour d'elle n'était donc pas celui du gardénia.

Aujourd'hui, lorsqu'il lui arrive de croiser son père, retraité, aigri, malade, elle se fait toujours un point d'honneur, même après tant d'années, de lui lancer un beau gros « Bonjour, papa ! » qu'il prend chaque fois comme un coup de couteau au cœur.

Rhéauna ne savait pas qu'on pouvait prendre son petit déjeuner au lit, à moins d'être malade, bien sûr.

À Maria, c'est une cérémonie joyeuse autour de la grande table de la cuisine : les toasts grillent sur le poêle à bois été comme hiver, les œufs sont frais – Méo vient d'aller les ramasser au poulailler –, le café embaume, le bacon grésille, tout le monde parle en même temps, on se dépêche parce qu'on est en retard pour l'école ou pour les travaux de la journée. Mais il ne viendrait à l'idée de personne dans la maisonnée de faire ça au lit. Les repas doivent être pris en commun, pas chacun de son côté !

Après lui avoir expliqué ce que c'était, Ti-Lou s'est emparée du téléphone avec un geste majestueux et a commandé toutes sortes de choses en anglais. Un peu plus tard, une dame en uniforme – différente de celle qui est venue plus tôt changer les draps – a livré tout ça sur un chariot de métal. Elles sont maintenant installées toutes les deux dans le grand lit de satin crème, des plateaux posés entre elles, des miettes de pain répandues partout, des petits pots de confiture vides posés dans les assiettes, des restes d'œufs figeant dans une sauce inconnue de Rhéauna et qu'elle a trouvée exquise. La fillette a même eu droit à sa première tasse de café. Ça sent meilleur que ça ne goûte.

Elle n'a pas fait mention des bruits qu'elle a entendus durant la nuit, Ti-Lou ne s'est pas donné la peine de les expliquer. La conversation est légère, on parle de n'importe quoi, Ti-Lou repose les mêmes questions que la veille au sujet de la parenté de sa mère disséminée partout à travers le Canada, la vie à Maria au milieu des plaines, l'école. Au début, Rhéauna se montre réservée, se contentant, comme la veille, de répondre aux questions sans trop exposer ses propres idées. Elle mord dans un reste de pain, mâche lentement, semble réfléchir avant de répondre à la question qui vient de lui être posée. Ses réactions sont sérieuses, trop polies. Peu à peu, cependant, des réflexions plus personnelles s'y glissent, puis des confidences, d'abord discrètes, ensuite de plus en plus intimes. Elle traite des mêmes sujets, mais d'une façon plus réfléchie, moins automatique. Et, c'est plus fort qu'elle, elle a besoin de se confier à quelqu'un, elle finit par tout raconter à sa petite-cousine Ti-Lou : sa vie à Maria qui va lui manquer, comment elle a appris qu'elle devait quitter la Saskatchewan, sans doute pour toujours, son envie de revoir sa mère mêlée à la peur de vivre seule avec elle, qu'elle ne connaît pas, dans une grande ville étrangère à tout ce qu'elle a vécu jusque-là, l'avenir incertain avec ou sans ses sœurs dont elle ne sait pas quand elle pourra les revoir, la perte de ses grands-parents qui provoque ses premiers sanglots.

Ti-Lou la prend dans ses bras, essuie ses larmes avec un grand mouchoir de dentelle sur lequel Rhéauna retrouve cette odeur qui lui chavire l'âme.

« J'ai pas le goût de vivre cette vie-là, Ti-Lou, j'veux retrouver l'autre ! »

Ti-Lou la serre encore plus fort. La senteur de gardénia explose autour de Rhéauna qui voudrait s'y noyer, mourir là, entre deux draps de satin, dans les bras de la plus belle femme du monde.

« Ta mère a un cœur en or, Nana. Je l'ai pas beaucoup connue, mais on voyait déjà quand on était petites filles que c'était une bonne personne même si a' pouvait des fois être difficile. On se fréquentait juste dans le temps des fêtes, mais j'avais toujours hâte de la voir parce que c'était ma cousine préférée. Y faut que tu penses au courage que cette femme-là a eu, Nana, d'aller s'exiler à Providence, d'élever une famille toute seule parce que son mari était en mer, de s'en séparer quand a' s'est rendu compte qu'a' pouvait pus la soutenir... A' s'est séparée de vous autres parce qu'a' vous aimait, pis à c't'heure a' vous rappelle... Toi aussi ça va te demander du courage, ça va probablement être difficile, au début, mais c'est ta mère, Nana, t'as une mère qui t'aime ! Y faut jamais que t'oublies que t'as une mère qui t'aime ! »

Il est temps de se préparer à partir. Rhéauna se calme, répète une fois de plus qu'elle a compris, qu'elle sera raisonnable, qu'elle fera tout en son pouvoir pour accepter sa nouvelle vie. Elle l'a dit à sa grand-mère, à ses deux grands-tantes, elle le répète à sa petite-cousine. Elle est cependant loin d'être convaincue. De toute façon, elle touche au but puisqu'elle sera à Montréal dans quelques heures. Les effusions terminées, les messages livrés, son emménagement à Montréal réglé, elle verra bien ce qui va se passer. Son instinct lui rappelle toutefois que ce ne sera pas si simple, qu'elle doit s'attendre à des surprises et à des difficultés dont elle ne peut pas deviner la nature, et l'inquiétude revient, plus oppressante que jamais.

Ti-Lou lui dit d'aller prendre son bain, qu'elles vont quitter l'hôtel un peu plus tôt pour profiter de la belle matinée.

« On va reprendre le phaéton. On va baisser la capote. On va se pavaner comme deux reines à travers les rues d'Ottawa. Ti-Lou et Nana, deux amies pour la vie. »

Sa toilette terminée, Rhéauna plie sa robe de nuit, referme sa valise pour la dernière fois. Quand elle va la rouvrir, ce sera la fin de son voyage, son installation définitive chez sa mère. Elle fait un adieu silencieux à la belle suite de Ti-Lou en se disant qu'elle ne reverra pas de sitôt un si splendide logement. Un autre beau souvenir. Mais celui-là, elle va le garder pour elle.

La promenade en phaéton, même écourtée parce que Ti-Lou a mis un temps fou à se préparer, est merveilleuse. Il fait un temps radieux, Ottawa est une très jolie ville toute fleurie, tranquille, habitée, semble-t-il, par des gens chic qui marchent dans la rue sans se presser, comme s'ils n'avaient rien d'autre à faire, et qui ont l'air de faire partie d'une perpétuelle procession. Même si tôt le matin. Certains d'entre eux, tous des hommes, saluent Ti-Lou au passage ; d'autres, toutes des femmes, se détournent avec dédain en l'apercevant juchée dans son carrosse, à peine protégée par une petite ombrelle transparente qui ne fait que voiler la lumière du soleil sans cacher sa belle tête de louve. Elle sourit aux hommes, éclate de rire dans le dos des femmes.

« J'vois toujours les femmes de dos. J'aime mieux ça. »

De l'extérieur, la gare ressemble au Château Laurier en miniature : mêmes tourelles, mêmes fenêtres en ogives, jusqu'à l'entrée qui n'est pas sans rappeler celle d'un grand hôtel prétentieux. Ti-Lou est accueillie comme un membre de la royauté en visite officielle : des messieurs dont ce n'est pas le métier se précipitent pour ouvrir la porte de son phaéton, déplier le petit marchepied de métal, lui tendre une main gantée pour l'aider à descendre, ouvrir la porte principale de la gare. Elle distribue des sourires en donnant l'impression qu'elle donne des bonbons à des enfants.

Un grand garçon roux au visage piqué de taches de rousseur se précipite vers elles aussitôt qu'il les aperçoit sur le quai. Rhéauna se dit que c'est sans doute un autre Anglais dont elle ne comprendra pas un seul mot ; il la surprend avec un français excellent, cassé, bien sûr, relevé d'un accent prononcé, mais clair et tout à fait compréhensible.

Les adieux s'échangent dans une bouffée de gardénias qui fait monter les larmes aux yeux de la fillette. Les embrassades s'étirent, les baisers sonores se multiplient, les promesses de se revoir se font exagérées et sans illusion de part et d'autre parce qu'elles savent toutes les deux que les chances qu'elles se revoient un jour sont peu nombreuses et s'en désolent.

Michael – c'est le nom du roux – s'empare de la valise de Rhéauna.

« Tou as l'air fatiguée. Tou as des grandes cernes sous les yeux. Tou as mal dormi ? Jé vais te trouver oune place tranquille où tou vas pouvoir dormir… »

Il lui choisit une banquette vide, lui dit qu'elle pourra s'étendre si elle le veut, que le voyage jusqu'à Montréal ne durera que quelques heures.

« Il paraît que tou t'en vas rejoindre ta maman que tou n'as pas vue depouis longtemps… Tou dois être contente, hein ? »

Elle fait signe que oui, se colle le nez à la fenêtre après l'avoir remercié le plus poliment possible. Ti-Lou est toujours sur le quai, un sourire triste aux lèvres, un grand mouchoir blanc à la main, qu'elle agite aussitôt qu'elle voit Rhéauna. Ti-Lou s'approche pendant que Rhéauna baisse la fenêtre..

« J'aime pas ça, les séparations, les départs, toutes ces affaires-là, ça fait que j'vas te faire mes adieux tu-suite. J'vas m'en aller avant que le train parte, si ça te fait rien… J'trouve ça trop triste. Bye, ma belle… Tu vas voir, ça va ben aller… Pis dis bonjour à Maria de ma part… Dis-y aussi que j'y fais dire de faire attention à toi, sinon a' va avoir affaire à moi ! »

Un dernier baiser de la main, une jupe de dentelle blanche qui tourne en froufroutant sur le quai de béton, un immense chapeau de paille qui s'éloigne. Ti-Lou est sortie de sa vie. Rhéauna ferme les yeux, hume les derniers relents de fleurs exotiques.

Elle enlève son manteau, le plie, le pose sur le dossier de la banquette et s'étend en utilisant sa valise comme appuie-tête. Elle a le cou un peu cassé mais s'endort aussitôt, épuisée par cette nuit agitée qui l'a tenue réveillée par intermittences alors qu'elle est habituée à dormir huit heures d'affilée.

LE RÊVE
DANS LE TRAIN VERS MONTRÉAL

Ils se sont réfugiés dans les hautes herbes de la mare derrière la maison. C'est le troisième feu de brousse de l'été, le plus violent dont ils aient jamais été témoins. L'odeur de fumée s'est accentuée dans les dernières minutes, le feu est tout proche maintenant. Grand-papa a dit que c'était le temps de se mettre à l'abri. Ils se sont accroupis dans l'eau, même Alice que la vase dégoûte et qui a peur des sangsues sans savoir à quoi ça peut bien ressembler. Des quenouilles leur cachent la vue, mais ils peuvent entendre le crépitement du feu qui, selon grand-papa, s'avance à la vitesse d'un cheval au galop quand il y a du vent comme ce soir. Et un vent puissant souffle dans leur direction depuis le coucher du soleil.

Grand-papa Méo essaie de les faire rire pour détourner leur attention du danger qui les cerne :

« Le blé d'Inde va faire du pop-corn à soir ! On l'entendra pas pousser, on va l'entendre éclater ! »

Personne ne rit, sa femme lui donne une tape sur le bras.

« Insignifiant ! Faire des farces dans un moment pareil ! »

Il lui répond sur le même ton.

« Penses-tu que j'ai envie de faire des farces ? C'est pour les filles ! C'est pour les filles que je fais ça, insignifiante toi-même ! »

Puis, tout à coup, des flammes plus hautes que les autres s'élèvent dans la nuit. Grand-maman crie :

« La maison ! La maison ! La maison est en feu ! »

Rhéauna se lève sous les protestations de ses deux sœurs et regarde leur maison qui, en effet, est en train de flamber.

C'est un spectacle terrible mais d'une beauté à couper le souffle. La grande bâtisse blanche est devenue un énorme poêle à bois et brûle en craquements et en vrombissements joyeux. On dirait qu'elle est heureuse de brûler ! On dirait qu'elle rit au milieu de son embrasement ! On dirait qu'elle lui fait ses adieux en riant comme une folle ! La si belle galerie forme un anneau de feu, une ronde folle et dévastatrice autour du foyer principal, la fumée tourbillonne en soulevant des gerbes d'étincelles qui viennent vers elle, qui vont lui brûler les cheveux, qui vont dévorer son corps, qui vont tuer tout le monde dans la famille ! Des fées ! Des fées de feu et des farfadets meurtriers se jettent sur elle pour la dévorer ! Ses sœurs pleurent, sa grand-mère la tire par la robe pour qu'elle s'étende dans la vase, son grand-père lui crie des ordres qu'elle ne comprend pas. Une étincelle se pose sur son bras, puis une autre, suivie de centaines, de milliers de brûlots assassins. Ça fait mal, ça pince, ça pique... Ah, sa robe est en feu !

Tout d'un coup, sa grand-mère est debout à côté d'elle et hurle en pointant la maison du doigt :

« Y manque quelqu'un ! Y manque quelqu'un ! »

Rhéauna ne comprend pas ce qu'elle veut dire, ils sont au complet, ses deux sœurs, sa grand-mère, son grand-père et elle, la famille est au complet, il ne manque personne... Elle crie dans sa robe qui flambe.

« Y manque personne, grand-maman ! On est toutes là ! R'garde, on est toutes là, y manque personne...

— Oui, oui, y manque quelqu'un ! Y faut que j'aille le chercher ! J'peux pas le laisser brûler comme ça, y faut que j'aille le sauver ! »

Grand-maman Joséphine marche dans la vase, elle veut sortir de la mare, ses vêtements sont plaqués contre son corps, elle a de la difficulté à avancer dans la vase, elle titube, tout le monde proteste.

« J'peux pas le laisser là. J'peux pas le laisser là... »

Rhéauna veut la suivre, mais son grand-père la retient.

« C'est-tu maman qui manque, grand-maman ? Mais maman est pas là ! Maman est à Montréal ! »

Grand-maman est sortie de la mare et se dirige, les bras tendus, vers la maison qui crache par milliers des fées et des farfadets.

« C'est pas ta mère ! C'est pas ta mère, mais y manque quelqu'un ! »

Elle grimpe l'escalier en feu, elle traverse la galerie, elle disparaît dans les flammes, elle va brûler en essayant de sauver quelqu'un qui n'existe pas !

« Grand-maman ! Grand-maman ! Y a personne ! Y a personne, grand-maman, ça sert à rien de chercher, y a personne ! »

La maison s'écroule dans un craquement sinistre.

C'est fini, ils sont morts tous les deux, grand-maman Joséphine et la personne qui n'existe pas.

Elle ouvre la bouche, elle crie, elle pleure. Elle est figée dans une grimace d'horreur et hurle en silence dans la nuit qui crépite.

Grand-papa pose une main sur son épaule.

« C'est pour ça que tu t'en vas à Montréal, Nana. Pour que la lignée des Desrosiers continue. »

Elle se réveille en sursaut. Une sueur froide lui mouille le dos, elle a peur d'avoir fait pipi dans ses vêtements. Non, vérification faite, tout est correct. Elle lève la tête. Le train ne bouge plus. Ils sont en gare. Déjà. Elle n'a quand même pas rêvé de feu tout ce temps-là !

Puis la pensée que sa mère l'attend, là, tout près, la frappe et elle se lève d'un bond.

TERMINUS

Elle n'a pas vu Montréal se profiler à l'horizon puis s'approcher, le pont Victoria qui enjambe le si impressionnant Saint-Laurent, la gare Windsor, autre faux château élevé à la gloire du Canadian Pacific Railway, elle n'a surtout pas pu vérifier s'il y a vraiment une montagne au milieu de la ville parce qu'elle dormait. Elle s'en veut d'avoir manqué tout ça.

Michael – elle ne lui a pas adressé un seul mot depuis leur départ d'Ottawa – vient lui porter un verre d'eau. Il semble inquiet.

« Ça va ? Tou es toute rouge ! Je pensais que tou avais froid et j'ai étendou ton manteau sour toi... C'était peut-être trop chaude... »

Tout en jetant un coup d'œil sur le quai dans l'espoir d'apercevoir sa mère, elle boit de longues gorgées d'eau fraîche qui lui rafraîchissent la gorge. Elle ne voit que des voyageurs qui viennent de quitter le train et s'en éloignent le plus vite possible, comme si personne n'était venu les accueillir...

« Ta mère va être derrière les barrières, là-bas... Personne a le droit de venir jousqu'aux trains, ici... »

Rassurée, elle prend ses affaires, remet son manteau malgré la chaleur un peu malsaine du wagon. Michael s'empare de sa valise, descend du train, pose le tout sur le quai, puis se retourne vers Rhéauna pour lui tendre la main.

« C'est pas le temps de tomber jouste comme tou vas la retrouver... »

Aussitôt qu'elle a mis le pied sur le béton du quai, elle entend quelqu'un crier son nom. C'est elle ! Elle se retourne et la voit qui lui fait un signe de la main, très loin, derrière de grosses grilles métalliques, au milieu d'une foule de gens qui s'embrassent et qui se donnent des tapes dans le dos.

Son cœur fait un bond. Elle est arrivée ! Elle est en présence de sa mère ! Elle va pouvoir l'embrasser ! Elle se précipite en courant entre les voyageurs, suivie de Michael qui lui dit que c'est inutile de courir comme ça, qu'il va finir par la perdre…

Elle s'arrête brusquement à quelques pas des grilles et reste figée sur place dans son manteau trop grand.

Sa mère, de toute évidence énervée, lui fait un geste frénétique de la main et, c'est bizarre, elle tient un paquet dans son autre bras. C'est bleu pâle et on dirait que ce sont des vêtements, de tout petits vêtements… Des langes. Sa mère tient des langes bleu pâle dans ses bras !

D'un seul coup, Rhéauna comprend pourquoi sa mère l'a fait venir à Montréal, de si loin. Et tout s'écroule.

Maria lui fait un sourire magnifique et lui crie :

« Nana ! Mais t'es ben belle ! T'as donc ben grandi ! Chus tellement contente de te voir ! Viens, que je te présente ton nouveau petit frère ! Viens l'embrasser ! Tu vas l'aimer ! Y s'appelle Théo. Théo Desrosiers. J'ai repris mon nom de fille ! Viens m'embrasser, Nana, viens nous embrasser tous les deux ! J'me sus tellement ennuyée de toi ! »

Key West 21 janvier – 12 mai 2007

En préparation : « La traversée de la ville »

DU MÊME AUTEUR

ROMANS, RÉCITS ET CONTES

Contes pour buveurs attardés, Éditions du Jour, 1966 ; BQ, 1996

La cité dans l'œuf, Éditions du Jour, 1969 ; BQ, 1997

C't'à ton tour, Laura Cadieux, Éditions du Jour, 1973 ; BQ, 1997

Le cœur découvert, Leméac, 1986 ; Babel, 1995

Les vues animées, Leméac, 1990 ; Babel, 1999

Douze coups de théâtre, Leméac, 1992 ; Babel, 1997

Le cœur éclaté, Leméac, 1993 ; Babel, 1995

Un ange cornu avec des ailes de tôle, Leméac/Actes Sud, 1994 ; Babel, 1996

La nuit des princes charmants, Leméac/Actes Sud, 1995 ; Babel, 2000

Quarante-quatre minutes, quarante-quatre secondes, Leméac/Actes Sud, 1997

Hotel Bristol, New York, N.Y., Leméac/Actes Sud, 1999

L'homme qui entendait siffler une bouilloire, Leméac/Actes Sud, 2001

Bonbons assortis, Leméac/Actes Sud, 2002

Le cahier noir, Leméac/Actes Sud, 2003

Le cahier rouge, Leméac/Actes Sud, 2004

Le cahier bleu, Leméac/Actes Sud, 2005

Le gay savoir, Leméac/Actes Sud, coll. « Thesaurus », 2005

Le trou dans le mur, Leméac/Actes Sud, 2006

CHRONIQUES DU PLATEAU-MONT-ROYAL

La grosse femme d'à côté est enceinte, Leméac, 1978 ; Babel, 1995

Thérèse et Pierrette à l'école des Saints-Anges, Leméac, 1980 ; Grasset, 1983 ; Babel, 1995

La duchesse et le roturier, Leméac, 1982 ; Grasset, 1984 ; BQ, 1992

Des nouvelles d'Édouard, Leméac, 1984 ; Babel, 1997

Le premier quartier de la lune, Leméac, 1989 ; Babel, 1999

Un objet de beauté, Leméac/Actes Sud, 1997

Chroniques du Plateau-Mont-Royal, Leméac/Actes Sud, coll. « Thesaurus », 2000

THÉÂTRE

En pièces détachées, Leméac, 1970

Trois petits tours, Leméac, 1971

À toi, pour toujours, ta Marie-Lou, Leméac, 1971 ; Leméac/Actes Sud Papiers, 2007

Les Belles-Sœurs, Holt, Rinehardt and Winston, 1968 ; Leméac, 1972 ; Leméac/Actes Sud Papiers, 2007

Demain matin, Montréal m'attend, Leméac, 1972 ; 1995

Hosanna suivi de *La Duchesse de Langeais*, Leméac, 1973 ; 1984

Bonjour, là, bonjour, Leméac, 1974

Les héros de mon enfance, Leméac, 1976

Sainte Carmen de la Main, Leméac, 1976

Damnée Manon, sacrée Sandra suivi de *Surprise ! Surprise !*, Leméac, 1977

L'impromptu d'Outremont, Leméac, 1980

Les anciennes odeurs, Leméac, 1981

Albertine en cinq temps, Leméac, 1984 ; Leméac/Actes Sud Papiers, 2007

Le vrai monde ?, Leméac, 1987

Nelligan, Leméac, 1990

La maison suspendue, Leméac, 1990

Le train, Leméac, 1990

Théâtre I, Leméac/Actes Sud-Papiers, 1991

Marcel poursuivi par les chiens, Leméac, 1992

En circuit fermé, Leméac, 1994

Messe solennelle pour une pleine lune d'été, Leméac, 1996

Encore une fois, si vous permettez, Leméac, 1998

L'état des lieux, Leméac, 2002

Le passé antérieur, Leméac, 2003

Le cœur découvert – scénario, Leméac, 2003

L'impératif présent, Leméac, 2003

Bonbons assortis au théâtre, Leméac, 2006

Théâtre II, Leméac/Actes Sud-Papiers, 2006

OUVRAGE RÉALISÉ
PAR LUC JACQUES, TYPOGRAPHE
ACHEVÉ D'IMPRIMER
EN OCTOBRE 2007
SUR LES PRESSES
DES IMPRIMERIES TRANSCONTINENTAL
POUR LE COMPTE DE
LEMÉAC ÉDITEUR
MONTRÉAL

DÉPÔT LÉGAL
1ʳᵉ ÉDITION : 4ᵉ TRIMESTRE 2007
(ÉD. 01 / IMP. 01)
Imprimé au Canada